KB158326

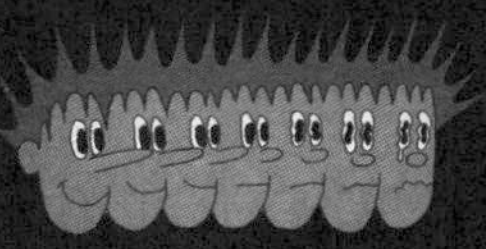

여기서 울지 마세요

여기서

문학동네

차례

인생은

그라운드

이모와 내가 같이 살게 된 건 우리 두 사람이 결정적이고 확정적인 파산 상태에 이르고 얼마 되지 않아서부터였다. 나를 망친 건 충북 단양의 과수원 부지로, 전형적인 기획 부동산 사기에 걸려든 나는 모아둔 돈을 모두 잃고 실의에 빠져 있었다. 이모의 경우 연 이자 20퍼센트를 지급한다는 가상화폐에 평생 모아온 재산을 탈탈 털어 투자했고, 상장폐지 이후 기술과 진보에 대한 믿음을 완전히 잃어버렸다. 우리가 할 수 있는 일은 역전할머니맥주에서 살얼음 맥주를 들이켜는 것뿐이었다. "이모랑 나랑 종목이 바뀐 거 아니야?" 하며 발작처럼 낄낄댔지만, 따져보면 그리 놀라운 일도 아니었다. 모든 세대가 일확천금이라는 균일한 욕망에 사로잡힌 시대였다. 공공과 민간을 가리지 않고 연달아 터진 대규모 횡령 사건은 시대정신을 드러내는 명백한 증상이었다. 우리는 금융 사기의 대중화 물결 속에서 뭐로 본들 소박한 피해자에 불과했다. 하다못해 프로야구도 사기를 당했으니 말이다.

KBO가 출시한 '국민 희망 체육 펀드'의 애초 목표는 '돔구장 30개 확충'이었다. 원금 보장과 높은 수익률을 약속하며 큰 호응을 얻었는데, 가입률이 투표율보다도 높았다. 다 함께 안일했으니 누구를 탓하기도 뭐했다. 스포츠에 너무 많은 드라마가 있다는 걸 간과한 게 문제였다. 야구 유니폼을 입고 광고에 등장했던 운용사 대표는 상품이 출시된 지 한 달 만에 잠적했다. 잔고의 97퍼센트가 모나코의 페이퍼 컴퍼니를 경유해 증발한 뒤였다. 지자체들이 야구장을 담보로 큰돈을 대출받아 투자한 게 뒤늦게 밝혀졌고, 은행들은 발 빠르게 법원으로 달려갔다. 개막전 당일 야구 팬들은 경기장 출입구에 붙은 빨간색 가압류 딱지 앞에서 발길을 돌려야 했다. 한국 프로야구는 그렇게 역사 속으로 사라졌다.

이모는 나를 야구장에 처음 데려간 사람이었고, 연락이 뜸하던 때도 야구장에서 종종 마주칠 만큼 우리 둘 다 야구를 사랑했다. 망한 뒤에 만나 맥주를 마시면서도 야구 이야기를 했다. 예전에 무슨 이유에선지 정부가 그만뒀던 때가 있었는데, 그때도 야구만큼은 계속했다. 그런데 야구가 이렇게 끝나버릴 줄은 생각도 못했고, 이제 야구는 국민적인 증오의 대상이 됐다. 일부 야구 선수들은 과거를 지우기 위해 개명하거나 이민길에 올랐다. 어느 대학에서도 야구 특기자를 선발하지 않았고, 일선 중고교 야구부는 필드하키나 럭비로 종목을 변경했다. 그래도 야구 있을 때가 좋았다며 이모는 울었고, 옆 테이블에서 쏟아지는 증오의 눈빛을 의식한 나는 야구 같은 거 진작에 망했어야 했다며 목소리를 높였다. 하여튼 이모랑 나는 야구 때문에 망한 건 아니었으니 그렇게까지 야구를 싫어할 이유가 없었다.

이모에게 빌라 한 채가 남아 있다는 건 내게도 큰 행운이었다. 등기는 할머니 명의로 돼 있었지만 이모 집이나 마찬가지였다. 할머니의 통장으로 매달 들어오는 기초연금도 요긴했다. 이모가 망하고 얼마 지나지 않아 할머니가 돌아가신 탓에 사망신고를 미루고 있었다. 지금 상속 처리를 하면 이리저리 다 뜯기고 은행 좋은 일만 시킨다는 이모의 주장에는 논리적인 허점이 존재하지 않았다. 할머니도 원하지 않았을까? 당신 덕분에 두 혈족이 어떻게든 삶을 이어나갈 수 있으니 말이다. 서류상으로나마 할머니가 곁에 있다는 게 심정적인 버팀목이 되기도 했다. 동사무소 직원이 집에 찾아올 때를 대비해 흰 가발도 샀는데, 그걸 뒤집어쓴 이모는 내 어린 시절 기억 속의 할머니와 크게 다르지 않았다. 어느덧 이모 역시 국민연금을 수령할 만큼 나이가 들었으니까.

아무도 야구를 하지 않으니 나라도 해야겠다고 생각한 거다. 사실은 그것 말고 할 수 있는 게 별로 없기도 했다. 일을 계속 구하고 있기는 했지만 마땅한 일자리가 없었다. 다시 기간제 교사를 하고 싶은 마음은 전혀 들지 않았다. 임용고사라는 높은 벽을 넘지 못하고 생계를 위해 잡았던 일에 불과했으니까. 기간제로 일하는 동안 나 자신이 불완전한 교사라는 생각을 지울 수 없었다. 학생들도 나를 그렇게 보는 것만 같았다. 무엇보다 남을 가르치는 일이 적성에 맞지 않았다. 지겹기도 했고, 일할수록 나 자신을 잃어버리는 기분이었다.

가끔씩 대리운전을 나가서 용돈벌이나 했다. 하루는 수유에서 검단까지 가는 콜을 잡았는데, 가는 것까진 좋았다. 내려보니까 사방에 아파트뿐이고 버스는 진작에 끊겼지, 택시 한 대 안 다니지, 하는 수 없이 셔틀 타는 곳까지 무작정 걷기 시작했다. 그렇게 생각 없이 걷는데 인도 옆 풀숲에 희고 둥근 게 보였다. 유기된 햄스턴가 하고 봤더니 야구공이었다. 실밥이 군데군데 풀려 너덜너덜했다. 코에 대보니 오래된 먼지 냄새가 났다. 그때 처음 생각했다. 야구를 해야겠다고. 한 번도 안 해본 일이니까.

당근마켓에 야구 장비를 내놓은 사람이 있어 거래 약속을 잡았다. 아무래도 타자보다는 투수가 나을 것 같았다. 배트로 친 공은 너무 멀리 가니까 일일이 주워오기 힘들고, 던져주는 사람 없이 T볼만 하면 야구답지 않을 것 같았다. 어디 벽 같은 데를 찾아서 던지면 혼자서도 그럭저럭 야구 하는 기분을 낼 수 있겠지. 나가는 길에 이모를 마주쳤다. 이모는 얼마 전 교대 쪽에 사무실이 있는 직장을 구했다. 거여동에 합숙소가 있어서 일주일에 한 번 빨랫감을 잔뜩 들고 왔다. 전에 한번 "다단계 아니지?" 하고 물었는데 네트워크 파이낸싱이라는 답이 돌아왔다. 다단계랑은 다르다고 했다. 다단계는 말하자면 피라미드 같은 구조로 돌아가는데 이거는 거미줄을 생각하면 된다고 했다. 그래 설마 그 나이에 무슨 다단계 같은 거에 당하겠어, 싶어서 응원해줬다.

"어디 나가니? 집에 밥 있어?"

"햇반 있어."

"밥만 있어?"

"김치찌개 남은 거 있을걸. 온다고 미리 연락하지. 닭도리탕이라도 해놓는 건데."

"하면 되지. 뭐 어려운 거라고. 들어오는 길에 장 좀 봐서 와라. 얼른 한 솥 끓여봐. 근데 어디 가?"

"이모."

"응?"

"나 야구 하려고."

"야구……"

"응. 야구."

"그래. 어쩌면…… 지금이 야구 하기에 제일 좋은 시기인지도 몰라. 너는 알지 모르겠지만…… 우리 집안에 원래 그런 게 좀 있다. 반골 기질이라고 할까? 이조 때도 서학 한다고 끌려가서 엄청 죽었어. 동란 지나고는 일가친척 절반 넘게 월북했잖아. 그래서 우리가 주변에 남은 친척이 없다. 하지 말라면 더 하고 싶어지는 거 완전 인정해. 한번 해봐. 이모가 100프로 밀어줄게."

"알았어. 진짜 한번 해볼게."

"그래. 닭 큰 거 고르고. 애기 손바닥만한 거 사오기만 해봐. 진짜 가만 안 둬."

약속 장소에 나가니 덩치 큰 남자가 기다리고 있었다. 모자를 눌러쓰고 마스크로 얼굴을 가린데다가 캄캄한 밤에 선글라스까지 낀 게 아무래도 전직 야구 선수 같았다. 말을 거의 하지 않고 고개만 끄덕이며 물건을 하나하나 확인시켜줬다. 이름과 등번호를 뜯어낸 유니폼은 줄무늬와 파란색이 각각 세 벌씩이었다. 분명히 선수 같은데. 우리 팀이었으면 분명히 내가 알 텐데. 잠깐 머물다 이적한 선수는 물론이고 2군까지 전부 꿰고 있으니까. 슬쩍슬쩍 곁눈질을 했지만 도무지 짐작할 수가 없었다.

"글러브 다섯 개에 공 한 박스. 유니폼 여섯 벌. 모자 여섯 개. 신발 다섯 켤레. 양말 스무 족. 벨트 네 개. 루디프로젝트 스포츠 고글 하나. 올리신 품목 모두 맞네요. 전부 해서 2만 5천 원 맞죠?"

남자가 고개를 끄덕였다.

"계좌번호 불러주세요."

마스크 뒤에서 모기만한 목소리가 새어나왔다.

"현금…… 없어요?"

"요새 누가 현금 가지고 다녀요."

"아이 씨."

"불러주세요."

"그냥…… 가져가세요."

"그런 게 어딨어요."

"괜찮으니까…… 가라고……"

"가라고는 반말이고. 빨리 불러요."

"가세요…… 가시라고……"

"자꾸 이러면 당근마켓에 신고합니다?"

아무래도 매너 온도 때문에 흔들리는 것 같았다. 남자는 포기한 듯 옅은 한숨을 내쉬더니 계좌번호를 부르기 시작했다.

"하나. 사삼사. 공이칠일오육……"

불러준 대로 은행 앱에다 계좌번호를 누르자 이름이 떴다. 우규민이었다. 우규민이라니. FA를 두 번이나 한 최고의 언더핸드 투수도 인생에서 야구를 정리하고 있었다. 프로야구가 계속됐다면 좋은 코치가 됐을 텐데. 해설을 해도 잘했을 거다. 타팀으로 이적했지만 한 번도 미워한 적 없는 선수였다. 반가운데 반가운 티를 낼 수 없다는 게 슬펐다. 우리가 잃어버린 건 야구가 아니었다. 오랜 시간과 울고 웃던 기억 전부였다. 그래, 이젠 정말 야구를 하는 거야. 야구 내가 지킬 거야. 규민이 형, 지켜봐줘. 최고의 투수가 될게. 입금을 완료하고 손을 내밀었다. 머뭇거리던 우규민이 내 손을 마주잡았다. 80승-80홀드-80세이브라는 KBO의 유일무이한 기록을 세운 남자의 두터운 손바닥이 내 손을 덮었다. 인사하고 돌아서는 그에게 오래전 하고 싶었던 말이 생각났다.

"근데요."

"예?"

"봉중근한테 왜 그랬어요."

아무 대답 없이 나를 보던 우규민은 고개를 젓더니 내게서 멀어져갔다.

야구를 해야 하는데 야구 하는 곳이 없었다. 인터넷에서 아직 글이 올라오는 야구 팬 카페를 겨우 하나 찾았는데, 등업 요건이 엄청나게 까다로웠다. 신분증 사본과 자필 자기소개서를 보내고도 일주일이나 걸려서야 게시판에 들어갈 수 있었다. 이 팀 저 팀 구분하거나 배척하지 않고 진지하게 야구 이야기를 나누는 모습이 우애로워 보였다. 진작에 그랬으면 얼마나 좋아. 회원들은 서로가 생각하는 최고의 경기나 기억에 남는 시즌을 꼽으며 추억을 나눴다. 프로야구에 관한 공식적인 자료는 인터넷 전체에 거대한 구멍으로 비어 있었다. 사진을 올리면 저작권 위반으로 바로 삭제당했다. 카페 사람들의 말이 남아 있는 야구의 전부였다.

'야구 하려고 하는데 아직 야구 하는 곳 있을까요?'

내가 질문을 올리자 사람들은 경악에 가까운 반응을 보였다. 말리는 의견이 대다수였다. 그래도 한 명이 쓸 만한 정보를 남겼다.

'포천 운악중학교에 신감독님 아직 야구 하십니다. 야구를 하나? 야구를 하는지는 잘 모르겠고, 하여튼 아직 야구부 있어요. 부원이 있나? 한번 가보세요. 야구부 전화하면 안 받을 거예요. 교무실에 전화하면 야구부 없다고 할 거고요. 근데 아직 있습니다. 어제도 배달 갔어요. 신감독님 단무지 정말 좋아하십니다.'

지하철 내려서 버스 타고, 버스 내려서 버스를 한번 더 타고서야 운악중학교에 도착했다. 교사도 학생도 아닌 채로 학교 정문을 통과하는 감회가 새로웠다. 조용했다. 알루미늄 배트의 깡깡거리는 소리도, 사춘기 아이들의 우렁찬 구호도 없었다. 운동장은 짚검불이라도 굴러다닐 만큼 을씨년스러웠다. 학교 건물을 돌아 뒤로 가니 컨테이너가 하나 있었다. 바로 앞에 야구공이 가득 든 카트가 있는 걸 보니 여기가 야구부인 듯했다. 노크를 하자 경쾌한 대답이 돌아왔다. 문을 여니 쿼쿼한 냄새가 코를 찔렀다. 땀에 젖은 수건을 성의 없이 말려놓은 듯했다. 수명이 거의 다 된 형광등이 실내의 사물을 간신히 변별하게 해주었다. 야구복을 입은 남자가 부산을 떨며 테이블을 정리하고 있었다.

"단무지 넉넉히 가져왔지?"

"저…… 배달 아닌데요."

"그러게. 안 시켰구나."

잔뜩 실망한 표정의 남자가 바로 신감독이었다. 큰 머리 위에 얹어놓은 듯한 모자 뒤로 빛바랜 단체 사진이 보였다. 여기 사람이 있었다. 공을 치고 달리는 신체들의 자리였다. 망령처럼 공허한 눈을 한 신감독이 맥빠진 목소리로 내게 물었다.

"그럼 어쩐 일로?"

"야구 하려고요."

"아, 자제분이? 글쎄…… 왜? 굳이?"

"아니요. 자제는 없구요. 제가 할 건데요."

"코치? 안 구하는데."

"코치 말고요. 선수 할 겁니다. 투수요."

"선출이에요?"

"아닙니다."

"사회인 야구 했어요?"

"아니요."

신감독은 무슨 말인지 알겠다는 듯 고개를 끄덕였다. 주머니에서 아이코스를 꺼내더니 스틱을 꽂고 버튼을 눌렀다. 사방이 너무 조용해서 옅은 진동 소리가 선명하게 들렸다. 연초가 아닌 걸 담배라고 할 수 있을지 의문이었다. 가짜 담배를 물고 가짜 연기를 뿜어내던 그가 진짜 심각한 표정을 지으며 자리에서 일어났다.

"소주나 한잔하러 갑시다."

"갑자기 술을 왜 마셔요. 야구 하러 왔다니까요. 쓸데없는 소리 하지 말고 대답해주세요. 저를 받아줄 건지 말 건지 결정을 하라고요."

나도 모르게 목소리가 커졌다. 사실은 고래고래 소리라도 지르고 싶었다. 살면서 무언가를 진심으로 원한 적이 없었다.

과수원을 하면 사과나 복숭아를 심어야겠다고 생각했지만 진심은 아니었다. 비닐하우스를 치고 선인장 같은 걸 키워도 상관없었다. 뭘 해도 상관없고 안 해도 상관없었다. 그냥 돈이나 적당히 벌면 좋겠다고 생각했다. 늘 하던 일을 하지 않고 하지 않던 일을 하면 기분이 나아질 것 같았다. 그런 마음이었으니 사기 같은 걸 당했던 거다. 하지만 나는 이제 야구를 하고 싶었다. 내가 정말 하고 싶은 건 야구 말고 없었다. 그러니까 소주 같은 소리 하지 말라고. 막걸리를 들이붓든 빼갈을 처마시든 그딴 거는 너 혼자 하라고. 내 눈 똑바로 보고 말해. 나랑 야구를 할 거야 안 할 거야. 지금 여기에 야구가 있는 거야 없는 거야. 입 밖으로 내지는 않았지만 대충 그런 마음으로 신감독을 노려봤다. 나의 결기에 놀랐는지 그는 주춤거리며 뒤로 물러섰다. 다리가 소파에 닿자 털썩 주저앉으며 말했다.

"해봅시다. 까짓거."

그렇게 나는 야구를 시작했다.

돌아가는 길에 할머니에게 문자를 보냈다.

'할머니 나 이제 야구 시작해'

곧 답장이 왔다.

'그래 우리 강아지 장하다'

당연히 이모였다. 우리는 완벽한 부정 수급의 유지를 위해 정기적으로 할머니 명의의 핸드폰을 사용했다. 가짜인 걸 알면서도 문자를 주고받으면 코끝이 시큰했다. 나의 할머니는 젊은 시절 잠실의 깃돌이였다. 당신 몸의 열 배는 될 법한 커다란 응원 깃발을 좌우로 흔들며 북소리에 맞춰 목이 터져라 소리를 질렀다. 원래는 그냥 평범한 열성 팬이었는데, 정규 시즌 마지막 경기에서 심판 판정에 불만을 품고 그라운드에 뛰어들었다가 진행 요원에게 사지를 붙잡힌 채 끌려나왔다. 그 길로 영구 출입 정지 처분을 받았고, 다시 잠실 구장에 돌아가기까지 많은 노력을 했다. 할머니는 이혼한 뒤 결국 개명을 위한 법적 절차를 밟았다. 지금과 달리 개명과 관련한 법원의 판단이 까다롭게 결정되는 시기였다. 불행했던 결혼생활과 전남편의 채무 관계로 인한 채권자들의 괴롭힘은 그럭저럭 괜찮은 변론 사유가 되어주었다. 덕분에 오 년 만에 다른 사람인 척 야구장에 다시 갈 수 있었다. 나는 할머니가 순전히 개명할 구실을 만들기 위해 이혼했을 가능성이 작지 않다고 생각한다.

그때부터 82세의 나이로 깃발을 놓을 때까지 원정을 포함한 모든 경기에는 할머니가 있었다. 구단측은 은퇴(?)하는 할머니를 위해 작은 감사패를 마련했다. 줄무늬 옷을 입고 어깨를 서로 걸은 쌍둥이 마스코트 아래 진솔한 문구가 적혀 있었다. '무적 LG 승리를 위해― 너무 오래 우승 못해서 죄송합니다.' 단장과 함께 찍은 기념사진 액자는 할머니의 자개 화장대

오른쪽 서랍 위에 세워져 있었다.

하지만 거기까지였다. 할머니는 그뒤로 다시는 야구장을 찾지 않았다. 야구와 관련된 것은 읽지도 보지도 않았다. 가끔씩 야구장에 다녀온 이모가 승전보를 전하면 빙그레 웃으며 말했다.

"내일은 지겠지."

"아니야 엄마. 올해도 가을 야구 갈 수 있어."

"가을 야구 가면 가을에 지겠지."

"엄마는 왜 그렇게 부정적이야? 원년 팬이 그래도 돼?"

"그때부터 봐서 아는 거야. 이 팀은 솔직히 지구가 멸망할 때까지 안 된단다. 내가 정말 99도 아니고 100으로 장담할 수 있지."

지구는 간신히 버티고 있지만 프로야구가 망해버렸다. 할머니의 예언은 빗나가지 않은 셈이다. 할머니는 이모에 관해서도 예언 비슷한 것을 한 적이 있다. 너는 언젠가 크고 빛나는 별을 갖게 될 거란다. 빚으로 시달리고 무너지던 때에도 이모를 일으켜세운 건 할머니의 그 한마디였다. 나에 관해서도 좋은 말을 많이 해주셨다. 가장 높이 날고 있을 때 너와 함께 있을게, 같은 말은 특히 오래 남았다. 그게 무슨 뜻인지 알게 된 건 나중의 일이지만.

첫 훈련 전날 이모와 역전할머니맥주에 갔다. 이모가 회사에서 팀장으로 승진했다며 한턱내기로 했다. 먹태를 시켜놓고 살얼음 맥주를 다섯 잔씩 마셨다. 일찍 일어나서 포천까지 가야 한다고 몇 번이나 말했는데, 이모는 기어이 치즈 라볶이를 추가하더니 소주를 두 병이나 더 마셨다. 계산대 앞에서 지갑을 가져오지 않았다고 한 것까지 모두 이모다웠다. 비틀거리는 이모와 어깨동무를 하고 집에 와서 씻고 누웠다. 잠이 오지 않아 유튜브를 좀 보다보니 새벽 다섯시가 됐다. 바나나 한 개를 가방에 넣고 일찌감치 집을 나섰다. 컨테이너에서 자고 있던 신감독이 반쯤 감긴 눈으로 나를 맞이했다.

워밍업으로 운동장을 다섯 바퀴 돌고 처음 마운드 위에 섰다. 신감독이 캐치볼하듯 자연스럽게 던지면 된다고 해서 그렇게 했다. 스피드건을 확인한 신감독의 눈이 휘둥그레졌다. 시속 100킬로미터를 찍었다.

"혹시 무슨 운동 같은 거 했어요?"

"운동은 그냥…… 학생운동?"

"학생운동? 데모를 했어? 요즘은 그런 거 없잖아."

"저 그 말 진짜 싫어해요. 요즘 애들도 데모하냐는 소리요. 제가 요즘 애들일 때도 싫어했고 지금도 싫어해요. 약간 뭐랄까 깔보는? 그런 투가 섞여 있잖아요. 데모는 우리 때 데모가 진짜였지, 라든가. 아직도 데모 같은 걸 하네, 그런 거요. 세상이 왜 점점 구려지는지 알아요? 감독님 같은 사람이 데모를 안 해서 그런 거예요. 야구인이 야구 없어지는 동안 뭐 했어요? 나가서 데모라도 한번 해볼 생각 안 해봤어요? 평생이 하루아침에 없어지는데 그걸 그냥 보고만 있었냐고요."

"했어."

"했어요?"

"응."

"데모?"

"그래. 했어요. 세종시 내려가서 문체부에 야구공도 던지고, 강남 KBO 사무실 가서 농성도 하고 그랬다고. 당신은 관심 없어서 몰랐겠지만."

나는 좀 멋쩍어져서 다시 공을 던지기 시작했다. 내가 던진 공은 그물에 표시된 스트라이크존에 정확히 꽂혀들어갔다. 신 감독이 중간중간 폼을 교정해줬다. 마운드 판을 밟는 위치라든가 팔꿈치의 각도 같은 것을 지적했다. 서른 개 남짓 공을 던지고 나니 온몸이 땀에 흠뻑 젖어들었다.

"무리하지 말고 오늘은 백 개만 던집시다."

"변화구도 가르쳐주실 거죠?"

"직구가 이렇게 좋은데 뭐하러."

나는 사실 커브를 배우고 싶었다. 근사한 커브는 직구보다 품위 있고 왜곡을 대변했다. 공이 똑바로 가지 않는 게 인생의 진리를 드러낸다고 생각했다. 이런 의견을 말해봤지만 신감독의 반응은 좋지 않았다.

"세상에 똑바로 가는 공은 없어요."

말을 꺼낸 게 무안해질 만큼 차가운 대답이었다.

"제발 부탁인데 야구를 인생에 비유하지 마쇼. 축구든 골프든 마찬가지야. 그런 건 전부 쓰잘데기없는 일이라고. 인생에 대해 알고 싶으면 그냥 인생을 제대로 살아."

더 따지면 술이나 한잔하러 가자고 할 것 같아서 고개를 끄덕였다. 백 개의 투구 수를 채운 뒤 신감독에게 고개 숙여 인사했다. 마운드를 내려와 몇 걸음 가다가 멈춰서 말했다.

"죄송해요."

"나도 미안합니다."

돌아가는 내내 우리가 서로에게 사과한 이유가 뭔지 생각했다. 신감독과 나는 정말 미안해해야 하는 사람이 맞나? 사과는 언제나 마음 약한 사람이 먼저 하는 것 같다. 진짜 잘못한 사람이 아니라. 퇴근하는 사람들은 정강이까지 양말을 올려 신은 나를 힐끔거렸다. 나는 그냥 아무나 붙잡고 사과해버리고 싶었다.

구속이 150킬로를 찍는 데까지 한 달이 채 걸리지 않았다. 그뒤로는 하루에 5킬로씩 늘었다. 패스트볼이 시속 235킬로로 날아가던 날, 이모가 구속됐다. 직장 일이 잘못된 모양이었다. 팀원들에게 불법 대출을 알선해 회사 물건을 구매하도록 했다는 거였다.

이모는 경찰서 유치장에서 이틀 밤을 자고 구치소로 갔다. 면회는 처음이라 뭘 준비해야 할지 알 수가 없었다. 밤새워 이모가 좋아하는 닭도리탕을 끓이고 김밥도 쌌다. 가는 길에 마트에 들러 과자랑 음료수도 한 박스 잔뜩 담았다. 버스 타고 가는 길이 소풍 같았다. 이모의 처지를 생각하니 그런 기분이 든 게 조금 미안해졌다. 대기실에 먹을 것을 싸온 사람은 나뿐이었다. 참으로 인정머리 없는 사람들이라고 생각했는데, 알고 보니 내가 바보였다. 애초에 외부 음식 같은 건 반입되지 않았다.

"괜찮아. 영치금이나 잔뜩 넣고 가."

이모는 생각보다 잘 지내는 것처럼 보였다. 안에서 고등학교 동창도 만났다고 했다.

"변호사 안 구해도 되겠어?"

"돈이 어딨냐. 합의도 못했는데. 국선이래도 있으니까 다행이지. 초범이라 벌금 좀 나오고 말 거야. 아니면 여기서 몸이라도 만들고 나가지 뭐. 그나저나 야구는 잘돼? 느이 엄마가 너 어렸을 때 개구리를 엄청 고아 먹였거든. 그래서 니가 그렇게 잘 던지는 거야. 야구가 아직 있었으면 좋았을 텐데. 구속이 250이면 어디서라도 데려가지 않았겠어?"

그렇지 않아도 나 때문에 신감독이 너무 고생하고 있었다. 내 공을 받아내느라 그의 왼손은 늘 퉁퉁 부어 있었다. 당연히 18.44미터 거리에서는 던질 수 없었다. 그랬다간 신감독의 몸에 구멍이 뚫렸을 것이다. 마운드에서 운동장 끝까지 거리를 재보니 백 미터 정도가 나왔다. 그렇게 멀리서 던지는데도 하루가 멀다 하고 포수 미트가 찢어졌다. 이제는 새 제품이 안 나와서 중고장터를 싹쓸이해야 했다. 그렇다고 힘을 빼고 던지면 불같이 화를 냈다. 전력을 다하지 않으면 야구를 욕보이는 거라고 했다. 감독님, 야구를 욕보인 사람들은 따로 있어요. 저나 감독님이 그런 게 아니잖아요. 항변해봤지만 통하지 않았다. 신감독은 내 구속이 세상에 남은 야구의 전부인 것처럼 굴었다.

"이모, 나오면 같이 야구 하자."

내 말을 들은 이모의 눈시울이 붉어졌다. 부풀어오른 눈가를 주먹으로 훔치더니 결연한 목소리로 말했다.

"아니. 나는 할일이 따로 있어."

"할일?"

"그래. 복수해줘야지. 나를 이렇게 만든 사람한테."

"그게 누군데."

이모가 검지를 곧게 펴더니 자신의 턱을 가리켰다. 내가 고개를 갸웃하자 이모는 말없이 고개를 두 번 끄덕였다.

"다시는 이런 짓 못하게 해줘야지. 밥 세끼 제시간에 먹고 열시 전에 잘 거야. 새벽에 일어나서 파워 워킹 하고 주말에는 고수부지 가서 쓰레기도 줍는다. 일주일에 책 한 권씩 읽고 독후감 써서 블로그에 올릴 거야. 어디 그래도 헛짓거리할 수 있나 두고 보자고. 억울해서라도 그렇게는 못하겠지."

꽤나 설득력 있는 계획이었다. 좋지 않은 동기로도 충분히 좋은 일을 할 수 있는 거다. 그러다보면 어쩌다가 좋은 사람이 되어 있을 수도 있겠지. 면회 시간이 끝났다는 안내 방송이 흘러나왔다. 자리에서 일어난 이모가 내게 물었다.

"우리 엄마 잘 지내지?"

"응. 덕분에 나도 이렇게 잘 지내고 있잖아."

우리는 아이처럼 손을 흔들며 인사했다. 문득 할머니가 이모에게 건넨 말이 떠올랐다. 마침내 별을 갖게 된 딸을 보면 무슨 말을 해주었을까? 가는 길에 할머니에게 보고 싶다고 문자를 보냈다.

구속은 해수면처럼 계속 올라갔다. 더이상 스피드건으로는 측정이 되지 않는 정도였다. 안전상의 문제로 더는 학교 운동장을 쓸 수 없었다. 하는 수 없이 운악산 봉우리에서 공을 던졌다. 신감독은 거기서 5킬로미터 정도 떨어진 공터 한가운데서 붉은 깃발을 꽂아놓고 내 공을 기다렸다. 핸드폰 시계로 아홉시부터 십오 분마다 한 번씩 던지기로 했다. 뱀이 잠들어 사람을 해치지 않는 사시巳時의 기운 속에 태양을 등지고 투구함으로써 액운을 막고 복을 구한다는 의미였다. 등산객이 없는 곳을 찾다보니 안정적인 자세로 와인드업하는 데 어려움이 있었다. 허리를 바위에 묶어 튕겨나가지 않도록 해야 했다. 공을 한 번 던질 때마다 나무에 앉아 있던 새들이 부산스럽게 날아올랐다. 열 개 정도 던지고 나니 완전히 지쳐서 쓰러질 것 같았다.

부서질 것 같은 몸을 이끌고 산에서 내려와 공터로 갔는데 신감독이 보이지 않았다. 전화를 해도 받지 않았다. 한 시간 정도 그 자리에서 기다리다가 집에 갔다. 동사무소 복지 담당 공무원이 할머니를 찾아왔는데 강릉 놀러갔다고 둘러대서 돌려보냈다. 이모에게서 온 편지를 읽었다. 지금 바로 영치금 꽉꽉 채워넣지 않으면 출소해서 몽둥이로 두드려 팬 다음에 쫓아낼 거라고 쓰여 있었다. 요즘 내가 정성 들여 돌보고 있는 건 물이었다. 뒷베란다에 빈 어항이 있길래 박박 씻고 물을 키우기 시작했다. 틈날 때마다 볕을 쬐여주고 이틀에 한 번 물을 갈아줬다. 아무것도 자라지 않는데도 자꾸만 더러워졌다.

다음날 학교에 갔을 때 야구부가 쓰던 컨테이너는 텅 비어 있었다. 신감독에게 어디냐고 메시지를 보냈다. 아직 읽지 않았다는 뜻의 숫자 1이 지워지지 않았다. 전력투구를 하면 교감 선생님이 나와서 뭐라고 하기 때문에 캐치볼하는 느낌으로 담벼락에 공을 던졌다. 힘 조절이 잘 되지 않아서 담벼락이 큰 소리를 내며 무너졌다. 교감 선생님이 나오기 전에 얼른 도망 나왔다. 신감독은 여전히 나의 메시지를 읽지 않은 채였다.

'감독님, 저랑 소주 한잔하실래요?'

이렇게 보내자 곧 1이 없어졌다. 하지만 답장은 오지 않았다.

신감독을 다시 본 건 며칠 뒤 TV 화면에서였다. 대통령 직속 '국민체육정상화위원회'의 출범식에서 대표 자문위원으로 임명장을 받는 모습이었다. 이어진 대통령의 특별 담화는 야구의 종식을 선언하는 내용이었다. 현 시간부로 모든 야구를 금지하며 야구를 단속하는 특별사법경찰관을 체육 현장에 투입한다는 결정이었다. 암암리에 활동하는 야구자들을 뿌리 뽑고 체육 정의를 바로 세우겠다는 다짐과 함께 주먹을 높이 들어올렸다. 대대적인 색출이 시작됐다. 지하조직으로 운영되던 독립 리그 관계자들이 일제히 검거됐다. 철문을 덧대 몰래 영업하던 스크린 야구장 업주들도 철퇴를 맞았다. 나는 포위망을 피해 산으로 들어갔다. 신감독은 나를 회유하려고 계속 연락했다.

'어디예요? 우리 소주 한잔해야지.'

'이쪽에는 내가 잘 말해놨어요. 지금 자수하면 불기소 처리

될 거야.'

'구속은 80킬로 정도라고 해놨어. 선출도 아닌데 뭘 걱정해.'

도피 생활이 길어지며 이모를 챙기지 못하는 게 마음에 걸렸다. 영치금을 기다리고 있을 텐데. 이모의 실형이 확정됐다. 그것도 왠지 나 때문인 것 같아 미안했다. 산에 들어가서도 야구만큼은 놓지 않았다. 테니스장에 무단침입해 카트에 담겨 있는 연습 공을 배낭 가득 담아왔다. 주야로 운기조식하고 일출 직전 동쪽을 향해 공을 딱 한 개 던졌다. 손을 떠난 공은 총알 소리를 내며 긴 구름 꼬리를 남겼다. 집에 있는 물이 걱정됐다. 그래도 다른 게 아닌 물을 키워서 다행이었다.

가끔 민가로 내려가 YTN을 시청했다. 잠실 야구장을 철거하고 그 자리에 대규모 주상복합건물을 올린다는 뉴스가 나왔다. 분양 수익으로 서울시의 채무를 갚겠다고 했다. 주경기장은 뚝섬으로 옮기고, 실내체육관은 한강 아래에 수중 돔을 지어 운영한다는 계획도 나왔다. 뚝섬에 살고 있는 사슴들의 새로운 거처를 찾는 게 문제였다. 일부 가정 분양을 시도했지만 현대적인 도시 주거환경에 비추어 사슴을 키울 만한 여건이 되는 집이 별로 없었다. 사슴들의 자율적인 결정에 맡기기로 했는데 대부분 중립국을 택했다.

새로 올라갈 건물의 높이는 천 미터가 조금 넘었고 연면적이 200만 평에 달했다. 바티칸시국이 열몇 번은 들어갈 수 있는 크기였다. 창문 없는 투룸을 많이 집어넣어 주택난을 일거에 해소한다는 내용도 있었는데, 부동산 업계와 아파트 보유자들의 반대로 해당 항목은 보류됐다.

마지막으로 잠실 야구장의 마운드에 서보고 싶었다. 내 공을 받아줄 동지는 사라졌지만. 뜨거운 함성은 간데없고 깃발도 없지만. 단 한 개의 공을 던지고 자수하겠다. 말하자면 나의 데뷔전이자 동시에 은퇴 경기인 셈이었다.

우규민의 유니폼을 갖춰 입고 길을 나섰다. 옷이 커서 품이 많이 남았다. 끝단을 고무줄로 묶었다. 미리 준비해둔 절단기로 선수 출입구 쪽 자물쇠를 끊었다. 플래시를 켜지 않고도 그라운드로 가는 길을 찾을 수 있었다. 폐허처럼 쓰레기가 굴러다니는 복도를 지나자 달빛을 받아 은은하게 빛나는 야구장이 나왔다. 살짝 솟아 있는 마운드가 방금 세수한 이의 콧잔등처럼 오뚝했다. 가장 좋아하던 선수의 응원가가 귓가에 맴돌았다. *왜 내 눈앞에 나타나.*

"저기요."

돌아보니 플래시가 얼굴을 비춰 눈을 뜰 수 없었다.

"여기 들어오시면 안 돼요."

"아, 저는 저기 수상한 사람이 아니구요."

"누구신데요?"

"케이블 기산데요."

"케이블 TV요?"

"네. 인터넷이랑……"

"선생님?"

나를 비추던 플래시 불빛이 자기 주인의 얼굴을 향했다.

"김두리?"

두리는 기간제 교사 시절 만난 문과반 학생이었다. 두리를 기억할 수밖에 없었던 건 학기 마지막날 두리가 보여줬던 마술 때문이었다. 선생님이 이제 곧 학교에서 사라지니까 자기도 사라지는 마술을 보여주겠다며 김두리는 교탁 앞으로 나왔다. 그러더니 주머니에서 콩알탄을 한 움큼 꺼냈다. 펑 소리와 함께 피어오른 연기 속에서 두리는 정말 사라졌다. 이틀 뒤 성산일출봉 건너편 갯바위에 고립돼 있는 걸 낚시꾼들이 발견해 구조했다. 두리를 다시 본 건 사라지던 순간 이후 처음이었다. 그때 만난 아이들 중에 페이스북 친구가 되어 종종 소식을 주고받던 아이들이 있었다. 걔들도 두리 소식은 모른다고 했다. 페이스북이 원래의 활기를 잃고 손이 가지 않는 매체로 변한 뒤에는 어떤 학생과도 사적으로 연락하며 지내지 않았다.

"두리, 여기서 뭐 해?"

"저 아르바이트하고 있어요. 야간 경비요. 선생님은 뭐 해요?"

"나 야구 하러 왔어."

"혼자서요?"

"응. 혼자."

"원래 여기 계시면 안 되는데…… 근데…… 다들 그러면 안 되는 일을 잔뜩 하고 사는 세상이니까 못 본 척해드릴게요. 어차피 저밖에 없기도 하고."

"그럼 우리 좀 걸을까? 그라운드에 가보고 싶어."

두리는 한국에 들어온 지 얼마 되지 않았다고 했다. 취업 사기를 당해 포르투갈에서 한동안 돌아올 수 없었다. 여권을 뺏긴 채 포르투갈 방방곡곡에서 열리는 지역 축제를 따라다니며 피에로로 일했다. 코로나의 확산으로 축제가 모두 취소되자 감시가 느슨해진 틈을 타 겨우 탈출할 수 있었다. 대사관에서 임시 여권을 발급받은 뒤에도 출국 날까지 포르투갈 갱을 피해 숨죽이며 지내야 했다.

나는 두리에게 어쩌면 과수원이 될 수도 있었을 단양군의 공유지분 토지에 대해 조금 이야기해줬다. 마지막 공 하나를 던지고 야구에서 은퇴하기로 했다는 이야기도 해줬다.

"선생님 저는요, 진짜 열심히 해서 바위 같은 거로 변하고 싶었어요. 등산로 같은 데 있는 큰 바위요. 오다가다 사람들이 괜히 좋게 생각해서 쓰다듬어도 주고. 옆에다가 작은 돌탑 같은 것도 만들어놓고 그러는 바위요. 근데 이제 그럴 수 있을 거라는 생각이 안 들어요."

"그건 마술이 아니라 마법 아니야?"

"선생님, 속으면 마술이고 믿으면 마법이에요."

"그때 진짜 어떻게 사라진 거야? 얘기 안 해줄 거야?"

"어차피 얘기해도 안 믿으실걸요."

우리는 워닝 트랙까지 갔다가 베이스를 한 번씩 찍고 마운드에 도착했다.

"글러브 하나 더 있어요? 제가 받아드릴게요."

"안 돼 두리야. 그러다 너 죽어."

"그럼 어떻게 해요?"

"혹시 홈 플레이트 뒤쪽 펜스가 조금 부서져도 괜찮을까?"

"괜찮지 않을까요? 어차피 철거한다고 하잖아요."

"그렇지?"

흙이 덮인 발판을 손으로 쓸어냈다. 두리는 핸드폰을 꺼내 촬영할 준비를 하고 있었다.

"두리야. 혹시 모르니까 좀 멀리 떨어져 있어. 저기 더그아웃에 들어가라."

"선생님 야구공 던지는 거 맞아요? 무슨 수류탄 같은 거 아니죠?"

"응. 야구공이야."

두리를 뒤로 물리고 와인드업을 했다. 연습구 같은 건 필요 없었다. 마지막 공 하나에 내 모든 걸 걸기로 했다. 공을 감싸 쥔 두 손을 모아 잡고 팔을 하늘로 뻗었다. 아래로 잠실 구장에 흩뿌려진 선수들의 땀과 눈물을 끌어올리고, 머리 위에 빛나는 북극성의 기운을 내려받아 한 점으로 집중했다. 신감독과 함께한 고된 훈련의 기억이며, 단양에 처음 땅 보러 가서 설레던 날의 마음이 떠올랐다. 가슴 앞에 공을 내리자 전생을 포함한 지난 오백 년의 기억이 주마등처럼 눈앞을 스쳐갔다.

"선생님! 저 근데 두리 아니에요! 제 이름 누리예요! 김누리!"

더그아웃에서 소리치는 두리, 아니 누리의 목소리를 분명히 들었지만 투구 동작을 멈출 수 없었다. 살아가며 미안한 일이 하나 늘었구나. 머리 뒤로 당긴 공을 앞으로 던지기 직전이었다. 칼날 같은 기운이 정수리에서 단전까지 한 번에 쏟아져내렸다. 마침내 손끝에서 공이 떠난 순간, 귀를 찢는 폭음과 함께 온몸이 뒤로 밀리며 허공에 내던져졌다. 소닉붐이었다. 뒤로 나자빠진 누리의 원망스러운 얼굴이 멀어지는 것을 보며 정신을 잃었다. 의식을 되찾았을 때 나는 여전히 날아가고 있었다. 내 손을 떠난 건 공이었지만, 그와 동시에 나 역시 나를 떠났던 거다. 공을 통하여, 공과 함께, 공 안에서 성층권을 돌파한 나는 온몸이 부서지는 것 같은 충격을 견뎌야 했다. 차라리 다시 정신을 놓아버리는 게 더 편할 것 같았다.

—우리 강아지. 아직 아니야. 뒤를 돌아봐. 떠나기 전 마지막으로 보는 풍경을 잊지 마.

—할머니?

—그래. 약속했잖아. 내가 같이 있을 거라고.

내게서 멀어져가는 지구는 커다란 공에 지나지 않았다. 거기에 이제까지의 모든 게 있었다. 생활과 야구와 슬픈 일들과 서운한 것이 모두 한덩어리였다. 안녕. 거의 무게도 없이 108개의 실밥 틈에 단단히 고착된 나는 이모에게 인사를 보냈다. 안녕.

안녕. 야구 안녕. 잠실종합운동장역 안녕.

안녕. 캄캄한 밤 전자레인지 시계 불빛이 비치던 어항 안녕.

그 속의 물 안녕.

안녕. 누리 안녕. 이름을 제대로 기억하지 못해서 미안해.

안녕.

인사가 끝날 때쯤 지구는 점보다도 작아졌다.

—여기부터는 너 혼자 가야 해.

—할머니.

—응.

—우리 전에 같이 먹은 냉면 맛있었다.

—다음에 또 먹자.

—다음에?

—그래, 다음에.

—다음이 있어요?

—돌고 돌면 언젠가는 시작한 자리로 돌아오겠지. 홈 플레이트를 밟고 들어오길 기원해줄게. 그런 말은 믿지 마. 이 타구는 돌아오지 않습니다, 같은 것. 안녕.

완전히 혼자가 된 기분은 평화로웠다. 마주치는 누구와도 반갑게 인사할 수 있을 것 같았다. 멀리 모르는 성운이 얼룩처럼 보였다. 인공위성의 잔해가 빠른 속도로 내 쪽을 향해 날아왔다. 패널 위에 놓인 라디오가 치직거리며 한명재 캐스터의 목소리를 들려줬다. 보고 계십니까. 들리십니까. 당신이 뛰었던 꿈의 구장도 이제 역사 속으로 사라집니다. 그러나 당신과 함께했던 추억은 결코 사라지지 않을 겁니다.

돌아갈 수 있다면, 그때도 나는 야구를 할 것이다.

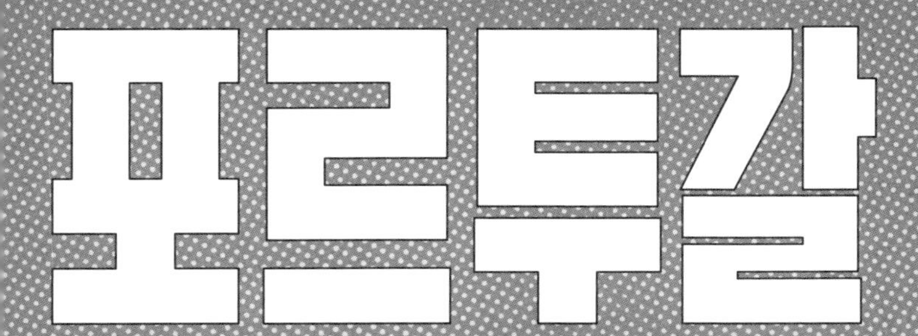
포르투갈

포르투의 프란시스쿠 사 카르네이루 공항에 도착했을 때 바람이 세차게 불었다. 공항 노동자의 오렌지색 점프 슈트가 특수효과처럼 펄럭거릴 정도였다. 파리 샤를 드골 공항에서 환승을 위해 세 시간 대기한 것을 포함해 인천에서부터 열일곱 시간이 걸렸다. 언제 비가 내렸는지 땅이 젖어 있었다. 최종 목적지인 마르방으로 가는 버스가 두 시간쯤 후 시외 터미널에서 출발할 예정이었다. 서울시가 포르투와 맺은 MOU 덕분에 따로 표를 끊지 않고도 대중교통을 이용할 수 있었다.* 시외 터미널로 향하는 버스에 올라 지갑째로 티머니를 댔다. 익

* 안 된다.

숙한 삑, 소리가 나며 "환승입니다"라는 안내 멘트가 흘러나왔다. 포르투는 사진으로 본 것보다 훨씬 쇠락한 인상이었다. 도심 곳곳이 유네스코 역사지구로 지정되어 새 건물을 올리기 힘들다는 안내 글이 기억났다. 그런데도 시내는 곳곳이 공사판이었다. 낡은 건물을 레스토랑이나 로드 숍으로 레노베이션하는 공사가 한창이었다.

해외 파견, 고수익 보장이라는 제목의 알바몬 공고를 봤을 때 내가 떠올린 건 회고적으로는 중동의 건설 현장이었고, 시의적으로는 필리핀의 보이스 피싱 공장이었다. 하지만 행선지는 뜻밖에도 유럽이었다. 안내문에는 항공권을 포함한 부대 비용 전액을 지원한다고 돼 있었다. 애초에 내가 찾던 일자리는 숙식을 제공하는 지방의 공사 현장이었다. 그런 곳은 고립돼 있어서 생활하는 동안 쓸데없는 돈이 나가지 않고, 일이 고된 만큼 노동 시간이 잘 지켜지는 편이다. 혹여 추가 근무가 있더라도 가감 없이 공수를 쳐주기 때문에 나쁘지 않고 목돈을 만들기에 좋았다. 지방 현장을 몇 군데 돌고 나니 통장에 돈 쌓이는 재미를 제법 알게 됐다. 그 돈으로 무얼 할 수 있을지 생각할 틈도 없이 현장에 나갔다 오면 잠들기 바빴다.

되는대로 일을 하며 지냈지만 꿈이라는 게 없지는 않았다. 사실 나는 지역 축제를 휩쓰는 품바가 되고 싶었다. 유튜브에서 품바 영상을 찾아보며 나만의 독자적인 레퍼토리를 짜보기도 했다. 실제로 품바팀 관계자를 찾아가 입단?이랄까 정식 멤버가 되는 방법을 문의한 적도 있는데, 실상을 듣고 보니 배우기도 오래 걸리고 정식 단원이 되기 전까지는 돈을 모으기 힘들었다. 하는 수 없이 현장 일을 꾸준히 나갔다. 아쉬움도 있었지만 어려서부터 적응을 잘하는 편이라 괜찮았다. 야리끼리*의 기쁨을 맥주 한 캔으로 흘려보내며 하루하루를 지내다 보면 시간이 잘 가서 좋았다.

포르투갈에 대해서는 아는 바가 별로 없었다. 루이스 피구의 나라라든가, 크리스티아누 호날두의 조국 정도랄까. 나는 축구에 전혀 관심이 없었고 국가대표 경기라고 해도 한일전을 제외하고는 거들떠보지도 않는 타입이라 별다른 감흥을 느끼지 못했다. 나는 축구보다는 확실히 야구 쪽이었다. 나는 이것을 kick-person과 hit-person의 차이라고 말하곤 했다. 유럽이라고 하면 기껏해야 크리켓을 하는 영국 사립학교의 청소년밖에 생각나지 않았는데, 그들은 어쩐지 니 삭스를 신고 있을 것 같았고, 가장 멀리 뻗어나간 공이 철망에 맞고 튕겨나오는 대신 풀숲으로 사라져 찾을 수 없을 것 같았다. 평소였다면 페넌트레이스가 한창일 시기였고, 야구 게시판이 남아 있다면

* 공사 현장에서 그날 할당량을 채우고 일찍 마치는 것.

응원하는 팀에 대한 소망충족적 망상이 넘쳐나고 있을 것이었다. 하지만 한국에는 더이상 야구란 게 남아 있지 않았다.[*] 이 나라를 떠나는 데 심정적인 걸림돌은 아무것도 없었다.

안내문에 의사소통에 대한 부담이 없다고 적혀 있던 것도 비행기를 타게 된 중요한 요인이었다. 나는 영어 회화에 자신이 없을 뿐만 아니라 포어의 발음이 어떤지는 가늠해본 적도 없었다. 그야말로 순도 높은 모노링구얼 한국어 화자였다. 그래도 생판 모르는 나라에 가는데 정말 괜찮은 건지 걱정이 되긴 했다. 인력 사무소 사장 김오력씨는 '가보면 안다'는 말만 되풀이했다. 혹시 몰라서 『생활 포르투갈어』라는 책을 사 몇 쪽 들여다보긴 했는데 기억나는 거라고는 '감사합니다'뿐이었다. 남자는 오브리가다, 여자는 오브리가두.[**] '아리가또'랑 비슷한 것 같기도 하고, 〈오브라디 오브라다〉 생각도 났다.

터미널에서 마르방행 티켓을 끊고 기다리는데 한국인이 보였다. 전혀 모르는 사람이었지만 낯선 곳에 있으니 조금만 익숙한 분위기가 섞여 있어도 아는 사람처럼 느껴졌다. 그 여자는 틀림없는 한국인이었다. 마스크를 쓰고 있었지만 이름표를 붙여놓은 것처럼 알 수 있었다. 계절을 가늠할 수 없는 옷을 입

* 김홍, 「인생은 그라운드」, 『황해문화』 2022년 가을호.

** 반대임.

은 그 여자가 성큼성큼 걸어오더니 내게 악수를 청했다. 나를 고용한 인력 중개회사 '파이브 파워'의 포르투갈 현지 코디네이터라고 자신을 소개하며 '최민아'라고 적힌 명함을 건넸다.

"요기라도 좀 했어요?"

"아뇨. 아직."

"그냥 그림 보고 아무거나 사 먹어요. 여기 빵은 다 맛있고 고기는 좀 짠데 빵이랑 같이 먹으면 그냥저냥 간이 맞아요."

"저 가서 무슨 일 해요?"

"한국에서 무슨 일 했어요?"

"그냥 이런저런 일요."

"똑같아요."

최민아는 마스크를 내리더니 담배를 꺼내 물고 불을 붙였다. 주변을 둘러보니 궐련형 전자담배는 물론이고 연초 연기를 거리낌없이 뿜어내는 사람이 적지 않았다. 한국에 비해 실외 흡연에 전반적으로 관대한 분위기인 것 같았다.

"가서 코스타 씨를 찾아요. 그쪽 현장 책임자니까."

"근데 제가 포르투갈어는 생전 배워본 적이 없고 영어도 못하는데 괜찮을까요?"

"얘네들도 한국어 몰라요."

"그래도 일을 해야 되잖아요."

"미국 영화에서 예수님이 히브리어 쓰는 거 봤어요?"*

"예?"

"코스타 씨한테 안부 전해줘요."

최민아는 담배꽁초를 신발 밑창으로 비벼 끄고 빠르게 사라졌다. 머리에 수건을 두른 집시 할머니가 꾹꾹 눌러 싼 짐보따리를 머리에 이고 지나갔다. 터미널 벽 곳곳에 의미를 알 수 없는 그라피티가 그려져 있었다. 일본인 관광객으로 보이는 남녀가 알록달록한 벽 앞에서 행복한 표정으로 번갈아 사진을 찍었다. 거기에 개나 소를 모욕하는 말이 적혀 있다고 해도 상관없는 눈치였다.

버스는 한국의 고속버스보다 층고가 훨씬 높았다. 더듬이처럼 공격적으로 튀어나온 사이드미러가 전투 로봇의 생기다 만 팔처럼 보였다. 순식간에 트랜스포머처럼 거대 로봇으로 변신을 한다면…… 안에 있는 승객들은 어떻게 되는 건가? 〈트랜스포머〉의 공식 설정에서는 그런 부분을 어떻게 설명하고 있는가? 알 수 없는 일이었다. 나는 배낭을 버스 아래 짐칸에 싣고 승차해 좌석에 앉았다. 머리색과 피부색이 비슷한 운전기사가 느리게 액셀을 밟았다. 포르투갈의 수도 포르투**를 벗어나는 동안 정지신호에 걸렸을 때를 제외하고는 한 번도 차가

---

* 멜 깁슨이 감독한 〈패션 오브 크라이스트〉(2004)의 예수는 아람어를 쓴다.

** 리스본임.

멈추지 않았다.

최민아의 명함을 접어 학을 만든 뒤 내가 아는 열두 가지 주문 중 세 개를 섞어 숨을 불어넣었다. 빳빳하던 종이학의 질감이 부드러워지더니 곧 살아 있는 것처럼 날개를 퍼덕였다. 건너편에 앉아 있던 할아버지의 눈이 동그래졌다. 나는 작은 희열을 느끼며 부산스러운 종이학을 운전석 쪽으로 날려 보냈다. 기사는 창문을 열고 파리를 내쫓듯 손을 휘저었다. 작은 충돌음과 함께 창밖으로 튕겨져나간 종이학은 잠시 휘청거리다가, 곧 중심을 잡고 인사도 없이 멀어져갔다.

마르방은 스페인 국경과 멀지 않은 작은 요새 도시였다. 절벽 위에 세워진 중세의 성벽은 남한산성을 떠올리게 했고 자욱한 안개는 청평호의 그것과 비슷했다. 돌로 쌓아올린 아치형 입구에서부터 낡은 도시 특유의 습기가 코점막을 자극했다. 사람들은 곧 시작될 '마르방 올리브 축제'를 위해 꽃과 빵을 나르고 있었다. 구글 지도를 켜고 미리 안내받은 민박집을 찾아갔다. 벨이 보이지 않아 주먹으로 문을 두드렸다. 집에서 나온 사람은 자기소개를 하지 않았지만 나는 그 사람이 코스타 씨라는 것을 직감적으로 알 수 있었다. 코스타 씨는 콧수염을 멋지게 기른 거구의 사내였다. 우락부락한 팔뚝으로 나를 끌어안더니 양볼에 가볍게 키스를 건넸다. 어깨를 잡은 두 손을 풀지 않고 내게 물었다.

"몇 살이냐?"

"구삼인데요."

"스물아홉?"

"네. 근데 빠른……"

"차보다 빨라?"

"그건 아니고요."

"닭띠가 빨라봤자지. 일머리는 좀 있나?"

주방 쪽에서 인기척이 나더니 내 또래로 보이는 여자가 빵을 우물거리며 나왔다.

"뭐예요? 신입?"

"인사해. 네 사수야."

"안녕하세요."

"어디서 왔어? 지나? 니하오?"

"아냐, 한국이래."

"아, 나 한국 알아."

"근데 왜 반말하세요?"

"얘 상태 왜 이래요?"

"왜 그래. 사이좋게 지내. 서로 존대해."

"네. 저는 존대할게요."

"나는 싫은데. 너만 존대해."

"그만하고 회의하자. 일 시작해야지."

코스타 씨가 탁상에 놓여 있던 과자 봉지를 굵은 팔뚝으로 밀어내고는 그 자리에 두루마리처럼 말려 있는 종이를 펼쳤다. 비스듬한 아몬드 모양의 마르방 지도였다. 아몬드의 뾰족한 부분에 큰 동그라미를 치고, 둥글고 넓적한 부분에도 똑같이 동그라미를 그렸다. 지도를 보며 아몬드를 생각하다가 아몬드에 생각보다 많은 주름이 있다는 걸 기억해냈고, 지도에 오밀조밀 표시된 작은 건물들이 아몬드의 주름과 비슷하다고 생각했다.

"아래쪽에 TFS 텐트 하나 쳐야 되고 위쪽에 몽골 텐트 3미터짜리 일렬로 열다섯 개 놓는 거야. TFS는 H빔 놓고 용접할 거거든? 그건 내가 할 테니까 니들은 몽골 텐트 쪽에 가 있어."

"그냥 앵카 박는 게 편하지 않아요?"

"여기 지금 땅에 박혀 있는 돌 하나하나가 유적이야."

"내가 박는 앵카도 삼백 년 지나면 다 유물이에요."

"신참. 몽골 텐트 작업해본 적 있다고 했지."

"네. 주로 축제랑…… 철거랑…… 그냥 아무거나 다 했어요."

"니가 사수니까 잘 데리고 다녀라. 축준위 사람들한테 인사도 시키고."

"인사는 지가 알아서 하는 거고."

"네. 인사는 저도 할 줄 알아요."

"너는 말하는 게…… 왜 이렇게 밥맛이 없니?"

"저…… 코스타 씨."

"응?"

"최민아씨가 안부 전해달래요."

"최민아? 그게 누구?"

"파이브 파워 최민아씨요."

"아아, 걔가 최씨였구나."

내 이야기를 들은 코스타 씨는 곧장 전화기를 꺼내 어딘가로 전화를 걸었다. 전화받은 상대에 대한 친밀감이 음성에 실린 분위기를 통해 느껴졌다. 포르투의 터미널에서 만난 최민아씨인가 싶었는데, 스피커에서는 걸걸한 쇳소리가 흘러나왔다. '이 새끼'라든가 '그 새끼'라는 소리가 섞여 들린 탓에 상대방이 혹시 러시아 사람인가 싶기도 했다. 내가 코스타 씨의 통화를 분석하는 동안 2층에 올라가 작업복으로 갈아입은 사수가 자리로 돌아왔다. 그러고 보니 아직 통성명도 하지 못했다는 게 생각났다.

"이름이 뭐예요?"

"라라. 그냥 선배라고 불러."

라라는 자기를 따라오라는 듯 내 왼쪽 어깨를 손바닥으로 가볍게 쳤다. 문을 나서는 라라의 발걸음에는 활기가 넘쳤다.

갑자기 문을 통해 밝은 빛이 쏟아져들어온 탓에 실내가 상당히 어두웠다는 것을 새삼 깨달았다. 그런 생각을 하면서 잠시 멍하게 있다가, 라라가 시야에서 사라진 뒤에야 정신을 차리고 허둥지둥 뒤를 쫓아갔다. 문을 나서기 전 통화중인 코스타 씨에게 가볍게 묵례를 했고, 그는 검지손가락을 슬몃 들어 내 인사에 응답했다.

밖에 나와보니 라라는 어느 골목으로 들어갔는지 보이지 않았다. 길을 따라 올라갈 것인지 내려갈 것인지 결정해야 했다. 내 인생은 전반적으로 내리막길의 연속이라는 생각이 있었기 때문에 고민 없이 내려가는 쪽을 택했다. 올라가려면 숨이 차서 그런 측면도 없지 않았다. 청바지에 후드티를 맞춰 입은 마칭 밴드가 민속적인* 가락을 연주하며 발을 맞춰 연습했다. 인파를 헤치듯 밴드 사이를 비집고 나오니 저멀리 골목이 꺾어지는 구석에 머리를 올려 묶은 라라의 뒷모습이 보였다. 안도하는 한편 내 인생에 대한 자조적인 평가가 별다른 어려움 없이 증명된 듯해서 씁쓸한 기분이 들었다.

라라는 무대를 설치하는 축준위 사람들과 농담을 주고받았다. 이야기를 들어보니 대부분 마르방에서 몇 대째 살아온 사람들이었고, 도시로 떠났다가 축제 때가 되면 마을로 돌아오

---

* 유럽 민속적.

는 경우도 있었다. 내륙 억양이 강한 목소리에서 중간중간 마을에 대한 자부심 같은 것을 느낄 수 있었다. 마르방은 지난 천 년간 포르투갈 전역에서 가장 정복하기 힘든 요새 중 하나였다. 끝내 성벽을 타고 넘어 마을을 장악한 것은 어느 나라의 군대도 아닌 자본주의 그 자체였다. 마르방은 이제 매년 열리는 국제 클래식 페스티벌을 가장 자랑스러워하는 마을이 됐다. 수시로 열리는 지역 특산물 축제도 지역 경제의 활성화를 위해 빼놓을 수 없는 핵심적인 행사였다.

나는 대화에 끼어들기 위해 이목을 집중시키는 평소의 습관을 되풀이하기로 했다. 뒷주머니에서 꺼낸 손수건을 손바닥 위에 올려놓은 다음 항상 가지고 다니는 콩알탄을 땅에 던져 펑, 소리와 연기를 냈다. 그러는 사이 손수건은 조각조각 갈라져 수백 마리의 나비로 변했고, 나비들은 일사불란하게 움직여 허공에 'Marvão'을 만든 뒤 반짝이는 종이 가루로 흩어졌다. 축준위 사람들의 열렬한 박수와 함께 악수 요청이 이어졌다. 팔짱을 낀 라라가 입꼬리를 한쪽만 올리며 제법이라는 듯 내게 눈짓을 보냈다.

"어이, 꼬마. 어디서 왔다고?"

"한국요. 싸우쓰."

"오! 김치!"

"BTS!"

"쏜!"

"쏜은 뭐예요?"

"토트넘의 쏜 말야. 쏜을 몰라? 쏜이 일본인이던가?"

"아, 맞아요 한국인. 손흥민."

"헝……뮌?"

"쏜헝뮌."

그들은 자기들끼리 축구 얘기를 한참 이어갔다. 이 나라 사람들은 대체로 축구에 미쳐 있는 것 같았다. TV가 있는 가게는 어김없이 축구 경기를 틀어놓고 있었다. 내가 본 중에서 단 한 곳만이 뉴스 비슷한 것을 보고 있었다. 한국의 종합편성채널에서 오후 시간대에 흔히 볼 수 있는 시사 프로와 비슷한 분위기였는데, 그마저도 토론 주제가 축구라는 것을 알아차린 것은 자료화면 때문이었다. 곧 멱살이라도 잡을 것처럼 흥분한 패널들이 손바닥으로 책상을 치며 전날 축구 경기에 대한 분석? 평가? 같은 것을 하고 있었다. 물음표에 대해서는 용서를 바란다. 나는 포어를 모르고 축구에는 아무 관심이 없기 때문에…… 축준위 사람들의 축구 이야기는 그칠 줄을 몰랐고 나는 아쉽게도 독도가 어느 나라 땅인지 이야기할 타이밍을 놓쳐버렸다. 외국 나가면 꼭 독도가 우리 땅이라고 외쳐보고 싶었는데. 축구에 관해서라면 정말이지 할말이 없었으므로 혼자서 kick-person과 hit-person의 근본적인 차이를 정리해보기로 했다. 효율적인 전개를 위해 전자를 KP, 후자를 HP라고 줄여 표기하겠다.

KP: 반장 선거할 때 제일 먼저 손 들고 자기 추천해서 입후보했다가 떨어짐. 치킨 먹을 때 주로 퍽퍽살 먹음. 국밥 먹을 때 국물맛 구별 안 될 정도로 다대기 많이 넣음. 엠티 갈 때 버스에서 제일 열심히 놀다가 밥할 때 되면 전날 술 많이 먹어서 피곤하다고 자는 척함. 경기 종료 휘슬 울리자마자 선수들이랑 하이파이브하려고 출구 쪽으로 뛰어감. 대체로 태음인.

HP: 직관 갈 때 경기장 근처 맛집 다섯 군데 정도에서 테이크아웃하는데 끝날 때 보면 다 남기는 경우 많음. 자기 팀 선수들 연봉, 타율, 평균자책점 전부 외우면서 자기 생일은 까먹음. 사인 볼 받아서 잘 보관한다고 하는데 이사 몇 번 다니다 보면 다 없어져 있고 그나마도 남아 있는 것 조카한테 다 줘버림. 대체로 소양인.

내가 슬슬 축준위의 축이 축제가 아닌 축구일 수도 있겠다는 생각을 시작했을 때 한눈에 봐도 공무원처럼 보이는 안경 쓴 남자가 우리 쪽으로 다가왔다. 그것은 한국인을 쉽게 알아볼 수 있는 것과 원리에 있어서 크게 차이 나지 않았다. 인종과 문화를 차치하고 어디서나 공무원은 자신만의 오피셜한 아우라를 감출 수 없는 법이었다. 높고 뾰족한 코에 동그란 안경을 걸친 모습은 어쩐지 공무원 인상을 떠나서 낯이 익었는데, 생각해보니 포르투공항 입국장에서부터 곳곳에 그려져 있던 페르난두 페소아의 얼굴과 굉장히 닮아 있었다. 페소아가 포르투에서도 얼마간 살았던 걸까? 그는 리스본에서 태어나 리스본에서 죽은 찐 리스본 러버가 아니었던가. 하긴 페소아는 지역에 국한되지 않는 포르투갈의 자랑일 것이다. 게다가 페소아는 포르투풍 내장 요리가 뜨끈하지 않아서 짜증을 내는 시를 쓰기도 했으니 적어도 몇 번쯤은 포르투에 방문했거나 리스본에 위치한 포르투 향토 음식점에 종종 들렀을 것이다. 주제 사라마구는 마르방 요새 꼭대기에서 알렌테주 평야를 바라보며 느낀 소회를 '포르투갈 여행'이라는 정직한 제목의 책에 적은 바 있는데, '무량수전 배흘림기둥에 기대서' 있는 것과 비슷한 정조가 아닐까 싶었다. 다만 배흘림기둥에 기대선 사람이 당연히 유홍준이었을 것이라는 나의 기억과 다르게, 해당 제목의 책을 쓴 사람은 미술사학자 고故 최순우 선생이라는 것이 급히 찾아본 검색 결과였다. 그러니 페소아가 그의 여러 이명異名 중 하나로 길지 않았던 인생의 어느 시점에 마르방의 공무원으로 일하지 않았으리라는 법도 없었다. 나를 발견한 남자의 표정이 묘하게 굳더니 턱에 걸치고 있던 마스크를 코까지 올려붙이며 물었다.

"리스본기획 어디 계세요?"

"저, 여기요."

"아, 라라 씨. 좋은 아침이에요. 코스타 씨는 어디?"

"아래쪽에 큰 텐트 치러 갔어요. 이쪽은 저랑 이 친구가 맡을 거고요."

"누구?"

"저희 알바예요."

"안녕하세요."

"안녕 못한데…… 어디 사람이에요? 중국?"

"저 한국……"

"아, 주무관님. 그냥 알바가 아니고 제 친척이에요. 프랑스 유학중인데 얼굴 보러 잠깐 온 거예요."

돌아가는 분위기를 보아하니 비자 문제 때문인 듯했다. 비록 수능에서 6등급을 받았지만 제2외국어를 불어로 선택한 것에 안도하며 최대한 자연스럽게 인사를 건넸다.

"꼬망 싸바?"

"친척은 무슨 친척. 거짓말하지 마시고."

"그러니까 라라 누나는…… 저희 할아버지의 고모의 이종 조카가 누나네 엄마예요. 그쵸 누나."

"응, 그렇지."

페소아를 닮은 주무관은 어이없다는 듯 한숨을 내쉬었다.

그는 주머니에서 말보로 라이트를 꺼내 입에 물었다.

"지금 위에서 리스본기획 말 많은 거 알죠?"

"아유, 주무관님. 저희 열심히 하잖아요."

"열심히? 열심히만 하면 뭐해? 할 거면 잘해야지. 저번에도 텐트 쳐놓은 거 가네*가 온통 다 틀어져가지고. 그것 때문에 위에서 나를 얼마나 쪼아댔는지 알기는 하나? 이래갖고 리스본기획이랑 일 끝나고 편하게 술이라도 한잔 먹을 수 있겠냐고."

"일이야 눈 두 번 깜빡이면 끝나는 거죠. 끝나고 찐하게 한잔하실 거죠?"

"하여튼 사고 치지 말고 바라시**까지 확실하게 해달라는 거야."

"여부가 있겠습니까요."

미스터 페소아는 고개를 쳐든 채 실눈을 뜨고 내게 물었다.

"공은 좀 차나?"

"아, 저는 주로 수비수……"

그는 내 대답을 다 듣지도 않고 담뱃재를 휘휘 털고는 꽁초를 화단으로 던졌다. 묘하게 비웃음을 산 느낌이었다. 수비를 본다고 사람을 그렇게 우습게 보고…… 돌아가면 집에 있는

---

* 건설 현장에서 직각을 맞추는 것.

** 건설 현장에서 분해와 해체 작업을 뜻하는 말.

페소아의 책을 전부 알라딘 중고 서점에 팔아버리겠다고 다짐했다. 야구였다면 수비에 대한 저런 식의 은근한 무시는 상상조차 할 수 없는 일이었다. 모든 공격수는 세 개의 아웃 카운트가 채워지면 야수가 되고, 어느 위치든 공이 날아오면 최선을 다해 잡아 주자의 진루를 막아내야 했다. 물론 투수는 특권적인 위치를 차지할 수밖에 없지만, 마운드 위의 고독에 대한 존중일 뿐 다른 선수들을 비참하게 만들려는 것이 아니었다. 그것도 전부 옛날이야기가 돼버렸지만.*

야구에 대해서라면 밤을 새워 이야기할 수도 있다. 내가 사랑하던 야구와 그 야구가 한국에서 난데없이 멈춰버린 이야기까지. 하지만 나는 야구 선수가 아니라 일용직 노동자로 마르방에 온 것이므로, 야구 생각은 잠시 미뤄두고 몽골 텐트 치는 일에 집중하기로 했다. 어느 틈에 라라가 트럭 한 대를 몰고 왔는데 짐칸에 자재가 한가득 쌓여 있었다. 축준위 사람들과 함께 짐을 내리기 시작했다. 감시자처럼 주변을 맴돌던 페소아 주무관은 다른 현장을 참견하러 떠났다. 텐트를 조립하던 나는 문득 분한 감정에 휩싸였다. 왜 '몽골' 텐트인가? 게르는 이렇게 생기지 않았다. 그저 천장을 높고 뾰족하게 세우는 방식만 유사할 뿐 게르와는 다르다. 더 따져보면 방식도 전혀

* 「인생은 그라운드」.

다르고 외관이 조금 유사할 뿐이다. 이것은 몽골 텐트가 아니다. 몽골과는 아무 관련이 없다. 중국에서 만들었고, 고려해운 KMTC의 로고가 찍힌 컨테이너에 실려 리스본에 도착했다. 벤츠 트레일러로 옮겨진 뒤 코스타 씨의 볼보 트럭에 실려 마르방까지 왔다. (확실하진 않지만 대체로 그럴 것이다.) 대체 이것의 어느 부분이 몽골이란 말인가. 어쩌면 이것은 포르투갈이 아니다. 마르방이 아니다. 축제가 아니다. 유럽이 아니다.

큰 바람이 불어 천막이 펄럭거렸다. 해발 천 미터 가까이 되는 지대다보니 날씨가 지랄맞게 변덕스러웠다. 바람이 갑자기 강해지자 모자를 쓴 사람들의 모자가 돌풍에 날아갔다. 대형 선풍기가 고꾸라지며 바위에 드릴 부딪는 소리를 냈다. 이래갖고 일이 되겠나 싶었는데, 정말 일이 안 될 만큼 바람이 심해졌다. 라라와 나는 설치하던 텐트를 끈으로 단단히 고정하고 자재가 날아가지 않도록 한곳에 모아두었다. 라라는 나를 근처에 있는 작은 가게에 데리고 갔다. 카운터에 서서 에스프레소를 마시던 사람들이 라라에게 알은척했다. 우리는 가게 안쪽 테이블에 자리를 잡았다.

"한국어로 빵을 뭐라고 해?"

"빵이요."

"와. 포르투갈 말로도 빵인데."

나는 라라의 발랄한 어조에 기분이 조금 누그러져서 앞으로 라라를 선배라고 불러야겠다고 생각했다. 딱딱해 보이는 빵과 버터, 대구 스프레드와 올리브가 함께 접시에 담겨 나왔다.

"그거 없어요? 빵에 찍어 먹는 거."

"있잖아. 네 앞에."

"아니 이거 말고, 올리브유에 섞어서 찍어 먹는 거요."

"크림? 마요네즈?"

"아니. 약간 시큼한 거. 식초 있잖아요. 베린저? 빈지노?"

"아, 그거 뭐지. 알 거 같은데 네가 그렇게 말하니까 헷갈려."

"빈지노는 가순데. 아 뭐였더라 갑자기 생각이 안 나네."

"발사믹?"

"아, 맞아. 발사믹 식초."

"빵을 발사믹에 찍어 먹어?"

"한국에선 그랬는데."

맞은편 테이블에서 여행자로 보이는 남자 넷이 맥주를 마시고 있었다. 자꾸만 내 쪽을 힐끔거리는 게 신경쓰였다. 알아들을 수는 없지만 포어는 아니었고, 약탈적으로 풍부한 발음으로 봐서는 프랑스인들이 아닌가 싶었다.

"자꾸 쳐다보지 마. 싸움 나."

"쟤들이 먼저 봤어요."

"맞아? 그냥 가게 구경한 거 아니야?"

라라의 말이 맞을지도 모른다는 생각이 들었다. 앞에 놓인 빵을 다듬어 보리수 아래 참선하는 석가모니를 조각했다. 후, 바람을 불자 접시 바닥에 있던 빵가루가 손바닥만한 회오리를 일으켜 나뭇가지를 흔들었다. 네 남자 중 한 명이 깜짝 놀란 표정으로 일행의 옆구리를 찔렀다. 그들은 눈이 동그래지더니 자세를 고치고 나를 향해 합장을 했다. 적절한 대응이 떠오르지 않아 가운뎃손가락을 날렸다. 그것은 정말이지 만국의 공통 제스처였다. 일순간 분위기가 험악해지더니 저쪽에서 Sagres 맥주병을 움켜쥐는 게 보였다. 나는 초등학교 시절까지 기억을 거슬러올라가 태권도 품새 중 고려의 동작을 역순으로 떠올리기 시작했다. 그때 코스타 씨가 가게 안으로 들어오지 않았다면 병인양요가 재발했을 것이다. 코스타 씨의 덩치를 본 남자들은 베르사유 궁정에서 파견한 문화 사절처럼 우아한 태도로 와인 한 병을 추가 주문했다. 코스타 씨가 다급한 목소리로 말했다.

"신참. 너 큰일났다."

"왜요? 무슨 일 있어요?"

"너희 회사 망했어. 파이브 파워."

"아."

"좀전에 김오력씨하고 통화했는데 어음 못 막아서 부도낼 거래. 너는 어떻게 하냐니까 딱히 대답을 안 하던데."

"잘됐네. 그냥 눌러앉아."

"선배, 무슨 말을 그렇게 해요. 십원 한 장 못 받았는데."

"그럼 뭘 어쩌겠어."

"그래. 일단 여기 축제 일 마치면 마르방시에서 주급은 줄 테니까, 그걸로 어떻게 해보자."

나는 절망적인 기분으로 머리를 흔들었다. 이럴 줄 알았으면 증평인삼골축제 가서 품바나 따라다닐걸. 괜히 유럽 구경해보겠다고 여기까지 왔다가 이도 저도 못하게 됐다. 좀전의 프랑스인이 우리 테이블로 왔다. 자신이 마시던 잔의 입 닿은 부분을 손바닥으로 훔쳐내더니 내게 그 잔을 건네며 술을 권했다. 잔이 찰랑거릴 만큼 후하게 따라줬는데 속이 답답해서 원샷해버렸다. 손님들은 물론 가게 주인까지 박수를 치며 엄지를 연신 치켜올렸다. 빌어먹을 구라파 새끼들. 남의 속도 모르고. 평생 그렇게 살았겠지. 남의 땅에 가서 불지르고. 총질하고. 교회 세우고. 약탈하고. 수탈하고. 침탈하고. 박탈하고. 그런데 무탈하고. 포르투 시내 곳곳에서 본 동상들이 떠올랐다. 그 동상은 하나같이 남을 잘 괴롭힌 사람을 오래 기억하기 위해 만들어놓은 것이었다. 이 나라는 다른 나라에 비해 상대적으로 남을 괴롭힌 기간이 짧고 능력이 떨어지는 편이었다고 항변할 수도 있겠지만, 그 짓거리를 처음 시작한 게 이놈들이었다. 〈대항해시대〉 해봤으면 다 안다. 김오력이 개새끼. 처음부터 마음에 안 들었어.

"그런데 너 말야. 해피포인트 좀 있냐?"

코스타 씨의 뜬금없는 질문에 정신이 돌아왔다. 그의 눈이 소년처럼 빛나고 있었다.

"파리바게뜨 가면 주는 거요?"

"그래. 배스킨라빈스 가서도 쓰고 하는 거 있잖아."

"음…… 글쎄요. 파리바게뜨 안 간 지 한참 돼서. 배스킨라빈스도."

한때는 나도 해피포인트를 생일날 케이크 사려고 착실히 모았다. 언젠가부터 SPC 계열사는 일절 이용하지 않아 앱 자체를 열지 않은 지가 한참이었다. 그전에는 만 점 정도가 있었던 걸로 기억했다. 확인해보니 남아 있는 건 52점뿐이었다. 나머지는 전부 유효기간이 지나 소멸된 상태였다. 나는 적립금 화면을 코스타 씨에게 보여줬다. 잔뜩 기대하고 있던 코스타 씨의 표정이 일그러졌고 콧수염이 씰룩거렸다.

"이게 다야?"

"네."

"왜?"

"SPC 안 써요."

"참 내."

"아저씨 왜 그래요, 불쌍한 애한테."

"불쌍하긴 개뿔이 불쌍해. 애가 딱 봐도 생각이 없잖아. 편

향적이고 반기업적이야. 너 빨갱이냐?"

"제가 뭘요."

코스타 씨가 험악하게 돌변하자 억울한 마음에 눈물이 왈칵 쏟아졌다. 본 지 얼마나 됐다고 이렇게 서운함을 느끼는 걸까. 그의 콧수염을, 큰 덩치를, 살갑게 건넨 인사를 나도 모르게 제국주의적으로 흠모하고 있었던 것 같았다. 훌쩍이는 내게 라라 선배가 냅킨을 건넸다. 눈물 콧물을 닦아내도 서러움이 가시지 않았다. 코스타 씨는 자리를 박차고 가게를 나가버렸다. 프랑스인이 곁으로 와 술 한 잔을 더 주려고 해서 손사래를 쳤다.

"니가 이해해. 저 아저씨 가끔 이상한 거에 집착해."

"해피포인트가 뭐라고 저래요. 여기서는 쓰지도 못하는데."

"모르지 나야."

"차라리 그냥 돈을 달라면 주죠."

"니가 돈을 왜 줘. 돈 벌러 와서."

"근데 왜 저렇게 사람을 못살게 구는 건데요."

라라 누나가 어느새 내 옆자리로 와서 손을 꼭 잡았다. 나도 모르게 손을 떨고 있었나보다. 마음이 조금 진정되는 것 같았다.

"그래서 말인데, 혹시 연락할 친구나 가족 없어? 해피포인트 많이 갖고 있는 사람 말이야. 로밍 안 했으면 누나가 폰 빌려줄게."

나는 고개를 들어 부은 눈으로 라라의 얼굴을 쳐다봤다. 문득 라라의 얼굴이 낯선 듯 낯익어 보이고, 정말 급한 일이 있다며 30만원을 빌려간 뒤 연락이 끊긴 중학교 동창이 생각나고, 갑자기 전세보증금을 천만원 올릴 테니 돈이 없으면 짐 싸서 나가라던 주인집 아저씨의 얼굴이 겹쳐 보였다. 뒷덜미부터 꼬리뼈까지 소름이 오소소 돋았다. 나는 속마음을 들키지 않기 위해 숨을 고르며 라라에게 최대한 차분한 인상을 주려고 노력했다. 라라의 손등을 가볍게 두드렸다. 심지어 미소까지 띠어 보였다.

"그러게요. 거기까지는 생각 못했네요. 숙소 가서 생각 좀 해볼게요."

나는 도망치듯 가게를 나왔다. 숙소에 다다라서는 발소리가 날까봐 신발을 벗고 문을 열었다. 일 분 정도 가만히 귀를 기울였는데 아무 소리도 들리지 않았다. 코스타 씨는 없는 것 같았다. 짐을 풀어둔 방에 도착하자 후들거리던 다리의 힘이 빠져 침대 위로 무너져버렸다. 앞으로 어떻게 해야 할지 그 어떤 뾰족한 수도 생각나지 않았다. 내게 필요하고 저들이 원하는 건 HP인데 그게 나한테 없었다. Happy Point도 Hit Point도 치명적으로 부족한 상황이었다. 잠들면 안 된다고 생각했는데 잠이 쏟아졌다. 바람을 너무 많이 맞았고, 시차도 적응되지 않았고, 비행기에서 짐짝처럼 앉아 있느라 굳은 몸이 아직도 은박지처럼 구겨져 있는 것 같았다. 어느 순간 침흘리면서 잠들었다는 걸 설핏 깨달았다. 소맷자락으로 침을 닦고 다시 잠들었다. 깨어나면 모든 게 꿈이었기를 잠결에 바랐다. 교회 종치는 소리를 듣고서도 몸을 일으킬 수 없었다.

눈을 뜨니 아침이었다. 전날 창문 밖에 자욱했던 안개는 지우개로 지운 듯 말끔히 걷혀 있었다. 풍경화처럼 맑고 깨끗한 하늘이었다. 다소 우울하게 보였던 성곽도 다시 보니 엽서처럼 아름다웠다. 조심스럽게 문을 열고 나가자 빵 굽는 냄새가 났다. 부엌에는 대구 살을 넣어 끓인 수프가 알싸한 향신료 냄새를 풍기며 끓고 있었다. 모든 게 평화로워 보였다. 인기척을 느껴 뒤돌아보니 코스타 씨가 소파에 앉아 신문을 읽고 있었다. 나를 보며 환하게 웃었다.

"Ela era lá da Barra, ele de Ipanema."

"네?"

"Se eu pudesse parar o tempo agora e sermos só nós a falar por horas."

라라가 문을 열고 들어왔다. 양손에는 여섯 병들이 Sagres 맥주가 들려 있었다.

"Eu pegava na tua mão."

"Mas só deu problema, só deu problema."

"E se eu disser que as canções todas que fiz falam sobre ti."

나는 벙찐 표정으로 두 사람을 번갈아 쳐다봤다.

"지금 뭐라고 하시는지 모르겠지만…… 제가 알아들을 수가 없거든요. 불편하시면 그냥 제가 가도 되는데 당장 공항 갈 돈도 없어요. 이왕 일하러 온 거 마저 다 하고 급여 받고 그 돈으로 해결해볼게요. 말씀하신 해피포인트도 어떻게든 알아보겠습니다."

"E então?"

"Somos dois a querer, sim ou não?"

코스타와 라라 역시 진심으로 당황한 표정이었다. 해피포인트 때문이 아니었다. 그들은 나를 걱정하듯 쳐다봤다.

"Quando bazaste deixaste pa' trás algo que é teu."

"E se você quiser pensar no futuro trocar a distância por um lugar seguro."

"Horas passam, dias passam, anos passam, tudo muda."

"Fica apenas a lembrança, a vida continua."

여태껏 내 입에서 나온 게 한국어였는지, 영어였는지, 에스페란토였는지, 포르투갈어였는지, 이도 저도 아닌 제3의 언어였는지…… 떠올려보았지만 기억이 나지 않았다. 밤을 새워 하던 게임의 한글 패치가 갑자기 삭제돼버리면…… 게임 안에 남은 사람은 어떻게 되는가? 코스타 씨와 라라는 내 곁으로 와서 손발짓을 열심히 해가며 말을 이었다. 어이없기는 그들도 마찬가지인 것처럼 보였다.

"E se eu disser que as canções todas que fiz falam sobre ti."

내게 계속 말을 거는 두 사람을 뒤로하고 숙소에서 나왔다. 축제준비위원회 사람들이 어제 내가 설치하다가 만 몽골 텐트를 세우고 있었다. 페소아를 닮은 공무원이 나를 알아보고 손을 흔들었다.

"Bom dia!"

입에서 쇠맛이 올라왔다. 침을 뱉어보았지만 가시지 않았다. 내가 침 뱉는 모습을 본 매점 주인이 혀를 차며 경멸하는 표정으로 고개를 가로저었다. 나는 경사진 길을 따라 내려갔다. 기억이 맞다면 마르방 바깥으로 나가는 문을 찾을 수 있을 것이었다. 작은 마을이었는데 생각보다 오래 걸어도 출구가 나오지 않았다. 마주치는 사람들은 예외 없이 나를 지나치게 반가워하거나 말도 못하게 경멸했다. 어느 쪽에도 납득할 만한 이유는 없었다. 성벽 끝에 다다르자 낡은 교회가 보였다. 그 앞에 서 있는 건 포르투의 터미널에서 나를 이곳으로 보낸 최민아씨였다. 멱살을 잡거나 부둥켜안거나 둘 중에 하나는 해야 할 것 같았다. 하지만 아무것도 할 수 없었다. 그냥 눈물이 흘렀다.

"생각해봐요. 뭔가 이상하지 않아요?"

최민아씨는 이미 모든 걸 알고 있는 사람처럼 말했다.

"해피포인트는 어차피 주고받기를 할 수 없어요."

"안 돼요?"

"네. 안 돼요."

"그럼 왜 나한테 그런 걸 달라고 한 거죠?"

최민아씨는 터미널에서처럼 담배 한 대를 꺼내 물었다. 나는 그가 뿜어낸 연기를 갤리선 모양으로 만들어 하늘로 띄워 보냈다. 내가 말했다.

"집에 돌아가고 싶어요."

"그건 힘들어요."

"왜죠?"

"파이브 파워가 망했으니까요."

나는 멍한 눈으로 최민아씨를 바라봤다. 나를 놀리는 거라면 제발 여기까지 해줘. 거짓말이라면 이제 사실대로 말해줘. 마음속으로 몇 번이나 되뇌었지만 최민아씨는 내가 원하는 답을 해주지 않았다.

"나를 여기 보낸 건 해원인력이었어요."

"망했어요?"

"네."

마스크를 쓴 한 무리의 관광객들이 깃발을 따라 줄을 맞춰 걸어갔다. Olá! 경쾌하게 인사를 건네왔다. 훈제한 돼지 앞다리를 어깨에 멘 여자가 씩씩하게 길을 따라 올라갔다. 내 앞을 지날 때 삭힌 치즈 냄새가 났다. 특산물 부스를 채울 인근 지역 농민들이 한 해 동안 정성 들여 기른 수확물을 들고 마르방으로 들어오고 있었다.

"내가 뭘 어떻게 하면 되죠?"

"곧 축제가 시작해요."

"그런데요?"

"당신이 가장 잘할 수 있는 걸 해요."

최민아씨가 내게 길쭉한 고무풍선을 건넸다. 나는 풍선을 불어 강아지를 만들었다. 땅에 내려놓자 꼬리를 흔들며 폴짝거렸다. 최민아씨가 풍선 하나를 더 건넸다. 나는 풍선을 불어 비행기를 만들었고, 그것은 프로펠러 소리를 내며 관광객들 사이를 가로질러갔다. 박수가 터져나왔다. 꼬마들이 내 앞으로 뛰어왔다. 나는 또 풍선을 불어 또아리를 튼 뱀을 만들었다. 어디선가 나타난 마칭 밴드가 트럼펫을 불며 행진했다. 풍선 뱀이 노래에 맞춰 까딱까딱 머리를 흔들었다.

"그리고 그걸 계속해요."

나는 최민아씨가 건네준 죽마에 올랐다. 떨어지는 나뭇잎 두 장을 잡아 숨결로 이어붙여 나비를 만들었다. 하늘로 날아오른 나비는 천 마리로 흩어지며 공중에 글씨를 만들었다.

Muito obrigada!

나는 깨달았다. 이것이 진짜 포르투갈이다. 환호하는 관객들을 건너 성큼성큼 마르방 중심가로 돌아갔다. 코스타 씨가 세운 대형 텐트 안에 음향 장비가 설치되고 있었다. 노래 자랑 순번표를 받은 사람들이 절대로 페소아가 아닌 공무원 앞에서 예심 경연을 했다. 무대 위에서는 댄스팀이 축하 공연 리허설을 하는 중이었다. 그들이 동작을 맞추는 라틴 템포의 음악은 라틴의 진정한 주인이 누구인지 내게 묻고 있었다. 아, 포르투갈. 마르방 올리브 축제는 그 본질에 있어 증평인삼골축제와 다르지 않았다. 세계는 동일하다. 지구는 미국 아니면 유럽이다. 세계는 한때 유럽이었고 현행적으로 미국이다. 어디에 서 있든 당신은 다르지 않다. 전신을 휩쓸고 지나가는 엄청난 깨달음이 죽마 위에 선 나를 한순간 휘청거리게 했다. 빵을 쌓던 축준위 사람이 넘어지지 않게 나를 붙들어줬다. 나는 큰 소리로 외쳤다.

Obrigada!

그렇게 나는 포르투갈의 피에로가 되었다.

* 본문에 등장한 포르투갈어 문장은 아래 음악의 가사를 참고 및 인용했다.
Fernando Daniel, 〈Se Eu〉(feat. Melim) ©2019 Universal Music Portugal, S.A.
Giulia Be, 〈Menina Solta〉 ©2019 Warner Music Brasil Ltda.
Bispo, 〈Lembrei-me〉 ©2020 SME Portugal, Sociedade Unipessoal, Lda.

여기서

지금도 산해씨가 문을 열고 들어올 것 같다. 환한 미소와 함께. 하지만 이곳에서 그를 만나기는 어려울 것이다. 산해씨는 흩어졌으니까. 나를 이곳에 보낼 때처럼, 가장 빛나는 순간에.

문을 여는 소리만으로 산해씨를 알 수 있다. 가게를 처음 찾은 손님은 대체로 스르륵— 문을 연다. 단골들은 슈욱— 들어온다. 거래처는 읏차— 하고 회장은 콰차찻— 하며 화장실이 급해 들어온 행인은 후읍— 한다. 나는 아마 슈우— 했을 것이다. 한숨과 비슷하게.

산해씨는 이런 식이다. 오늘도 당신이 행복하길 바라요. 날씨 너무 좋다 산책하고 싶은데 뛰고도 싶어. 그래도 당신을 만나 기뻐

안녕하세요, 랄까? 누군가에겐 끼익— 이나 띠리링— 같은 평범한 소리로 들렸을지 몰라도 적어도 내겐 그랬다. 물론 처음 만난 날은 조금 달랐다.

사장님 안녕하세요 알바하러 왔습니다 비가 와서 행복해. 알바 구하는 거 맞죠 언제부터 시작할까요 준비됐어요 저녁에 친구 만난다 너무 좋아.

나의 답은 거의 즉각적이었다.

"하셔야죠. 일하세요. 지금부터요."

산해씨가 곧 알게 될 사실은 내가 사장이 아니라는 거였다. 내 인생에 부반장 이상의 직책을 맡아본 적이 없다. 딱 한 번 제비뽑기 운이 없어 부반장에 걸렸는데 너무 싫었다. 고민하다 다음날 전학 가버렸다. 부반장은 아무도 하기 싫어하니까…… 부-가 들어가는 직책은 대개 별로인 것 같다. 부장만 빼고. 부장 정도면 할 만할 것 같지 않아? 누가 뭐래도 사장만 한 건 없겠지만. 우리 사장 노인네는 허세가 심해서 자신을 회장이라고 부르게 했다. 직원이 3백 명 되는 아이스크림 회사를 경영했었다는데, 믿거나 말거나지 뭐. 생전 처음 듣는 제품명을 말하며 한 번쯤 먹어보지 않았냐고 묻기도 했다. 은근히 기대하는 표정이었지만, 한 번도. 능이버섯맛 아이스크림이라니. 누가 그런 걸 먹어?

회장이 특히 강조한 것은 밝은 알바를 뽑아야 한다는 거였다. 알바가 밝아야 가게 분위기도 환해지고 손님도 많이 든다는 거였다. 틀린 말은 아닌데 최저시급 주면서 바라는 게 많다? 하는 거 봐서 4대보험도 들어주고 보너스도 준다고는 했다.

"회장님, 그것도 그거지만 월급을 올려줘요."

"월급을? 자네가? 주나?"

"입금은 제가 하잖아요."

"최주임, 자네는 그걸 알아야 돼. 사업이란 건 말이여, 고스톱처럼 하는 거지 섯다처럼 하는 게 아니여. 성실히 루틴을 지키는 자에게 약간의 운이 찾아오면? 부자 되는 건 금방이다 이거지."

"그게 알바 시급이랑 무슨 상관이에요?"

"알바는 무조건 최저시급을 주는 게 내 루틴이라는 거지."

어찌저찌 버팅겨서 약간의 합의를 봤다. 그래봤자 최저시급에 천원을 더 얹었다. 대신 산해씨가 밝게 일해준다면 급여를 유연하게 조정하기로 했다. 가게를 환하게 만들어주면 시원시원하게 지갑을 열기로 약속한 거다. 그때까지도 회장은 몰랐을 거다. 이 말이 훗날 어떤 결과를 초래할지 말이다.

손님이 다섯 명 이상 들어오지 못하는 작은 빵집이었다. 그래도 꼬박꼬박 찾아오는 단골이 꽤 있었다. 회장은 가게 안쪽 금고에 '황금 레시피'를 숨겨두고 내게는 절대 보여주지 않았다. 반죽 배합을 할 때도 꼭 문밖에 나가 있게 했다. 돈가스 먹고 오라며 5천원을 쥐여줬는데 그걸로는 어린이 돈가스도 못 사 먹었다. 그럴 때마다 어쩔 수 없이 내 돈을 보태 콩나물국밥을 먹고 왔다. 박봉에 비합리적인 근무시간, 묘하게 자존심을 깎아내리는 직원 관리에도 불구하고 그곳을 떠날 수 없었던 것은 전부 황금 레시피 때문이었다. 우리 가게의 빵은 솔직히 맛있었다. 저 괴팍한 회장의 손에서 나온 것이 맞을까 생각이 들 정도였다. 열심히 일하면 언젠가 내게도 레시피를 공유해줄 거라는 막연한 기대를 품고 버텼다.

산해씨가 우리 가게에 일하러 온 것도 빵이 너무 맛있어서라고 했다. 우연히 들른 가게였는데 환상적인 크루아상을 만나버렸다고. 이탈리아의 밀밭 한가운데로 자신을 던져버린 치아바타 생각에 잠을 이룰 수 없었다고. 바삭하게 부스러지는 달콤한 퀸아망에 우울한 기분이 전부 부서져내렸다고. 산해씨가 조금 오버하는 성격인 것을 감안해도 틀린 평가는 아니었다.

산해씨는 출근 첫날부터 착실히 일을 배우기 시작해 금세 한 사람 이상의 몫을 했다. 시키지도 않았는데 가게 인스타그램을 만들어 손님을 끌어모았다. 보장된 빵맛에 약간의 마케팅이 더해지니 입소문이 나는 건 시간문제였다. 잔뜩 뿔이 난 단골들에겐 미안했지만 급상승한 매출 덕분에 일하는 게 즐거웠다. 회장도 기뻐하고, 산해씨도 즐겁고, 나도 좋았다. 나는 왜 좋아했지? 월급이 오른 것도 아닌데. 하여튼 파리 날리는 것보다는 바쁜 게 좋긴 했다. 멍하니 손님을 기다리는 시간은 외롭고 또 비참하니까.

문제가 있다면 산해씨가 너무 밝다는 거였다. 정말이지 밝아도 너무 밝았다. 어느 정도였냐 하면 거의 3000럭스에 육박했던 거다. 독서에 적합한 조도가 500럭스 정도고 정밀한 작업을 요하는 전자제품 조립 라인이 2000럭스 정도다. 어두컴컴한 창고는 50럭스 정도. 30럭스만 돼도 물건 구분 다 되고 박스 나르는 데 문제없다. 산해씨는 계속 밝아져서 출근 두 달 만에 2만 5000럭스를 돌파했다.

가게를 찾는 손님들은 선글라스 없이 입장할 수 없었다. 인근 가게에서 민원이 들어와 암막 커튼을 쳐놨는데, 문을 열 때마다 새어나가는 빛이 미용실 거울에 난반사됐다. 골목 전체가 밤낮없이 보안경을 쓰고 일했다.

관공서에서 계도 나올 때마다 회장은 온갖 죽는소리며 협박이며 할 수 있는 것을 모두 해서 상황을 모면했다. 그날은 두꺼운 뿔테안경을 쓴 구청 주무관이 거의 사정하다시피 했다. 회장은 완고했다.

"저 친구가 ESFP인 걸 워째? 밝은 사람이 억지로 시무룩하게 지내나? 그게 주민의 행복을 위한 자세 맞어? 적극행정이 적극적으로 사람 기분 잡치는 게 적극행정이여?"

"그래도 해결을 해주셔야죠. 골목 전체가 고생하고 있어요."

"장사 시작한 지 이 년 만에 이제 겨우 똔똔 맞추기 시작했는데, 다 접고 그냥 손가락 빨라고? 자네 MBTI가 뭐여? STJ지?"

"어떻게 아셨어요. ISTJ예요."

"냉정하기 그지없잖아. 구청장은?"

"ESTJ요. 선출직 공무원이 I인 거 보셨어요?"

"내 말이. STJ가 MZ세대 탄압했다고 벼룩시장에 대문짝만하게 기사라도 내줘? 거기 편집장이 내 고향 후배 사돈처녀여. 한번 뜨거운 맛을 보고 싶어? 자넨 달력도 안 보나? 선거 삼 개월 앞인디? 민선 구청장 조만간 정치 낭인 한번 만들어드려?"

구청 직원은 땀을 삘삘 흘리다가 소득 없이 돌아갔다.

한바탕 실랑이를 벌인 회장은 갑자기 피곤하다며 이른 퇴근을 준비했다. 포스의 돈을 한 칸씩 다 빼서는 주머니에 넣었다. 현금 손님이 오면 잔돈은 어떻게 해요? 나의 질문에 회장은 빽 소리를 질렀다. 카드 손님만 받으면 되잖어!

난리를 쳐놓고 바람처럼 가게를 떠나버린 회장의 뒷정리를 했다. 아무렇게나 널브러진 빵틀, 반죽이 엉겨붙어 있는 도마,

뚜껑을 열어놓은 올리브 통까지. 일 벌이는 사람 치우는 사람 따로 있다는 말이 딱 맞았다. 행주를 두 번 빨아 꼭꼭 짜서 선반을 훔치다가 흠칫 놀랐다. 금고의 문이 열려 있었던 거다. 산해씨가 내뿜는 빛으로 가득찬 가게에서 반쯤 열린 금고 속은 심연처럼 아득해 보였다. 선반 너머로 매장 내부를 건너봤다. 5만원권을 들고 온 손님에게 연신 양해를 구하는 산해씨가 보였다. 그가 울상을 지으며 미안해할 때마다 전압이 불안정한 전등처럼 빛이 몸을 웅크렸다 다시 밝아졌다.

나는 천천히 금고 쪽으로 다가갔다. 왼손으로 떨리는 오른손을 지탱하며 문고리를 잡았다. 이 정도는 괜찮지 않을까? 그동안 고생한 세월이 얼마인데. 이거는 완전히 정당한 거다. 이거는 진짜 방금 부처님 만나고 온 스님이 와도 못 참는다. 황금 레시피 살짝만 보고 제자리에 놓자. 영감님 눈도 침침한데 자리 조금 바뀌어 있다고 눈치도 못 챌 거야. 가자. 가는 거야. 좀만 더. 얼른.

에엣취이이

산해씨의 재채기가 폭죽처럼 터졌다. 매대에 있던 빵이 사방팔방으로 흩어지고, 천원짜리를 찾아 핸드백을 뒤적이던 손님이 에구머니나, 하고 엉덩방아를 찧었다. 금고 앞에 서 있던 나 역시 뒷걸음질치다 발을 헛디뎌 바닥에 굴렀다. 주방에 가라앉아 있던 밀가루가 벌떡 일어나 만든 뿌연 연기 뒤로 출입문에 서 있는 회장의 모습이 보였다. 회장이 로봇처럼 뻣뻣한 걸음걸이로 주방에 들어오더니, 문이 활짝 열려버린 금고를 닫고 자물쇠를 잠갔다. 집기들이 온통 뒤섞여 있는 주방을 둘러보고는 뭔가를 스스로 납득한 듯 고개를 끄덕였다. 회장은 매서운 눈으로 산해씨와 나를 번갈아 보며 말했다.

"거 재채기 한번 징하게 했구먼. 가게가 난장판이 됐네. 오늘 장사 여기까지. 샷다 내리고 대청소나 하게."

그때 산해씨가 나를 보며 눈을 찡긋했다. 알고 있었던 건가? 일부러? 나를 위해?

산해씨가 대걸레를 들고 화장실에 간 사이 회장이 말했다.

"쟈를 짜르기는 짤라야 혀."

회장의 입에서 나온 말을 믿을 수 없었다. 산해씨를? 미쳤나?

"진심이세요? 회장님도 아실 텐데요. 산해씨 들어오고 늘어난 매출이 얼마인지요. 적자 벗어난 지 얼마나 됐다고 이래요."

"내 말이 그거여. 매출이 얼마인데. 아직도 똔똔이나 맞추고 있는 거, 이게 맞는 상황이냐 이거여. 자네는 빵이나 알지 경영은 반푼어치도 모르지. 경비가 너무 쎄잖어. 급여로 다 나가는데 돈은 언제 벌 거여."

회장이 말하는 급여는 최저임금에 약간의 돈을 얹은 처음의 그 급여가 아니었다. 회장은 밝게 일할수록 급여를 올려주겠다는 약속을 의외로 착실히 지키는 중이었다. 산해씨의 급여는 산해씨가 따듯한 전구처럼 빛나던 때는 그럭저럭 조건이 좋은 아르바이트 정도였지만, 보안경을 쓰게 된 이후로는 매출의 60퍼센트를 차지했다.

"자네가 말혀."

"전 못해요."

"그럼 내가 하리? 내가 그래도 명색이 회장인데 직원들 인사 하나하나까지 통보해야 쓰겄어? 자네는 대기업을 안 다녀봐서 모르나본데, 그런 데는 나같이 매일 출근하는 오너라는 건 있지도 않어."

"여기는 그런 데가 아니잖아요."

"자네 내 MBTI가 뭔지 알어?"

"글쎄요. 저는 그런 거 잘 몰라요."

"그럼 한번 생각해봐. 좋은 기회잖어."

"ttprq?"

"니 MBTI 진짜 모르는구나."

"네."

"내가 이 동네의 유명한 GSTK여. 날 때부터 GSTK였어."

"좋은 거예요?"

"개샛키라고 개샛키. 내가 나서면 험한 꼴 보니께 알아서 처리혀. 자네 공은 잊지 않고 높이 살 것인께."

나는 몇 번이고 회장을 설득하려 했다. 차라리 급여를 깎고 산해씨를 계속 쓰는 게 어떠냐고 말이다. 산해씨도 싫다고 할 것 같지 않았다. 하지만 회장은 무조건 산해씨를 정리하라고 했다. 노인네가 왜 그렇게 심보가 꼬였는지 도대체 말을 들어먹지 않았다.

산해씨의 사정을 듣지 않았다면 모든 일이 조금 쉬웠을지 모른다. 나는 그가 몇시에 잠들어 언제 일어나는지, 얼마나 고단한 여정을 거쳐 가게에 도착하는지 알고 있었다. 경기도 외곽의 작은 고시원에서 몸을 일으키고, 오직 가게에서 주는 바짝 마른 샌드위치와 커피 한 잔으로 일과를 버틴다는 걸 모른 척할 수 없었다. 집에 돌아가서도 팔고 남은 단팥빵으로 저녁을 때우고 야식으로 소보로빵을 먹는 그의 모습이 머릿속에 그려졌다.

산해씨도 처음부터 그렇지는 않았다. 부모님이 보내준 학자금과 자취방의 보증금을 전부 빼서 가상화폐에 일생일대의 베팅을 한 것은…… 제2금융권에서 풀대출을 땡겨 다시 한번 인생의 베팅을 걸었던 것은…… 지극히 그다운 결정이었다.

그냥 잘될 줄 알았어요. 점장님도 그럴 때 있잖아요. 아 이건 된다, 무조건 간다! 하는 거요.

산해씨의 손에 휴짓조각이 된 코인이 몇 개라도 남아 있었다면 그는 여전히 잘될 거 같은데요? 라고 했을지 모르겠다. 산해씨는 현물보다 선물거래를 선호했다. 바이비트에서 레버리지 오십 배로 전 물량을 롱에 태웠다.* 강제청산된 산해씨의 물량은 산산이 흩어져 세계 곳곳 수만 명의 전자지갑에 다른 이름으로 기입됐다. 두번째 베팅에서 산해씨에겐 한 번의 기회가 더 있었다. 연준이 자이언트 스텝을 밟았고, 금리 인상 기조가 계속될 것이라는 명확한 전망 속에서도 산해씨는 숏 대신 롱을 쳤다. 그는 본질적으로 숏이란 걸 칠 수 없는 종류의 인간이었다.

그래도 잘된 것 같아요. 이렇게 좋은 분들 만나서 일도 하고, 매일매일 맛있는 빵도 먹을 수 있잖아요!

그런 산해씨에게 말해야 했다. 여기서는 더이상 잘될 수 없다는 걸.

크리스마스 시즌 메뉴가 매대를 가득 채웠다. 회장이 수줍게 차려놓은 특별 컵케이크에 리본까지 곱게 달아 장식해놓았

* 선물거래에서 상승에 투자하는 것을 롱, 하락에 거는 것을 숏이라고 한다. 레버리지 오십 배를 적용할 경우, 1퍼센트의 변동이 생기면 50퍼센트의 수익을 얻을 수도 있고 50퍼센트의 손실이 생길 수도 있다. 단, 손실률이 일정 수준 이상이 되면 '강제청산'당하고 투자한 증거금을 잃게 된다.

지만, 사람들의 선택을 받는 건 역시 평범한 버터크림 컵케이크였다. 당연하지. 누가 능이 달인 물로 반죽한 컵케이크를 먹고 싶겠어?

미루다보니 크리스마스까지 왔다. 해가 바뀌기 전에 정리하라는 회장의 엄포가 떨어졌고, 크리스마스 뒤에는 신정까지 쭉 휴무였다. 나는 캐럴을 배경음악으로 산해씨에게 작별을 고해야 했다. 누가 크리스마스 날 해고 통보를 받고 싶겠어? 누군들 크리스마스 날 해고 통보를 하고 싶겠어? 절망적인 내 속을 아는지 모르는지 산해씨는 평소처럼 밝은 모습이었다. 선글라스를 끼고 가게에 들어온 손님이 소금빵을 쟁반에 담았다. 마지막 손님을 보내고, 셔터를 반쯤 내린 뒤 돌아봤다. 산해씨는 콧노래를 부르며 매대 앞에 있었다.

"산해씨."

네, 점장님! 오늘 너무 고생하셨어요. 와 진짜 장사 맨날맨날 이렇게만 되면 금방 부자 되겠다.

"산해씨. 내가 좀 어려운 말을 해야 할 것 같은데, 오해하지 말고 들었으면 좋겠어."

그는 남은 컵케이크를 미리 가져온 밀폐 용기에 옮겨 담고 있었다. 대부분 능이맛이었다. 그것들은 고단한 산해씨의 저녁 한 끼가, 야식이 될 것이다. 이제는 그것도 마지막이겠지만.

어려운 말요? 점장님 책도 안 읽는데 어려운 말 해봤자죠! 갑자기 러시아어 같은 거 배워온 건 아니죠? 무슨 말이든 해보세요. 오해하지 말고 들으라는 말치고 좋은 말 없는 거 같은데. 그래도 점장님이니까 특별히 봐드릴게요.

"이번달까지만 일하고 정리해줄 수 있어? 이번달 업무가 오늘까지니까…… 오늘까지네. 미안해. 좀더 일찍 말했어야 하는데 용기가 안 났어. 해고예고수당으로 월급 한 달 치 같이 들어갈 거야. 이거 부당 해고 맞으니까 노동청에 꼭 신고해. 신고해서 받을 수 있는 거 다 받아가. 정말 미안해. 가게 사정이…… 사정은 특별한 게 없고 보다시피 장사는 잘돼. 전부 산해씨 덕분이야. 근데 사장이…… 아니 회장이…… 뭐라 말을 못하겠네…… 내가 진짜 열심히 얘기해봤는데, 잘 안 됐어. 미안해. 정말 미안해."

가게를 환하게 채우고 있던 빛이 순간적으로 사라졌다. 눈에 남은 빛의 잔상이 시야를 전부 가렸고, 그 탓에 산해씨의 표정을 볼 수 없었다. 갑자기 너무 밝은 빛이 다시금 가게를 채웠을 때, 나는 알 수 없는 환희와 두려움을 동시에 느꼈다. 이렇게 빛 속에서 죽을 수 있다면, 행복 없던 삶에 좋은 마무리가 될 수 있지 않을까? 이렇게 밝은 빛이 한꺼번에 나를 휘감아 죽음으로 몰아붙인다면, 한 번만 살려달라고 애원해야 하지 않을까? 내가 둘 중에 진정으로 원하는 게 무엇인지 확신할 수 없었다. 몇 초의 정적이 흐르는 동안 내 눈은 새로운 빛에 조금씩 적응했고, 형체를 알아볼 수 있게 된 산해씨가 입을 열었다.

차라리 잘된 것 같아요. 저 요즘 여행이라도 한번 가야겠다고 생각하고 있었거든요.

산해씨는 웃고 있었다. 처음 문을 열고 들어왔을 때처럼. 내가 줄 수 있는 건 마지막 급여와 그 사이에 꽂아둔 쪽지 한 장뿐이었다.

당연한 얘기지만, 매출이 급강하했다. 회장은 묘안이 있으니 걱정하지 말라고 했다. 그가 가져온 건 LED 전신 슈트였다. 회장의 루틴대로 최저시급을 주는 아르바이트 세 명을 뽑아 교대로 슈트를 입고 근무하게 했다. 옷이 워낙 무겁고 꽁무니에 달린 전기 코드 때문에 거동하기가 쉽지 않았다. 산해씨처럼 밝은 사람도 없었고, 그들이 최저시급을 받으며 그곳에서 버틸 이유도 없었다. 죄다 며칠 못 버티고 도망갔다.

자연스럽게 LED 옷을 입는 건 내 담당이 됐다. 가게를 채우던 빛은 그럭저럭 메울 수 있었지만 한번 줄어든 손님은 다시 늘지 않았다. 산해씨가 오기 전부터 가게를 찾던 단골들마저 한마디씩 하고 발길을 끊었다.

"밝은데 그게 전부잖아요. 따듯하지가 않아요."

그래도 나는 떠날 수 없었다. 여전히 우리 가게의 빵은 맛

있었으니까. 고집스럽고 인정머리 없는 놈이긴 했지만 회장이 만든 빵은 남달랐다. 단단해야 할 부분은 단단하고 부드러운 부분은 입에서 사르르 녹았다. 먹고 있으면 행복했고 다 먹으면 그 맛이 그리웠다. 담백한 빵은 인생의 허전함을 스근하게 채워줬고 달콤한 빵은 우울마저 녹여낼 만큼 짜릿했다. 단 한 번이라도 황금 레시피를 보고 싶었다. 중요한 건 빵 아닌가? 빵집인데. 우리가 조명 가게를 하는 것도 아니고, 빵집인데 빵만 맛있으면 되지. 회장은 빵을 잘 만들었다. 어쩌면 처음부터 중요한 건 그것 아니었을까? 밝은 빛으로 현혹하고 상냥함을 담아 포장해도 맛이 없으면 전부 헛수고가 아니냐는 거지.

근데 아니다. 그런 게 아니었다. 중요한 건 빵도 뭣도 아니었다. 산해씨였다. 오래전부터 내 인생은 잘못돼 있었다. 빵만 생각하고 빵만 좇는 동안 남은 건 내실 없이 부풀어오른 마음뿐이었다. 오븐에서 꺼내 잘라낸 빵의 단면처럼 구멍이 숭숭 나 있었다. 그리고 나는 산해씨를 만났다. 그가 내뿜는 환한 빛에 얼마나 빚지고 있었는지 그제야 알 것 같았다. 구멍난 삶을 채우는 빛이란 게 얼마나 강력한 건지를.

그래도 인생은 계속됐다. LED 전신 슈트를 입고, 이마에는 헤드램프를 두른 채 손님 없는 빵집을 지켰다. 무료함을 달래려고 켜놓은 TV에서 산해씨를 봤다. SBS 〈순간포착 세상에 이런 일이〉에 산해씨가 나오고 있었다. 여전히 밝은 모습으로 야구장에 서 있었다. 철계단으로 올라가야 하는 전광판 꼭대기 아슬아슬한 자리에서 빛나고 있었다.

지자체들이 사기 사건에 휘말려 이 년간 프로야구가 열리지 않았다. 올해 다시 시작했는데, 저녁 경기에 라이트 켤 돈이 없어 주로 낮 경기를 했다. 산해씨가 일하는 팀만 저녁 경기를 했다. 산해씨는 우리 가게에서 일할 때보다도 훨씬 밝은 모습으로 야구장 전체를 밝히고 있었다. 선수도 관객도 모두 선글라스를 낀 채였다. 3D 영화를 상영하는 극장처럼 보였다.

홈팀 4번 타자가 호쾌한 스윙으로 날린 공이 아치를 그리며 펜스를 넘었다. 산해씨는 화면이 뿌예질 만큼 환해지고, 응원단은 빛에 취한 듯 몸을 떨며 환호했다.

원정 경기마다 이동하는 게 제일 힘들어요. KTX 내려서 경기장까지 택시 타면 남는 돈이 거의 없어요. 그래도 제 덕분에 웃는 사람들을 보면 좋아요! 퇴근하고 바로 온 회사원들이 응원에 맞춰서 소리지르면 저도 모르게 환하게 밝아진다니까요!

산해씨는 여전히 아르바이트생이었다. 〈세상에 이런 일이〉 제작진이 다음으로 찾아간 곳은 내가 알던 바로 그곳, 경기도 외곽의 고시원이었다. 산해씨는 공용 냉장고에서 꺼내온 김치와 참치 통조림을 저녁으로 먹었다. 야구장에 있을 때만큼은 밝지 않았다.

이렇게 열심히 살다보면 언젠가는 좋은 일이 많이 생기겠죠? 아 그리고! 혹시 점장님 이거 보시면 연락 주세요! 제가 표 공짜로 드릴게요. 야탑동 삐이— 빵집 진짜 맛있으니까 많이 이용해주세요! 파이팅!

방송사가 상호를 가려줘서 오히려 안심됐다. 누가 와서 따지기라도 할까봐 겁이 났다. 저렇게 밝고 긍정적인 직원을 어떻게 내보낼 수 있냐고 말이다. 인기척이 나서 돌아보니 보안경을 낀 회장이 서 있었다.

"봐봐. 내 얘기는 안 하잖어."

"나 같아도 안 하죠. 회장님이 쫓아낸 건데."

"난 ESFP가 싫어. 산해가 싫은 게 아니라 그게 싫은겨."

"회장님은 뭔데요? 그 MBTI라는 거."

"엔프피."

"네 글자여야 되는 거 아니에요?"

"ENFP. 니 MBTI 진짜 모르는구나."

"모른다니까요. 그럼 거의 비슷한 거 아닌가? 한 글자만 다른 거잖아요."

"묘하게 캐릭터가 겹치는 게, 그게 또 싫어."

"회장님. 전 회장님이 싫어요."

싫다고 말하니 정말 싫어졌다. 회장과 얼굴을 맞대고 있는 것 자체가 싫어 가게에서도 등을 돌리고 앉았다. 세상 사람들이 열광하는 MBTI라는 게 뭔지 나도 좀 알고 싶어졌다. 슈트의 조명을 끄고 노트를 폈다. 회장은 내가 끄적거리는 게 레시피인 줄 알고 있었겠지만, 사실 나는 위키백과를 보며 명리학을 공부하고 있었다. 살펴보니 MBTI라는 게 사주팔자와 크게 다르지 않았다. 여덟 개의 글자를 모아 네 개의 기둥을 세우는 원리는 같았다. 육십갑자를 간소화해 열여섯 개의 유형으로 줄인 것은 서구적 합리성의 반영이라 할 만했다. 내가 오래 고민한 것은 오행에 대해서였다.

B는 Bool이니 화火이며, T는 Ttang이니 토土였다. I가 조금 헷갈리긴 했다. 하지만 답을 내리는 데는 오랜 시간이 걸리지 않았다. '지표'로 번역되는 Indicator에 다른 뜻이 있음을 발견한 것이다. 엔진 장치의 실린더 내부 압력을 표시하는 기계. 이것은 틀림없는 금金이었다.

문제는 M이었다. Mok이니 목木인 것인가, Mool이니 수水인 것인가? 이에 관해서는 조금 더 심층적인 연구가 필요했다. 결론부터 말하자면 M은 절대 水가 될 수 없었다. 영락없는 木이었다.

카를 융의 심리학을 기초로 MBTI의 초기 모델을 정립한 사람은 이저벨 브리그스 '마이어스'와 캐서린 쿡 '브리그스' 모녀다. MBTI의 M을 담당하는 딸 '마이어스'는 1897년 10월

18일 출생으로 정확한 생시는 알 수 없었지만, 융의 원형이론에 기반해 복잡계 계측을 적용한 결과 인간의 영성이 가장 예민하게 발달한다는 새벽 네시에 태어난 것으로 추정할 수 있었다. 그의 사주 오행을 풀어보면 다음과 같다.

상관	일간(나)	정인	편재
甲	癸	庚	丁
寅	亥	戌	酉
상관	겁재	정관	편인

木이 둘, 火가 하나, 土가 하나, 金이 둘, 水가 둘로 비교적 고르게 분포된 경향을 보인다. 출세, 재능, 재물이 고르게 있으나 두드러진 것은 없고 사랑과 학문, 정신과 지도력은 다른 운에 비해 부족함이 있다. 나무와 불이 멀리 떨어져 있는데 그 가운데 물이 단단히 자리잡고 있으니 큰불을 맞이할 일은 적어 보인다.

이렇게 보면 마이어스 씨의 사주에 물이 적다고 할 수 없는데, 어째서 M은 Mool이 될 수 없는가? 답은 바로 별자리에서 찾을 수 있었다. 2009년 자전축 이동으로 별자리 체계가 변경되기 전을 기준으로 했을 때 마이어스 씨는 천칭자리다. 木, 土, 金, 水는 모두 저울에 달기에 무리가 없다. 남는 것은 火인데 마침 마이어스 씨의 오행에 火가 하나뿐인 것이 이렇게 설명된다. 그런데 저울이란 金을 火로 달궈 만드는 것이니 둘은 마이어스 씨 안에 내재적으로 선행하고 있다고 봐야 한다. 남은 세 요소, 木과 土와 水를 저울에 함께 올리면 어떻게 될까? 나무와 흙이 물을 빨아들이고 쇠는 물을 변질시킨다. 따라서 마이어스 씨의 M에는 온전한 Mool이 들어갈 자리가 없는 것이다.

MBTI는 인간의 본질을 열여섯 가지 형태로 분류해내기에 모자람이 없는 훌륭한 도구지만, 오행 중 水가 부족한 사상이라는 것이 큰 문제였다. 불완전한 것에 의지하는 사람들의 의식이 물질세계에 반영되지 않으리란 법이 없었다. 세계의 물은 사라져갈 것이다. MBTI가 성행하는 세상에서는 더욱 그럴 것이다. 이런 생각이 머리에 자리잡고서 떠나지 않았다. 불안해서 밤에 잠도 이루지 못했다. 메말라 갈라지는 대지와, 비참하게 시들어버린 초목의 영상이 머릿속에서 끊임없이 재생됐다. 밀 한 톨 자라지 않는 불타는 대지, 반죽할 수 없어 흩날리는 가루. 한 조각의 빵은 누구에게도 허락되지 않을 무모한 사치에 불과했다. 진짜로, 다 죽게 생긴 마당에 빵이 다 뭐람?

내 마음이 가게를 떠난 걸 회장도 눈치채고 있었다.

"최실장, 요새 무슨 고민 있어?"

"저 언제부터 실장이었어요? 점장이잖아요."

"승진. 그저께부터."

"회장님, 다 부질없어요. 지금 그게 문제가 아니에요."

"그럼 뭐가 문젠디?"

"물이 없어요."

"물?"

"나무, 불, 흙, 쇠 다 있는데 물이 없어요."

"자네 또 그 사주쟁이 소리여? 내가 요즘 자네 생각하면 진짜루 밤에 자다가도 벌떡 일어나. 어쩔라구 그려. 가게 망하는 꼴 보고 싶은겨?"

"이 가게 제 가게 아니잖아요. 회장님 거잖아요."

눈을 질끈 감은 회장이 도리질하며 짐을 챙겼다.

"나 들어갈라니까 마감 잘혀. 그리고 금고 열어봐. 선물 있응께. 비밀번호는 자네 생일이여."

쓴웃음이 났다. 그깟 레시피 따위, 이제 와서 어쩌라는 건가 싶었다. 황금 레시피라니. 정말이지 유치한 조어일 뿐이었다. 물이 없으면 불을 끄지 못한다. 커져가는 불이 회장의 머리 뒤에서 일렁거리는 게 보였다. 마음속에 불을 지닌 사람은 틀림없이 누군가를 다치게 한다. 그래서 산해씨도 떠나보낸 거다.

나는 알고 있었다. MBTI의 확산은 전 지구적인 재앙을 암시하고 있다는 걸 말이다. 그래도 확인이나 해보자고. 뭐가 들어있을지 모르잖아? 레시피라곤 안 했으니까 돈일 수도 있지. 엄청난 보너스라도 넣어놓은 건 아닐까? 가게 지분이라도 좀 나눠주는 건가? 가서 좀 쉬다 오라고 항공권이라도 끊어놨을지 누가 알아.

숫자 네 개를 차례로 맞췄다. 회장이 내 생일을 기억하고 있는 것도 조금 의외였다. 조심스레 금고 문을 열자 테두리에 금박을 입힌 종이가 한 장 보였다.

사 령 장

최 주 학

부회장에 임함

2023년 5월 9일

회장 전덕순

나는 금고를 닫고 평소처럼 일과를 정리했다. 시재를 맞추고, 재고로 남은 빵을 가방에 담았다. 창고를 확인해 계란과 밀가루, 그 밖에 필요한 재료들을 적어나갔다. 조금 넉넉하게 계산했다. 한 달 정도는 문제없도록. 거래처에 일일이 전화해서 주문을 마치고, 가게의 바닥을 쓸고 닦았다. 손님들이 사용한 나무 트레이를 마른행주로 닦고, 개수대에 따듯한 물을 받아 세제를 조금 풀었다. 스테인리스 집게를 비롯한 집기를 물에 천천히 불린 뒤 설거지를 마쳤다. LED 슈트를 잘 접어 카운터 아래에 넣고, 반쯤 내려두었던 셔터 아래로 몸을 굽혀 빠져나갔다. 자물쇠를 잠갔다.

그리고 두 번 다시 가게로 돌아가지 않았다.

가게를 그만둔 지 일주일 만에 처음 한 일은 산해씨의 전화번호를 누르는 거였다. 그것마저도 있는 힘을 짜내서 겨우 해냈다. 그때까지 집에서 한 발자국도 나가지 않고 물에 대해서만 생각했다. 물 없는 세상에 대한 악몽에 시달리는 것 말고는 내가 할 수 있는 게 없었다. '물은 답을 알고 있다'라는 말의 의미도 새삼 다르게 느껴졌다. 물에 예쁜 말을 하고서 얼리면 얼음 결정이 예뻐지고, 못된 말을 하면 결정도 이상하게 변하는 게…… 과학적으로도 증명되지 않았나? 현미경으로 봤으니까 과학 맞을걸?

산해씨는 전화를 받지 않았다. 대신 문자 한 통이 왔다. 미국에 있다고 했다. 한국에 돌아오는 대로 연락을 주겠다는 내용이었다.

미국에 갔구나. 산해씨가.

어찌됐든 잘된 일이었다. 마곡에 가는 것보다는 나은 일일 테니까. 마곡역 근처에 뭐가 있더라. 자주 가던 곱창집이 있었는데, 거기도 물이 없으면 장사를 할 수 없게 될 거다. 다른 많은 가게와 마찬가지로 물은 SELF였다. 수저도 셀프고, 옷을 정리하는 일도 셀프고, 그날 시킬 메뉴를 결정하는 일도 셀프인데 어째서 '물은 셀프'라고 특별히 강조해놓는 걸까. 그것은 우리가 물과 맺은 일종의 약속이라고 생각한다. 다른 것은 몰라도 물만큼은 스스로 해내자는 인류의 결의였다. 물이 사라지면 순수한 의지도 함께 자취를 감추고 말 것이다. 이제 누구도 무엇 하나 셀프로 해낼 엄두를 내지 못한 채 세상이 무너져 내릴 것이다.

회장이 매일같이 집 앞으로 찾아왔다.

"부회장, 얼른 문 좀 열어봐. 나랑 얘기 좀 하자니까."

나는 골목 쪽으로 난 창을 빠끔히 열고 대답했다.

"저 부씨 아니에요. 돌아가세요."

"알지 자네 최씨인 거. 최부회장. 뭐가 마음에 안 드는 거야? 나 가게도 닫아놓고 왔어. 오늘 자네가 나 안 만나주면 여기서 혀 깨물고 콱 죽어버릴라니까. 산해가 문제여? 다시 불러오면 되잖어. 부회장 직책이 맘에 안 들어? 이제 자네가 회장혀. 나는 명예회장이면 충분혀. 내가 뭘 잘못했는지 몰라도 미안하네."

"산해씨 갔어요."

"갔어? 어디를?"

"미국요. 로런스 리버모어 국립연구소로 초청돼서 갔어요. 거기서 핵융합 연구에 참여하게 됐대요. 레이저 조사기 192개가 하던 일을 산해씨 혼자서 해내고 있어요. 훨씬 강한 출력과 안정성으로요. 그런 산해씨를 회장님이 쫓아낸 거예요. ESFP라는 이유로요."

"지금 여기서 MBTI가 왜 나와. 그게 뭐가 중요하다고."

"중요하죠. 제 MBTI가 뭔지 아세요? ISFJ예요. 회장님하고 저는 어차피 상극이란 거죠. 사장님 언제 한 번이라도 재료 주문 신경이나 써본 적 있어요? 청소 한 번 도와서 한 적 있냐고요. 그게 회장이라서 그런 게 아닌 거 이제 알아요. 회장님이 보기에는 산해씨가 그렇게 밝은 게 눈엣가시처럼 여겨졌겠죠. 자기가 받아야 할 주목을 다 가져가버리니까. 자기가 해야 할 말을 다 가로챈다고 생각했을 테니까."

"최주학이. 니 지금 무슨 소리 하는 것이여?"

"왜요. 속마음을 들킨 것 같아서 당황했어요? 이젠 저도 알아요. MBTI보다 설명력 높은 이론은 존재하지 않는다는 거. 그래서 세상에 물이란 물은 전부 다 바짝 말라버릴 거란 것도 알고요."

"내 레시피, 전부 넘길게."

"빵이라면 저도 만들 줄 알아요."

말은 그렇게 하면서도 마음이 조금 움직였다. 어쩌면, 힘을 내봐야 할 이유가 생길지도 모른다. 물의 마음으로 다시 한번 SELF, 전부 다 메말라도 내가 할 수 있는 마지막 반죽을.

"금고 안에는 처음부터 아무것도 없었어. 전부 내 머릿속에 있다고. 내일 가게로 나오게. 걸음마부터 다시 배워야 할 테니께."

회장은 그렇게 말하고 대문 앞을 떠났다.

다음날 아침 일찍 일어나 정말 오랜만에 몸을 씻었다. 되도록 최소한의 물을 사용하려고 노력하며, 구석구석 닿지 않은 곳이 없도록 꼼꼼히 닦았다. 문을 나설 때 알 수 있었다. 어제와는 다른 내가 되어 있다는 걸. 신발장에서 꺼내 신은 새 운동화의 끈이 풀려 무릎을 꿇고 앉아 다시 묶었다. 나를 비추던 햇빛이 갑자기 어두워졌다. 고개를 들었다. 검은 정장을 입은 두 사람이 빛을 가로막고 서 있었다.

"Mr. Choi?"

"예? 예에. 예?"

"We are from US government."

"예에. 암 프롬 분당."

"최주학씨, 저희는 미 국무부에서 나왔습니다. 오산해씨 관련해서 드릴 말씀이 있어 왔습니다."

"산해씨요?"

나는 영문도 모른 채 그들의 차 뒷자리로 안내받았다. 어지간해서는 남들 눈에 띄지 않을 은색 아반떼였다. 앞에 앉은 두 사람은 말없이 차를 몰았다. 풍경이 바뀌며 간선도로로 접어들었고, 서울공항의 정문을 아무런 제지도 받지 않고 통과했다. 군용기로 보이는 비행기 앞에 차가 멈춰 섰다. 그제야 두 사람은 나를 돌아봤다. 그들이 건넨 작은 직사각형의 종이 한 장을 받아들었다. 두산베어스 홈경기, 저녁 여섯시 삼십분에 시작하는 삼성과의 페넌트레이스 티켓이었다. 날짜가 한참 지난.

뭔데 씨발. 나 엘지 팬인데.

"산해씨에게 생긴 일에 관해서입니다. 보안을 지켜주신다는 전제로 말씀드리겠습니다."

"예? 아…… 말할 데도 없어요. 산해씨에게 무슨 일이 있나요?"

"어제 오키나와 미군 기지에서 진행된 뉴클리어 퓨전 테스트 도중 오산해씨의 육체가 소실됐습니다. 우리 연구진이 계산한 범위 이상으로 밝아지면서 통제할 수 없는 상황이 됐죠. 육체적으로는 흩어졌지만, 우리는 오산해씨가 양자 형태로 사일로 안에 존재하고 있다고 믿습니다."

무슨 말이라도 꺼내보려 했지만 입이 떨어지지 않았다. 산해씨가, 흩어졌다. 흩어졌다는 것은 무슨 의미인가? 존재한다는 것은 살아 있는 것과 다른가? 믿음으로 지탱할 수 있는 삶이 있는가?

"오산해씨가 남겨둔 소지품은 이게 전부입니다. 당신 이름으로 발권된 야구 티켓과 당신이 적어준 쪽지. 우리는 여전히 믿고 있습니다. 아직 오산해씨를 완전히 망실하지는 않았다고요. 그리고 기대하고 있습니다. 어쩌면 당신이 오산해씨를 복구할 키가 될 수 있습니다."

"You're our only hope."

"현재 사일로 내부의 양자 압력이 지속적으로 높아지고 있습니다. 그리 오랜 시간이 남지 않았다고 보고 있습니다. 대폭발이 임박했습니다. 미안한 말이지만, 우리의 기술로는 더 이상 책임질 수 없습니다. 지구 전체가 흔적도 없이 사라질 수 있습니다. 당신이 마지막 희망입니다."

그가 심각한 표정으로 내게 작게 접힌 종이 한 장을 더 건넸다. 마지막 급여와 함께 산해씨에게 준 쪽지였다. *너무 빛나지 말아요. 힘들잖아요. 너무 환하지 말아요. 우리 견딜 수 있는*

만큼만 밝아요. 내 글씨 위에 물이 닿은 듯 번진 자국이 남아 있었다.

"Would you come with us?"

"저희와 함께 가주시겠습니까?"

대답을 할 수 없었다. 목에서 올라온 흐느낌이 입을 막았다. 둑이 터지듯 눈물이 쏟아졌다. 멈출 수가 없었다. 언제부터 내 안에 그렇게 많은 물이 있었는지 놀라울 만큼, 갓 태어난 인간처럼 엉엉 울었다. 두 사람은 내게 시간을 주려는 듯 차 밖으로 나갔다. 한 평도 안 되는 공간에서 몸을 웅크린 채 떨며 계속 울었다.

MBTI는 세상이 잘못되는 것과 관계없었다. 문제는 나였다. 내가 용기를 냈다면 산해씨를 보내지 않을 수 있었다. 회장의 바짓가랑이를 붙들고 사정할 수도 있었고, 산해씨와 함께 때려치우겠다고 협박할 수도 있었다. 아니, 정말로 때려치우면 그만이었다. 산해씨와 둘이서 작은 가게라도 냈으면 이런 일은 생기지 않았을 것이다. 나는 그냥 비겁했다. 나를 위해 재채기를 해준 산해씨에 비하면 반의반도 되지 못하는 인간이었다. 용기도 의지도 없는 내가 할 수 있는 일이라고는 이렇게 눈물을 쏟아내는 것밖에 없었다.

시트가 다 젖고, 차 바닥에 물이 찰랑거렸다. 그때 나는 깨달았다. 내게 남은 물이 완전히 사라지리라는 것을. 이 울음은 결코 그치지 않을 것이다. 빰이 파삭하게 쪼그라드는 걸 느꼈다. 가슴에 뚫려 있던 커다란 구멍에서 쉼없이 슬픔이 흘러나오고 있었다.

그때 갑자기 창밖이 환해졌고, 나는 힘겹게 허리를 펴 시선을 들었다. 바깥은 눈을 뜰 수 없을 만큼 밝은 빛으로 가득했다. 그들이 말한 대폭발이 시작된 걸 직감했다. 바다를 건너온 뜨거운 열기가 활주로의 아스팔트를 깨부쉈고, 차가 미친듯이 흔들렸다. 격납고, 비행기, 정장을 입은 두 사람이 차례로 재가 되어 흩어지는 것이 슬로모션처럼 인식됐다. 그리고 들었다. 산해씨의 목소리를. 그건 내가 이 세상에서 들은 마지막 음성이었다.

울지 마세요 점장님. 여기서 울지 마세요.

불상의 인간학

기해씨는 37병동의 해결사였다. 당장 필요한 게 있으면 호출 벨을 눌렀지만, 반드시 필요한 게 있으면 기해씨를 만나야 했다. 기해씨는 간호사가 아니었다. 의사도 아니고 원무과 직원도 아니었다. 보험설계사였다. 그때는 병원에서 마스크를 쓰고 다니지 않았고 출입 관리도 지금처럼 까다롭지 않았다. 기해씨에게는 특별히 좋은 시절이었다.

기해씨가 사람들에게 뭘 줄 수 있냐 하면, 일단 보험이었다. 장래의 위험에 대비하는 보험의 본령에 비추었을 때 병동은 보험설계사의 엘도라도였다. 환자 말고도 병원을 채우는 사람은 많았다. 그들은 매일같이 위험을 목격하고 삶에 대해 오래 생각했다. 기해씨는 더운 여름 땀을 뻘뻘 흘리며 돌아다닐 필요가 없었다. 방에서 방으로, 사람에서 사람으로 영업이 이어졌다.

의사들에게 암보험을 제일 많이 팔았다. 간병인에게 간병보험을 팔았고, 간호사에게 근골격 질환을 대비하는 보험을 팔았다. 팔려고 하지 않아도 사러 왔다. 사야 할 것이 없어도 기해씨에게 와서 자기 이야기를 했다. 모두가 기해씨를 알았다.

그리고 기해씨는 37병동의 해결사였다. 기해씨가 보험만 팔았다면 나는 그를 37병동의 보험설계사라고 소개했을 것이다.

세번째 입원 기한이 만료되기 직전 나도 기해씨를 찾아갔다. 내가 필요한 건 보험이 아니었다. 나는 병원에 더 머물 수 있기를 바랐다. 박교수는 내가 원하는 대로 입원을 연장해주지 않을 것이 뻔했다. 꾀병이라고 생각하는 것 같았다. 그는 특유의 사무적인 말투로 '원한다면 정신건강의학과로 전과시켜줄 수는 있다'는 말까지 했다. 나는 다소 모욕받은 기분마저 들었다.

뮌하우젠증후군이 뭔지는 나도 알았다. 병을 가장해서 진료 쇼핑을 다니는 인위성 장애. 하지만 나는 그것과는 달랐다. 나는 진솔했다. 처음부터 끝까지 병원이라는 거대한 관료제적 체계를 사랑했던 것뿐이다. 하루에 세 번 교대하는 간호사들과 그때마다 꼼꼼하게 진행되는 바이털 체크 속에서 나는 여전히 살아 있다는 확신을 얻었다. 정교한 기계들과 그것을 다루는 전문가들의 체계적 행위는 세계의 합리성을 보여주는 명백한 증거였다. 거대한 병원에 첫발을 디딜 때 느껴지는 그 역동…… 병원에는 정말 많은 사람이 있고 많은 사람이 그 안에서 일을 하고 돈을 쓰고 아프고 낫고 죽고 태어나고 싸우고 화해하고 사랑하고 또 죽는다.

환자가 되면 하는 일 없이 누워 있는 것만으로도 그 거대한 체계에 참여할 수 있다. 병원에서는 혼자라는 생각이 들지 않았다. 너무 오래 혼자 있다보면 가상의 친구를 만들어내게 된다. 내 경우는 나나라는 이름의 친구와 오래 이야기를 나눴다. 나랑 대화하는 나니까 나나. 그러다가 뜻밖의 맹장염으로 병원에 처음 입원했고, 치료받는 동안에는 나나와 대화할 필요가 없었다. 사람이 늘 넘쳐나는 곳에서 의료진의 지속적인 관심을 받을 수 있었으니까. 어렸을 때 장래 희망이 뭐냐고 하면 불상이라고 적어 냈다. 가만히 서 있거나 앉아 있으면 사람들이 와서 코도 만져주고 머리도 쓰다듬어주는 게…… 너무 부러웠다.

나는 워낙에 진솔한 인간이기 때문에 이런 마음을 박교수에게 모두 이야기했다. 그는 고개를 갸우뚱하더니 이렇게 말했다.

"잘 알고 계시네요. 그게 뮌하우젠증후군이에요."

형편없는 의사였다. 나란 사람을 그저 진단명으로 규정하는 건 가당치 않았다.

기해씨는 지하 1층 구내 카페로 나를 불렀다. 그는 조금 지쳐 보이는 얼굴로 병원에 대한 나의 견해를 묵묵히 들었다. 불상 이야기에 이르렀을 때는 감명받은 듯 고개를 끄덕이기도 했다.

"제대로 이해하고 계시네요. 이 세상과 병원과 자기 자신에 대한 모든 것을요."

어쩌면 내가 박교수에게 듣고 싶었던 건 그런 종류의 이야기였는지도 모른다.

"도와드릴게요. 병원에 계속 머무르실 수 있도록. 하지만 이건 작은 일이 아니에요. 제 명성과 관련된 일이기도 하고, 수사기관이 개입하면 입건될 수도 있죠."

"각오는 돼 있습니다. 제가 어떻게 하면 될까요? 혹시 보험 가입을 해야 한다면, 몇 개든 좋습니다. 적당한 선에서 현금을 드릴 수도 있고요. 도움을 받으면 저도 도와드려야죠. 경우 없이 받기만 하는 사람은 아닙니다."

"저는 부탁에 대한 보답을 그런 식으로 받지 않습니다. 그건 잠시 미뤄두죠. 나중에 제가 부탁을 드릴게요. 딱 한 가지 부탁요. 그때 그걸 거절하지 말아주세요. 그 정도의 약속이라면 제게는 충분합니다."

"단 한 가지 부탁요?"

"단 하나요."

"제가 들어드리지 못하는 부탁이면 어쩌죠?"

"그때는 거절하셔야겠죠. 하지만 대개는 그렇게 하지 않으시더라고요."

목숨이라도 내놓으라고 하면 어떻게 하지. 그런 걸 들어줄 순 없었다. 어차피 민법 계약의 기본 원칙이 보장하는 대로 사회 상규상 받아들일 수 없는 계약은 이행할 필요가 없다. 목숨을 달라고 하면 주지 않으면 된다. 그 밖의 것이라면, 뭐. 병원에 있는 한 나쁠 것이 없는 거다. 나는 기해씨와 새끼손가락을 걸고 약속을 했다. 기해씨는 내게 병원을 주고 나는 확정되지 않은 무언가를 추후에 기해씨에게 주는 거다.

"강교수에게 가보세요."

"어떤 강교수요?"

"류머티즘내과 강매리 교수요. 강교수에게 가면 원하는 걸 줄 거예요. 내가 미리 이야기해놓을 거니까요."

그렇게 거래가 성립됐다. 기해씨는 나와 약속하며 걸었던 오른손 새끼손가락을 스트레칭하듯 왼손으로 쭉쭉 뽑고 문질렀다. 그러고는 몸 여기저기를 마사지하듯 두드렸다. 어딘가 불편한 표정이었다. 나를 만나러 와 마주앉았을 때와 비교하면 급격하게 늙은 것처럼 보였다. 사람이 십 분 만에 십 년을 늙을 수도 있나? 괜찮냐고 물어봐야 할 것 같았다.

"괜찮으세요? 어디 불편하신가요?"

"괜찮지는 않아요. 많이 피곤하네요. 누군가에게 무언가를 준다는 건 나를 그만큼 헐어내야 하는 거라서요."

그렇게 말하는 기해씨는 잠시 빛나 보였다. 그의 등뒤를 스치듯 지나간 빛이 그때는 눈의 피로 탓인 줄만 알았다. 지금 생각하면 그것은 기해씨 스스로가 발한 밝음이었다.

강교수와 바로 만날 수는 없었다. 원무과에서 준 안내문에는 스무 가지가 넘는 검사 일정이 적혀 있었다. 개중에는 24시간 금식이 필요한 검사도 있어서 일단 병동으로 돌아왔다. 병실 사람들이 기해씨와의 미팅 결과를 궁금해했다. 저마다 크고 작은 건으로 한두 번쯤 기해씨의 도움을 받은 일이 있는 환자들이었다. 내가 엄지를 치켜세우자 자기 일처럼 좋아하며 박수를 쳐주었다. 이틀 전에 입실해 아직 이름을 알지 못하는 한 남자만이 다소 애매한 표정을 지었는데, 그런가보다 했다. 기해씨에 대해 모르는 게 잘못은 아니니까. 담배를 피우러 가는데 그 남자가 따라왔다.

"일이 잘 풀리셨나보네요."

"네, 뭐."

"기해씨란 분이 참 대단하신 것 같아요. 뭐랄까, 우리 시대에 둘도 없는…… 미륵보살? 같은 분이랄까."

"우리 서로 아는 사이던가요?"

"아, 인사가 늦었네요. 계신 곳 옆 옆 자리에 새로 들어왔습니다. 조충연입니다. 올해 나이 서른셋에 갓 돌이 지난 딸이 하나 있죠."

"진단명이?"

"아, 그러니까 그게…… 어제 응급실 통해 입원했거든요. 제 진단명이 그러니까……"

"불편하면 말씀하지 않으셔도 됩니다."

그는 잠시 고민하는가 싶더니 무언가를 결심한 듯 비장한 표정으로 입을 열었다.

"진단명은 없습니다. 코드명은 있죠. 코드명 조충연. 본명은 말씀드릴 수 없습니다. 사실 저는 환자가 아닙니다. 심평원에서 파견한 언더커버 요원이죠. 박종회씨 당신에 대한 수사가 진행중이거든요. 그런데 이곳저곳 찔러보니 박종회씨 케이스는 빙산의 일각에 불과해요. 이 병원 전반에 걸쳐 심각한 건강보험 누수가 발생하고 있습니다. 그 중심에 기해씨라는 분이 있는 게 분명하고요. 기해씨의 본명이 기해가 아닌 건 알고 계셨나요? 아무리 전산을 돌려봐도 그 여자에 대한 자료는 전무하더군요."

“심평원이라면, 건강보험심사평가원 말인가요?”

“네. 정확합니다.”

일이 골치 아프게 돼버렸다. 입원 연장까지 넘어야 할 산이 많은데 심평원 요원이 웬 말인가. 놈들은 적당히 구슬린다고 말귀를 알아듣는 종류의 인간들이 아니었다. 심사를 하든 평가를 하든 둘 중에 하나만 해도 인성이 망가지기 마련이다. 타인에게 권한을 휘두르는 만큼 자기 내면의 무언가가 무너져내리기 때문이다. 이놈들은 심사를 하는데다가 평가까지 겸하니 말 다 한 셈이었다. 지들이 뭔데 날 평가해? 나에 대해 뭘 안다고 심사하려 들어?

“한 번만 봐주세요. 저 입원 꼭 해야 돼요. 밖에 나가면 저 진짜 살 수가 없어요. 이번에 나가면 입원실로 못 오고 영안실 갈 게 분명해요. 사람 하나 살리는 셈 치고 넘어가주세요. 처치든 처방이든 최소한으로 받고 가만히 누워 있기만 할게요.”

“말씀드렸다시피, 우리 원의 초점은 박종회씨가 아닌 기해씨입니다. 협조만 해주신다면 종회씨의 무제한 입원을 보장하겠습니다.”

심평원 언더커버 요원 조충연이 오른손을 내밀었다. 맞잡고 악수했다. 방금 전에 기해씨와 손가락 걸고 약속했던 바로 그 손으로.

강교수는 연신 안경을 고쳐 쓰며 모니터에 뜬 나의 검사 결과를 이리저리 살폈다. 혈액검사 차트와 MRI 영상을 번갈아 오가는 강교수의 표정이 꽤나 심각했다. 덜컥 겁이 났다. 병원에 있고 싶은 것뿐인데. 병을 얻고 싶은 건 아닌데.

"건강하시네요. 별문제는 없어요. 표면적으로는."

마지막 말이 아무래도 걸렸다. 표면적으로는 괜찮은데 심층적으로는 문제가 있다는 건가?

"어차피 입원 관련해서는 기해씨가 준비한 진료 자료를 쓸 거예요. 이 방에서 나가시는 대로 입원이 연장되도록 조치할게요. 그런데 말이죠……"

"뭐가 있어요? 말을 불안하게 끝내는 습관이 있으시네요."

"MRI 결과를 보면 좀 특이한 소견이 보여서요. 이걸 뭐라고 해야 하나. 한번 보시겠어요? 여기 보세요. 이게 간이고, 십이지장, 췌장…… 구분되시죠? 이렇게 쭉 연결이 돼서 장. 여기 대장과 복막 사이에 말이죠, 인간이 있어요."

"인간이 있다고요?"

"네. 인간요."

"인간처럼은 안 보이는데요. 그냥 뭐, 얼룩 정도로 보이는데."

"그 정도면 충분히 인간이에요. 대장 안에 있으면 내시경으로 확인이 됐을 텐데, 개복하지 않는 이상 이렇게밖에 볼 방법이 없어요. 하지만 확실한 인간이에요."

"저런 게 인간이라고요?"

"네. 저게 바로 인간이죠."

"그래요. 저게 인간이라고 쳐요. 근데 제가 어차피 인간이잖아요."

"글쎄요. 그건 또 별개의 문제죠. 말씀하신 대로 박종회씨가 인간이어야지, 박종회씨 뱃속에 인간이 있어야 하는 건 아니거든요. 위치가 대장 바로 바깥이라는 게 특히나 마음에 걸려요. 장에서 세로토닌이 활발히 분비된다는 이야기 들어본 적 있으시죠? 대장이 제2의 뇌라고 말하는 연구자들이 많아요. 예민한 사람치고 장 멀쩡한 사람 본 적이 없다니까요. 인간이 맘먹고 대장에 파고들기라도 하면, 상상하기도 싫어지네요."

"그럼 어떻게 합니까?"

"당장 뭘 어떻게 할 수 있는 일은 없어요. 바라던 입원 생활이나 충분히 즐기세요. 나도 기해씨에게 빚이 있어요. 거절할 수 없는 부탁이 박종회씨 당신인 거죠. 감사한 일이에요. 기해씨에게 뭔가를 보답할 수 있다는 건."

그런 걸 거래라고 하는 거 아닌가? 지나치게 감상적인 사람이라고 생각했다. 강교수와 나 사이에는 분명한 관점의 차이가 존재했다. 인간에 대해서도 마찬가지였다. 인간+인간이면 좋은 거 아니야? 1+1 같은 거지. 나 박종회는 인간임이 분명하다. 그러하다는 증명보다 반박할 근거를 찾는 게 더 힘들 것이다.

입원 연장이 확정되고 37병동으로 돌아왔다. 심평원 언더커버 요원 조충연의 자리는 비워져 있었다. 그럼 그렇지. 기해씨가 그렇게 쉽게 꼬리를 잡힐 사람인가. 헛물이나 잔뜩 켜다가 돌아간 모양이었다. 입실 동기 김영감이 나를 반기며 얼음처럼 차가운 아침햇살 한 병을 건넸다. 경쾌한 뻥 소리와 함께 병을 열고 희멀건 음료를 입에 털어넣었다. 이도 저도 아닌 맛이 혀를 지나 목구멍을 거쳐 몸 전체로 퍼져나가는 게 느껴졌다. 뱃속에 인간이 있다고? 그러시든가. 나도 여기 있고 싶어서 있는데, 인간이란 게 거기 있고 싶으면 있으셔야지. 그게 공평한 거다. 인간이여, 자네도 아침햇살이나 흠뻑 적시게.

간호사가 놓아준 수액이 웰컴 드링크처럼 시원하게 팔뚝을 타고 미끄러져 들어왔다. 머리가 아프다고 떼를 써서 진통제도 한 방 튜브에 넣었다. 머리가 빳빳해지는 감각과 함께 나른한 잠이 쏟아졌다. 눈을 떴을 때는 이미 사위가 컴컴했다. 당직 간호사의 책상을 비추는 약한 조명만이 희붐했다. 링거 스탠드에 수액을 걸고 슬리퍼를 질질 끌며 병실을 나왔다. 주머니를 뒤적거려 나온 담뱃갑 속에 딱 한 개비가 남아 있었다. 비상계단으로 나가 창문을 열었다. 이미 누군가 다녀간 듯 먹다 남은 커피가 찰박거리는 종이컵에 꽁초 한 개가 꽂혀 있었다. 불을 붙이고 큰 숨을 들이켰다 뱉었다. 구렁이처럼 몸을 비틀며 나온 담배 연기가 창문 틈을 타고 넘었다.

"담배 한 대 빌릴 수 있을까요?"

아 씨발 깜짝이야. 어 뭐야, 당신.

"당신, 심평원?"

"네. 조충연입니다."

"간 거 아니었어?"

"그럴 리가요. 우리가 거래를 하나 했죠, 아마? 악수까지 했는데."

"그랬지."

"근데 왜 반말하시죠?"

"아."

"음."

"미안합니다. 저녁에 진통제를 센 걸 맞아서."

"네."

"미안합니다. 담배는 이게 돗대예요. 같이 피우실래요?"

조충연은 필요 없다며 손사래를 쳤다. 병실에 있을 때와는 달리 각 잡힌 검은 슈트를 입은 폼이 제법 요원 같아 보였다. 언더커버라면서 그런 차림으로 병원을 돌아다녀도 되는 건가?

"잠입 업무는 끝났습니다. 증거 수집이 완료됐거든요."

내 마음을 읽기라도 한 듯 조충연이 말했다. 그는 조금 흥분한 듯 새된 목소리로 말을 이었다.

“내일이 디데이입니다. 기해씨를 잡을 겁니다. 작전명도 나왔어요. ‘만전을 기해줘’. 어떻습니까?”

“작전명까지 필요한 일이에요? 그리고 좀 유치한데.”

“박종회씨 의견은 중요하지 않습니다. 이미 그렇게 정해졌으니까요.”

“제가 뭘 해야 하죠?”

조충연이 큰 동작으로 아래위 층을 살폈다. 아무도 없는 걸 확인한 그가 고개를 내 얼굴에 바짝 들이밀었다. 보안은 생명…… 어쩌고 하는 귓속말이 불쾌했다. 배신자가 된다는 떨림. 비밀이 생긴다는 스릴. 내가 늘 좋아해 마지않는 거대한 체계의 일부 되기…… 국가기관의 주요 수사에 일부가 된다는 책임감. 그런 것들이 엉켜서 뱃속이 배배 꼬이는 기분이었다. 인간, 당신이야? 당신이 내 뱃속을 휘젓고 있는 거야?

“박종회씨의 입원은 제가 책임지겠습니다.”

그래. 그거면 된 거다. 나한테 제일 중요한 건 그거니까.

다음날 아침 회진 시간에 강교수가 왔다.

“뱃속은 어때요?”

“글쎄요. 그런 이야기를 들어서 그런지, 뭔가 뱃속에서 부글거리는 기분*?”

"페디라액 처방하고, 아지스로마이신 30밀리 투여해."

강교수 옆에 바짝 붙어 선 전공의가 손에 들고 있던 태블릿 PC를 열심히 두드렸다. 그때 청원경찰 두 명이 병실 문을 막아섰다. 의기양양한 표정의 조충연이 나타나 종이 한 장을 펼쳐 들었다.

"강매리씨. 당신을 공문서 위조, 사기, 무면허 의료 행위 혐의로 체포합니다. 법원에서 발부한 영장을 가져왔으니 순순히 절차에 따르세요."

"교수님?"

옆에 있던 전공의의 눈이 동그래졌다. 강매리씨가 초탈한 표정으로 말했다.

"전 교수가 아니에요. 의사도 아니고요. 그동안 믿고 따라줘서 고마웠어요."

"그게 무슨 말씀이세요?"

"한때 원장이긴 했죠. 하지만 미용실 원장이었어요. 누군가 기해씨를 팔아넘겼네요. 여러분은 양심을 저버리지 말고 올바른 선택을 하길 바라요. 그럼, 모두에게 행운이 있길."

함께 회진 온 무리들의 표정은 세상이 무너지기라도 한 듯 절망적이었다. 나도 적잖이 놀라긴 했다. 전날 조충연에게 대

* 윤아랑, 『뭔가 배 속에서 부글거리는 기분』, 민음사, 2022.

충 이야기를 듣긴 했지만, 강매리씨의 혐의는 미처 듣지 못했다. 무면허라고? 저런 돌팔이가 내 뱃속에 대해 왈가왈부한 거다. 대학병원 교수 자리에 미용실 원장을 앉혔다니. 새삼 기해씨의 능력이 대단하다는 생각이 들었다.

강매리씨는 허리를 곧게 펴고 조충연이 읊는 미란다원칙을 경청했다. 앞으로 뻗은 두 팔에 수갑이 채워질 때도 동요하지 않았다. 하지만 줄줄이 이어진 병실을 지나갈 땐 고개를 들지 못했다. 강매리를 주치의로 두었던 사람들이 모두 문밖에 나와 아연한 표정으로 그를 보았다. 스테이션에 이르렀을 때 강매리씨는 완전히 무너져버렸다. 단단히 결박된 채 몸부림치며 소리쳤다.

"나는 가짜지만 내가 한 진료는 전부 진짜야. 당신들은 모두 병들었다고."

간호사들이 입을 가린 채 수군대며 그를 쳐다봤다. 강매리씨는 기어이 조충연의 팔짱을 뿌리치더니 복도에 나와 있던 나를 정확히 지목했다.

"박종희. 당신 뱃속에는 인간이 있어!"

사람들의 시선이 내게 쏠렸다. 나는 좀 당황스러웠다. 약간 엉거주춤한 자세로 한 손을 머리 위로 들고 대답했다.

"아…… 네. 제 뱃속에. 네네."

태블릿 PC를 들고 있던 전공의가 기어이 울음을 터뜨렸다.

조충연은 한껏 기분좋은 표정이 되어 돌아왔다. 성공적인 검거야말로 드물게 찾아오는 언더커버 요원의 기쁨일 것이었다. 모든 일이 조충연의 귓속말대로 진행되는 중이었다. 강매리씨를 검거한 건 다음 행보를 위한 포석일 뿐이다. 이제 기해씨를 잡을 차례였다.

“가시죠.”

“잠깐만요. 가기 전에 한 가지 궁금한 게 있어요. 대답해준다고 약속할 수 있나요?”

“글쎄요. 정부 기관의 일원이라면 그런 약속은 하지 않는 게 좋다고 배워서요.”

“조충연 요원, 당신의 본명을 알고 싶어요. 나를 도와준 사람을 팔아넘기는데, 같이 일하는 사람이 누군지는 정확히 알아야죠.”

“조충연입니다.”

“본명이 조충연이라고?”

“네. 코드명도 조충연이고요.”

“그때 그랬잖아요. 본명은 말해줄 수 없다고. 그건 뭐예요 그럼.”

“거짓말 안 했어요. 본명은 말해줄 수 없다고 했고, 본명을 말하지 않은 거죠. 본명은 조충연이고.”

"당신의 위장 신분만큼이나 비열하군요."

"정의를 위해서라면 얼마든지."

"갑시다. 나한테 설치한다고 한 도청 장치 주세요."

"여기요. 귀에 꽂으세요."

겉보기에 에어팟과 다를 게 없어 보이는 이어폰이었다.

"에어팟같이 생겼네요."

"에어팟이에요. 마이크 기능이 있잖아요. 기해씨 앞에서는 음악을 듣고 있었던 척해요."

나는 갑자기 궁금해졌다. 태어날 때 내가 짓고 있던 표정. 태초에 사랑해라는 말을 처음 말한 이의 이름. 이제껏 나를 실망시킨 모든 사람들이 모여 있는 천국의 주소. 그런 것들. 그런 것에 관한 것들. 배신한 사람에게 가장 어울리는 체크 남방을 파는 가게? 같은 것도. 이제는 기해씨를 만나러 가야 했다. 기해씨가 스스로 말하게 만드는 게 중요했다. 강매리 원장을 류머티즘내과 교수로 앉힌 게 자신이라고 말이다. 하지만 급식실 구석에서 기해씨를 실제로 만났을 때 그가 건넨 말은 내가 상상한 범위 밖에 있는 것이었다.

"교수가 되세요, 종회씨."

"제가요?"

"네. 원한다면 내일부터 바로요. 병원의 일부가 되고 싶다고 했잖아요. 환자로서 겪는 병원이 10이라면 의사로서는 100 정도를 느낄 수 있을 거예요."

"말이 안 되잖아요. 어렸을 때 병원놀이할 때도 전 환자 했어요."

"말이 안 되는 걸 되게 하는 게 유능함이죠. 제가 만들어드릴게요. 잡혀간 강매리씨도……"

안 돼. 그다음 말은 하지 마.

"……내가 그 자리에 앉힌 거니까."

문이 벌컥 열리고 조충연이 들어왔다.

"기해씨. 이 순간을 아주 오래 기다렸습니다. 당신이 기해씨인지 누군지는 아직 알 수 없지만, 일단 의료법 위반 혐의로 체포합니다. 나머지 죄목은 천천히 붙여드릴 테니까 걱정하지 마시고."

기해씨의 손목에 수갑이 채워졌다. 순간 마음이 무너져내리는 게 느껴졌다. 왜? 이건 전부 거래일 뿐인데? 기해씨는 반항하지 않았다. 의연한 모습으로 조충연을 따라나섰다. 나를 지나쳐 갈 때 기해씨가 나지막이 말했다.

"괜찮아요. 하지만 약속은 꼭 지켜요."

그렇게 할 생각이었다. 기회가 생긴다면. 하지만 그때만 해도 정말로 그럴 기회가 생길 줄은 생각하지 못했다.

어쨌거나 조충연은 약속을 지켰다. 나는 얼마든지 원하는 만큼 병원에 머무를 수 있게 되었다. 밀고자가 되어 돌아왔으니 병동 사람들에게 환영받을 리 없었다. 아무도 내게 아침햇살을 주지 않았고, 하늘보리 한 모금 나누려 하지 않았다. 간호사도 링거 맞을 때 바늘을 아프게 꽂는 것만 같았다. 기해씨에게 빚지지 않은 사람은 거의 없었다. 나는 37병동의 유다였다.

거대한 체계 안에서 완전히 소외되는 일은 막연히 생각했던 것보다 훨씬 괴로웠다. 화장실 다녀온 사이에 베개가 사라졌고, 자고 일어나면 밤사이 가득찬 오줌통이 내 자리 앞에 와 있었다. 아무리 호출 벨을 눌러도 간호사가 오지 않았다. 회진 돌 때 내 자리만 건너뛰는 것은 놀랍지도 않았다. 결국에는 어느 밤 멍석말이를 당했다. 자고 있는 내 위로 담요가 덮였고, 무차별적인 주먹과 발길질이 날아들었다. 환자들이라 매가리가 하나도 없어서 잔뜩 맞았는데도 별로 아프지 않았다.

모두가 나를 외면하는 그곳에서 버티는 의미가 없었다. 나는 결국 환자복을 벗고 병원을 나왔다.

집에 돌아온 뒤 시름시름 앓기 시작했다. 병원에서 환자로 있을 때는 하나도 아프지 않았는데, 병원을 나오니 아팠다. 동네 내과에서 검사를 받았다. 의사의 표정이 좋지 않았다. 간 수치는 너무 높고, 당뇨가 있었다. 신장 기능도 많이 약해져 있었다. 진료의뢰서를 써줄 테니 지금 바로 큰 병원에 가보라고 했다. 내가 있던 병원을 추천받았다. 나는 좀 어이가 없어서 코웃음을 치며 의사에게 말했다.

"제가요, 37병동 출신입니다. 이 주 전만 해도 거기 6인실에 누워 있었어요."

의사가 깜짝 놀라더니 내게 물었다.

"거기 기해씨라고, 대단한 보험설계사가 있죠. 그분이 아직도 그곳에 계시나요?"

나는 갑자기 반쯤 몸이 접힌 기분이 되어 대답했다.

"글쎄요, 저는 거기 며칠 안 있었어서."

당황해서 그뒤로는 무슨 말을 했는지 기억도 나지 않는다. 병원을 나와 의사가 써준 진료의뢰서를 반으로 찢어버렸다.

밤이 되면 고통은 더 심해졌다. 다시 혼자 자려니 익숙해지지 않았다. 병원에서는 모두와 함께 잘 수 있어 좋았다. 건너편과 옆자리에 누군가의 침대가 없다는 사실이, 6인실이 아니라는 점이, 방밖에 담당 간호사의 인기척이 없다는 게 나를 힘들게 했다. 딱히 어디가 아프다고 꼬집어 말할 수는 없는데, 몸 전체가 나 자신에게 자가면역반응이라도 일으키는 것 같았다. 여전한 그 기분…… 뭔가, 뱃속에서 부글거리는? 그런 기분 속에 밤을 지새우다가 인간, 자네야? 라고 몇 번이나 물었는지 모른다. 그러니까 정말로 소리 내서

"인간? 거기 있어?"

하고 한참을 기다려봐도 아무런 대답을 들을 수 없었다. 그가 있다면 적어도 혼자는 아닌 건데. 카카오톡이 없던 시절에 나는 자주 나나와 문자메시지를 주고받았다. 내 번호로 나나에게 문자를 보내면 나의 핸드폰이 울렸고 거기에 내가 답장을 보냈다. 그런 나나가 혹시 인간이 되어 뱃속에 있는 걸까?

"나나…… 혹시 너야?"

……

……

……

……

……

……

그때 핸드폰의 벨이 울렸고, 너무 놀라 숨이 멎는 것 같았다. 구치소에서 걸려온 수신자 부담 전화라는 안내 멘트가 나왔다. 나나, 너…… 범죄를? 떨리는 손으로 1번 수락 버튼을 눌렀다. 기해씨였다.

"괜찮아요? 많이 힘들죠?"

그 말을 한 건 내가 아니었다. 기해씨였다. 진심이 느껴졌다. 원망도 회한도 없는 순수한 위로가 내게 전달됐다. 감옥에 있는 사람이 밖에 있는 사람을 걱정해주고 있었다. 세상에서 제일 싫은 사람 목록에 나 자신이 단독 1등으로 올라섰다.

병원에서 쫓겨나듯 퇴원한 일을 기해씨는 모두 알고 있었다. 기해씨는 내게 힘내라고 말해줬다. 자신은 그곳에서 잘 지내고 있다고 했다. 재판을 받고 있고, 검사가 자신을 너무 나쁜 사람으로 만드는 것 같아 속이 상한다고 했다. 그러다가 검거될 때의 이야기로 돌아갔는데, 심평원에 협조한 건 잘한 일이었다고, 자신이라도 그랬을 거라고 나를 위로했다. 사실 별 생각 없이 지내고 있었는데, 기해씨의 입에서 그런 말이 나오니 한 가지가 확실해졌다. 나는 정말 천하의 개쌍놈이란 것.

"미안합니다 기해씨. 제가 정말 천하의 개쌍놈이에요."

"그러지 마요. 미안해하지 말고, 할 수 있는 일을 함께 해요. 우리 약속한 것 있잖아요. 잊지 않았죠?"

그러게. 그게 있었지.

"말씀하세요. 어떤 부탁이라도 들어드릴게요."

기해씨가 미리 드러낸 선한 본성으로 말미암아 나에게 무리한 부탁 같은 것은 하지 않으리라는 확신이 들었다. 그래서 가능한 만큼 세게 말했다.

"목숨이라도 필요하면 말씀하세요."

"그런 소중한 것 말고, 인간을 주세요."

"네?"

"종회씨한테 인간이 있다는 이야기 들었어요. 강매리씨는 밖에서 재판받고 있거든요. 저를 보고 싶어하지만 공범 관계라 면회는 되지 않아요. 대신 사람을 통해 이야기를 전해오죠. 그렇게 들었어요. 종회씨 복막 안에 인간이 있다고. 그걸 저와 바꿔주세요. 종회씨 뱃속의 인간은 저 대신 여기 들어오고, 제가 종회씨 뱃속으로 들어갈게요."

"그게 돼요?"

"네. 돼요. 저는 할 수 있어요."

"인간이란 게 정말로 있다고 쳐도…… 감옥 같은 데 들어가고 싶을까요?"

"종회씨 뱃속보다는 넓은 세상이니까요."

"그럼 기해씨는 왜 일로 들어오세요?"

"저는 소멸하고 있어요. 여기에 들어와서도 많은 사람들의 부탁을 들어줬죠. 전에 말했잖아요. 뭔가를 주기 위해 내가 조금씩 무너지고 있다고. 완전히 사라지기 전에 제가 머물 다른 곳이 필요해요. 저는 점 위에 서 있어도 우주만큼 살아낼 수 있어요. 저는 그게 돼요. 그리고 안 가본 곳에 가는 거잖아요. 재미도 있을 테고요. 뱃속의 인간씨도 마찬가지일 겁니다."

인간을 내보낸다.

그리고 기해씨가 들어온다.

이상한 소리 같지만 가능할 것 같았다. 기해씨의 말투에는 의심도 망설임도 없었다. 세상을 잘 아는 사람의 목소리였다. 그리고 세상 바깥의 일마저도. 그게 기해씨에게 필요하다면,

그렇게 약속을 지킬 수 있다면 못할 것도 없다. 하지만……

"기해씨. 저한테서 인간이 빠져나가면, 뱃속에 인간이 없어도, 여전히 제가 인간일 수 있는 건가요?"

"글쎄요. 종회씨가 인간이라면 걱정할 게 없겠죠. 만일에 일이 잘못돼도, 인간 대신 제가 들어가잖아요."

"기해씨는 인간인가요?"

"그것도 역시나 대답은, 글쎄요라고밖에는…… 그래도 내가 있는 한 종회씨는 영원히 공복이 아닐 거라고 장담해요. 내가 무엇이든 무언가이긴 하니까."

"해보죠. 혼자 잠드는 건 너무 외롭네요. 견딜 수가 없어요. 병동 사람들도 저를 받아줄 리 없고…… 괜찮다고 말하고 싶지만 사실 힘들어요. 너무 힘이 들어요. 기해씨가 들어오세요. 그러면 어쨌든 언제나 둘인 거니까 저는 좋습니다."

"고마워요. 가능한 한 빨리 이곳으로 와줘요. 선고 전에 나가고 싶으니까."

서울동부구치소 9번 접견실에서 우리는 만났다. 아크릴 창을 사이에 두고 기해씨와 내가 손을 맞대자 전이가 시작되는 게 느껴졌다. 온몸을 타고 돌던 낯선 에너지의 흐름이 손끝을 타고 창문 너머로 흘러가고 있었다. 모든 게 마무리되기까지 걸린 시간은 일 분도 채 되지 않았다. 하지만 내 기분은 한 시간 내내 옥상에서 떨어지는 것 같았다. 내 속에 있던 인간이 전부 빠져나갔을 때, 산산이 부서져서 우주에 흩뿌려진 기분을 느꼈다. 그건 일종의…… 외로움이었다. 그런 나를 외롭게 두지 않겠다고 다짐이라도 한 듯, 기해씨는 순식간에 내게 들어왔다.

기해씨가 된 인간이, 기해씨를 담은 내가 서로를 응시했다. 아무 말도 하지 않고 바라만 봤다. 교도관이 의아한 표정으로 우리를 살폈다. 복막 안에 들어온 기해씨가 무슨 말이라도 꺼낼까 싶어 기다렸다. 조용했다. 뱃속에 뭔가 들어 있는 것이 느껴지긴 했다. 아주 어렴풋한 감각이었다. 기해씨는 그곳에 존재할 뿐 내 몸을 통제하고 싶어하지는 않는 듯했다. 뱃속을 살피던 나의 주의-집중을 앞에 앉은 사람에게 옮겼다. 그리고 궁금했던 것을 물었다.

"당신은 혹시…… 나나입니까?"

인간의 고개가 오른쪽으로 비스듬해졌다. 생각하는 사람의 자세였다. 인간의 고개는 왼쪽으로 다시 비스듬해졌다. 의문하는 사람의 행동이었다. 나는 그가 내 질문에 대답할 수 없다는 걸 알아차렸다. 알거나 모르거나, 대답할 의도가 있거나 없거나 하는 차원의 문제가 아니었다. 그런 질문에는 대답할 수 없다는 식의, 그런 표정이었다. 나는 인간이 차지한 기해씨의 영치금 계좌에 20만원을 채워넣고 구치소를 떠났다. 기해씨도 나를 차지했나? 내가 기해씨를 가두었나? 느낌을 여러 번 살펴봤지만 어느 쪽도 아닌 것 같았다. 내가 완전히 변한 것 같은 기분만 들었다.

기해씨가 들어오고서는 외롭지 않았다. 일단 뱃속에 아는 사람이 있어서 혼자라는 느낌이 들지 않기도 했고, 부르지 않았는데 누가 나를 계속 찾아왔다. 기해씨가 이곳에 있다는 사실이 사람들의 입에서 입으로 전파된 모양이었다. 그를 통해 보험에 가입한 사람이 보험금 수령 문제를 상담하러 오기도 했다. 기해씨에게 자기 살아온 이야기를 많이 했던 사람이 그 뒤로 살아간 이야기를 마저 해주러 오기도 했다. 기해씨를 모르는 사람이 그냥 보러 오기도 했다. 정말 많은 사람이 왔다.

하지만 기해씨는 내 뱃속에 있고, 뱃속에 있는 기해씨와 나는 대화를 나누지 않았으므로 찾아온 사람에게 전해줄 말이 없었다. 기해씨와 이야기를 나눠보려고 여러 가지 시도를 해봤지만 통하지 않았다. 그냥 기해씨가 거기 있고, 여기 내가 있는 것만 서로 확인할 수 있었다. 계속해서 찾아오는 사람들에게 나는 그냥 웃어주고 가만히 함께 있어줄 뿐이었다. 나는 움직이지도 않고 그 자리에서 계속 사람들을 맞았다.

그렇게 내 몸은 돌처럼 굳어갔다. 너무 움직이지 않았으므로.

나는 잊혔지만 기해씨는 오래 기억되어서 몇십 년이 지나도

록 사람들이 계속 찾았다. 내가 이 몸으로 마지막 말을 내뱉은 것은 조충연씨가 찾아왔을 때였다. 그는 마른 대추처럼 쪼글쪼글해진 얼굴에 머리가 허옇게 센 모습으로 허리를 굽혔다.

"기해씨. 나는 당신의 이름을 아직도 모릅니다. 체포할 때도 불상자였고 재판도 불상자로 받으셨죠. 이제는 박종회씨의 몸을 빌려 이렇게 감옥을 나왔으니 기해씨의 이름은 영영 알 길이 없어졌습니다. 박종회씨. 혹시 당신은 기해씨의 이름을 압니까? 기해씨라고 불린다는 것 말고 기해씨에 대해 아는 것이 있습니까?"

조충연은 애처롭고 절박해 보였다. 죽기 전에 반드시 풀어야 할 마지막 숙제를 떠안은 노인의 모습이 보였다. 나는 그가 안쓰러웠다. 하지만 나도 정말 기해씨의 진짜 이름 같은 건 한번도 들어본 적 없었다. 그래서 내가 아는 만큼 이야기해줄 수밖에 없었다.

"기해씨는 37병동의 해결사였습니다. 내가 아는 건 그게 전부입니다."

조충연은 이미 굽어진 허리를 바닥까지 깊이 숙이곤 물러났다.

그뒤로 나는 굳고 딱딱해져 완전한 돌이 되었다. 영영 입을 열지 못했다. 인간이 어떻게 지냈는지는 나도 모른다. 감옥에 그리 오래 있지는 않았을 것이다. 그뒤로 연락을 주고받거나 다시 엮일 일이 없어 사정은 알 수 없으나, 살고, 괴로워하고, 종종 즐겁다가 나이를 먹고 죽었을 것이다. 나처럼 영영 돌이 되어 오래 머물지는 않았을 테니까.

백 년이 흐르고 이백 년이 흐른 뒤에도 사람들은 기해씨를 찾아왔다. 내 앞에 서서 내 안에 깃든 기해씨에게 소망을 이야기하고 빌었다. 내 발은 찾아온 사람이 한 번씩 쓰다듬어 반지르르해졌고, 코도 여러 사람의 손길로 반들반들해졌다. 나는 결국 불상이 되고 싶었던 어린 시절 꿈을 이뤘다. 기해씨가 아니었다면 결코 해내지 못했을 일이다. 늘 사람이 찾아와 지루하지도 않고, 구름이 떠가는 모양을 관찰하는 것도 재밌다. 불상이기 때문일까? 가끔은 불상처럼 쓸쓸해지기도 한다.

이미라를 아는 사람은 많지만 이미라에 대해 말하는 사람은 많지 않다. 이미라에 대해 굳이 많은 말이 필요하지 않다거나 할 수 있는 말이 많지 않다고 여기는 사람도 있다. 하지만 나는 이미라에 대한 말이 지금보다 더 많이 있어야 한다고 생각한다. 물론 내가 이미라에 대해 말할 수 있는 유일한 사람이거나 이미라를 가장 정확히 말할 수 있는 사람인 것은 아니다. 이미라에 대해 내가 아는 것을 전부 말할 수 없는 사정도 분명히 존재한다. 그래도 나는 이미라에 대해 말하고 싶다. 정소려를 따르고 이미라와 함께했던 많은 사람들 중 한 명으로서 말이다. 이것은 모두에게 기적이 필요했던 시기에 대한 짧은 기록이기도 하다.

내가 이미라를 처음 만난 건 정소려의 초기 행적*을 공부하

---

* 정소려는 검정고시 합격 후 인사동에서 우연히 만난 몽골 라마교의 가단 대승정을 통해 자신이 땐빼 갤첸(bstan pa´i rgyal mtshan)의 현신임을 자각했다. 이를 '대각성'이라 일컫고, 이전의 시기를 '정소려 초기'로 구분하는 것이 일반적이다. 정소려의 영적 능력이 최초로 드러난 삽화로 일곱 살 때 뒷산 대추나무 아래서 요령(鐃鈴)을 파낸 것을 들 수 있다. 정소려의 엄마는 MADE IN CHINA가 선명히 각인된 방울을 쓰레기통에 버리고 어린 소려를 철저히 입단속시켰다. 소려는 소풍날이면 보물찾기 시간을 제일 좋아했다. 같은 반 아이들은 소려의 손이 가리키는 데로 가서 보물 쪽지를 들고 나오기만 하면 됐다. 한 시간 일정이 십오 분 만에 끝나자 담임선생은 허탈해했다. 소려 앞에서는 짖던 개도 조용해지고 개천가의 개구리도 울음을 멈췄다. 엄마는 짚이는 데가 있었지만 차마 입 밖으로 꺼낼 수 없었다. 소려의 외가는 대대로 믿는 집안이었고 엄마 역시 뱃속에서 세례를 받고 태어났다. 밤마다 울면서 기도했다. 하나님, 어찌하여 당신의 자녀를 시험하시나이까. 소려의 교회 초등부 전도사는 젊은 시절 신을 받은 몸이었다. 소려가 "아멘!!!" 하고 크게 외칠 때 벼락 맞은 것처럼 전등이 나가니, 이는 믿음이 깊거나 씌었거나 둘 중 하나라는 걸 그는 직감했다. 고학년이 될수록 주변 아이들은 소려가 자신들과 다른 존재라는 걸 알아차렸다. 소려는 시험공부 한 번 한 적 없이도 늘 올백을 맞았다. 옆에서 누가 자꾸 답을 말해줬다. 소려는 자신 안에 너무 많은 사람들이 수시로 다녀가는 걸 느꼈고, 남이 보지 못하는 존재가 자기 주변을 맴돌며 말을 거는 것을 보고 들었다. 어떤 말은 무시할 수 있었지만 어떤 말은 소리 내어 대답하지 않을 수 없었다. 때때로 대답은 자기 몸보다 커서 소려는 빽 하고 소리를 질렀다. 고함은 때와 장소를 가리지 않고 터져나왔다. 아이들은 소려를 귀신 들린 아이, 마귀의 자식, 또라이라고 불렀다. 중학교에 입학한 뒤 따돌림은 심해져 소려의 옆자리에 앉으려는 친구가 없었다. 소려는 열다섯에 학교를 그만두고 열일곱에 캐나다로 떠났다. 조기유학 열풍이 불기 한참 전의 일이었다.
캐나다의 홈스테이 맘 엘리자베스는 사려 깊은 사람이었다. 소려를 처음 만나 손바닥을 마주댄 그는 시리도록 푸른 보랏빛 오라가 소려의 주변을 감싸고 있는 걸 보았다. 그의 할머니는 샤먼이었고, 엘리자베스 자신에게도 그러한 능력 일부가 유산처럼 남아 있었다. 그는 극동에서 날아온 파리한 소녀의 고통을 외면할 수 없었다. 엘리자베스는 알코올중독자 자조 모임에서 만난 한인 교포를 통해 밴쿠버에서 가장 용하다는 무당을 소개받았다. 밴프 내셔널 파크 근처의 무

는 일반인 대상의 평일 저녁 세미나 모임에서였다. 이미라는

허가 굿당에서 소려는 생의 처음이자 마지막 내림굿을 치른다. 교포 2세인 박수 제프 김은 경희대학교 신문방송학과에 교환학생으로 가 있던 시절 수유리 신당에서 신어미를 모시고 내림을 받았다. 학내에 사복 경찰이 상주하던 삼엄한 시절이었다. 제프는 같은 과 학생들의 부탁으로 본관 앞에서 씻김굿판을 벌인 뒤 쫓겨나듯 캐나다로 돌아왔다. 제프는 일주일 치성 기도로 정소려의 내림굿 날짜를 받아 엘리자베스에게 알렸다.
하늘이 맑고 볕이 따사로운 날이었다. 제프는 물푸레나무 어린 가지로 자기 몸을 연신 때리며 소려 주위를 뱅뱅 돌았다. 생각처럼 신이 실리지 않아 왓더빽을 연발하며 제자리를 돌았다. 물푸레나무 가지를 장군칼로 바꿔 들고, 챙챙 맞부딪치던 칼을 오푸스 데이 사제의 가죽 채찍으로 바꾸고, 체머리를 하다가, 딧 애니원 턴 온 더 빼킹 빕퍼? 하니 과연 공양주 보살 하나가 머리를 조아리며 무선 호출 단말기를 껐다. 소려는 흰 수국 두 덩어리를 인 고깔을 쓰고 앉아 그 모습을 가만히 지켜보고 있었다. 그때 어떤 목소리가 소려에게 말을 걸었다. 다름 아닌 소려 자신의 목소리였다. 수차례의 지난 생에 걸친 자신이 자신에게 말을 걸고 있었다. 몸을 일으킨 질문이 소려의 온몸올 휘젓고 다녔다.
사람은 왜 태어나는가.
생은 왜 고통스러운가.
태어난 것은 어째서 반드시 죽는가.
소려의 몸을 벗어난 질문이 제멋대로 내달리더니 제프 김의 오른쪽 가슴에 꽂혔다. 방방 뛰던 제프의 모든 동작이 일시에 멈췄다. 그는 감전된 듯 몸을 떨다가, 알아듣지 못할 말을 중얼거리며 거품을 물고 쓰러졌다. 응급차가 와서 제프를 실어갈 때까지 소려는 미동도 하지 않았다. 곰곰이 생각에 잠겨 있었다. 자기 몸에 들어가 나오지 않는 것처럼 보였다.
이 사건은 한인사회의 풍문을 넘어 캐나다 주요 일간지에 기사화될 정도로 파문을 일으켰다. 무허가 굿당을 설치 및 운영한 중국인 드레이크 챈(42)은 산림보호법 위반으로 실형을 선고받았고 제프 김을 비롯한 장군암(제프의 영업장) 관계자들은 강도 높은 세무조사를 받았다. 누구보다 충격을 받은 건 정소려의 엄마였다. 믿고 맡겼던 홈스테이 맘 엘리자베스가 직접 나서 내림굿을 주선했다는 사실에 그는 경악했다. 현지 법원에 제출된 민사 소장을 살펴보면 소려의 엄마는 엘리자베스에게 미성년자에 대한 약취 및 유인과 관리 소홀, 부적절한 종교의식 강요 등의 명목으로 150만 캐나다 달러를 청구했다. 재판부의 명령에 따라

내가 참여하는 모임 말고도 정소려에 관련된 다른 많은 활동에서 구심점 역할을 하고 있었다. 정소려에게 이제 막 관심을 갖기 시작한 당시의 나 같은 사람부터, 이미 정소려와 같은 자리에서 수행한 지 꽤 오래된 고참급 수행자까지 일일이 챙기는 사람이 이미라였다. 예를 들어 중급 수행자가 집중 명상에 돌입하기 위해 임시 거처를 구한다고 해보자. 우선은 앉고 눕고를 번갈아 할 방이 있어야 하고, 하루 한 끼의 식사가 끊어지지 않도록 밥을 넣어줄 사람이 있어야 한다. 그런 준비 하나 하나를 이미라가 했다. 하다못해 분심이 생겨 뛰쳐나가려는 수행자를 잡아두고 용기를 북돋아주는 역할마저 도맡았다. 논산에서 순댓국집을 크게 운영하던 이미라는 정소려와 관련된 모든 것에 돈과 시간을 아끼지 않는 헌신을 보였다.

시어머니로부터 전수받은 비법에 이미라의 수완을 더해 꾸려나간 에너지 순대국은 다진 채소와 선지를 넣어 묶은 정통 피순대로 지역 주민의 입맛을 사로잡은 논산의 명소였다. 한번

구체적인 판결 내용과 배상 액수 등은 비공개 처리됐지만, 엘리자베스가 밴쿠버 생활을 정리하고 고향 오타와로 이주한 것은 법원 판결과 관련 있어 보인다.

정소려는 귀국 직후 폐쇄병동에 입원해 정신과 치료를 받았지만, 모든 검사에서 정상 소견을 받았다. 인지능력은 오히려 평균을 훨씬 상회하는 것으로 나타났다. 퇴원 후 강원도 동해시의 한 기도원에 머물게 된 소려는 그곳에서 대입 검정고시를 준비해 합격한다. 그 기간 기도원의 신자들은 아무 이유 없이 시력이 향상되고 앓고 있던 지병이 완화되는 경험을 하는데, 이러한 내용이 한 시사주간지를 통해 알려져 소려가 그곳을 떠난 뒤에도 많은 환자들이 기도원을 찾게 된다.

맛을 본 손님은 그 맛을 잊지 못해 다시 들렀다. 이민 나간 단골이 귀국할 때마다 찾을 정도였다. 상가 1층에서 시작한 에너지 순대국이 주차장을 완비한 2층 건물로 변하는 동안 정소려를 향한 이미라의 믿음도 깊어졌을 것이다.

뒷말하기 좋아하는 사람들은 이미라를 국밥집 아줌마 정도로 깎아내렸다. 하지만 그들 역시 이미라 없이는 정소려를 모실 수 없다는 걸 알고 있었다. 밥을 지어 번 돈으로 선원의 살림을 꾸려나갔으니 정소려에게 절할 때마다 국밥에도 절을 한 번씩 하는 게 온당했다. 큰 행사가 있을 때마다 이미라는 에너지 순대국의 1.5톤 푸드 트럭을 직접 몰고 논산에서 올라왔다. 커다란 솥을 걸고 팔팔 끓여낸 국밥을 수행하는 사람과 시장한 사람 구분하지 않고 공평하게 내주었다. 험담하던 사람도 땀을 뻘뻘 흘려가며 뚝배기 바닥을 긁어대기는 마찬가지였다.

그 밥으로 정소려를 믿고 수행하게 된 사람도 있었다.

어떤 이들에게는 밥이 곧 믿음이었다.

이미라는 정소려를 위해 짐승의 피나 내장이 들어가지 않은 '비건 순댓국'을 끓여 올렸다. 에너지 순대국이 전국적인 체인으로 거듭날 수 있었던 것도 비건 순댓국 덕분이었다. 에너지 순대국의 숨은 메뉴로 아는 사람들만 찾던 비건 순댓국의 가능성이 확인된 건 '아, 맛있다!' 화두로 참구한 정소려의 어느 동안거 이후였다. 소문을 들은 지상파 방송국의 데일리 시사교양 프로그램 제작자들이 카메라를 들고 논산에 내려와 방송 순서를 제비뽑기로 정할 정도였다. 비건 순댓국은 돼지 육수 대신 수수버섯 물에 채수를 섞어 끓여낸 정성 한 그릇으로 담백한 맛을 인정받아 비건 커뮤니티의 완소 아이템으로 자리잡았다.* 가맹점 간판에 이미라의 증명사진을 크게 인화해 넣도록 한 것도 정소려의 가르침이었다.

이미라가 정소려를 따르게 된 건 대묵상 이후의 일로 알려져 있다. 이때의 대묵상은 물론 경기도 성남에서 벌어진 정소려의 1차 대묵상을 지칭하는 것이다. 1997년 외환위기의 혼란한 정세 속에 중국에서 돌아온** 정소려는 1998년*** 경기도

---

* "양파 대파 당근 배추 고추 숙주 갖은 채소를 볶고 데치고 물기를 짜내서 쫑쫑 썰고, 새벽 시장에서 갓 배달한 뜨끈뜨끈 두부를 부숴 섞어주고 불린 당면을 다시 삶아 탱글탱글하면서도 쫄깃한 식감을 살려, 소금 간장 들기름 다진 마늘 후추 고춧가루에 사장님의 비법 양념을 섞어 소에 간을 해주는데, 돼지 피 대신 전분 물을 넣어 부드러우면서도 탱탱한 식감이 나도록 하는 게 사장님의 노하우! 이렇게 완성된 소를 히비스커스에서 추출한 식물성 콜라겐으로 만든 유기농 케이싱에 넣어 냉장고 깊은 칸에 다섯 시간 숙성해주고, 드디어 순대를 삶는 순간! 여기에 진짜 비법이 있다는데? 비건 순대의 깊은 맛을 더해주는 '에너지 순대국' 만의 비밀은? 어휴 이것까지 다 알려드리면 사장님헌티 혼나유~~~"(KBS1 〈6시 내 고향〉 제2880회 '야채로 만든 순대? 선지 없어도 맛있네!' 편)

** 정소려는 1994년 중국 여행 완전 자유화 조치가 발표된 직후 중국으로 떠나 티베트 지역을 일주했다. 이듬해인 1995년 인도에 망명중이던 달라이 라마가 여섯 살 티베트 소년 게둔 초에키 니마를 판첸 라마의 환생으로 지명하고, 중국 정부가 이를 수용할 수 없다는 뜻을 밝히며 다섯 살 소년 기알첸 노르부를 새로 지

성남시 분당구 수내동 금호상가 지하에 명상, 요가, 단전호흡을 가르치는 '소려선원'을 차린다. 모두에게 기적이 필요한 시기였고, 신도시의 특성상 급격히 유입되는 인구에 비례해 더 많은 기적이 필요한 것이 사실이었다. 정소려의 영험함은 대단지 아파트 반상회를 중심으로 알음알음 퍼져나가기 시작했다. 꾸준한 확장세를 바탕으로 정소려는 서현역 삼성플라자 백화점****의 문화센터에 '삶의 부정성을 끊어내는 호흡 명상'

명했다. 그사이 초에키 니마의 소재가 불명해지고 중국 정부에 의한 납치설이 제기됐다. 판첸 라마는 티베트 불교의 이인자로 달라이 라마 입적시에 실질적인 지도자 역할을 맡게 되는 중요한 자리다. 티베트 망명정부와 긴밀한 관계를 유지하며 티베트 일주에 많은 도움을 받은 정소려가 판첸 라마 지명과 관련된 일련의 사태에서 어떠한 역할을 담당했는지는 정확히 알려진 바가 없다. 하지만 정소려가 당시에 일정 기간 구금 상태, 혹은 그에 준하는 제약하에 있었던 것은 분명해 보인다. 1996년 영국에서 복제 양 돌리가 태어나며 영원히 반복적으로 살 수 있는 가능성에 대한 과학의 답변이 전 세계에 공표됐고, 같은 해 미국의 래퍼 투팍 아마루 샤커가 라스베이거스의 맥심 호텔(現 더 웨스틴 라스베이거스 호텔) 앞 교차로에서 총격으로 살해됐다. 같은 해 8월 연세대학교에 봉쇄당한 대학생들은 초코파이 한 개가 대오를 한 바퀴 돌고도 반이 남아 있는 기적을 목격한다. 정소려의 1996년 행적은 여전히 완전한 베일 속에 있다. 초에키 니마의 생사는 이십 년이 지나서야 공식적으로 확인됐다. 티베트 자치구 연합전선 사업국 노르부 던룹은 "게둔 초에키 니마는 현재 티베트에서 교육을 받으며 평범한 삶을 살고 있다"면서 "그 누구로부터도 간섭받기를 원치 않는다"고 언론에 밝혔다. 하지만 그가 여전히 가택연금 수준의 감시를 받고 있을 것이라는 의혹은 해소되지 않았다.

*** 1998년 4월 20일 독일 적군파(RAF) 바더마인호프가 로이터통신에 '해체 선언문'을 발송했다.

**** 2007년 애경그룹에 인수된 이후 현재는 AK플라자로 영업중이다.

강좌를 개설하게 된다. 가을부터 겨울까지 사 개월간 이어진 강좌에 지역 주민 수십 명이 참가하여 업장을 녹이고 눈물 흘렸다. 그해 남한에 큰 화재가 두 차례 있었다. 사람이 많이 죽었다.

겨울 강좌의 마지막날 정소려는 서현역 로데오거리 한복판에 대결정심으로 가부좌를 틀고 앉았는데, 이것이 현재 통칭되는 정소려의 1차 대묵상이다. 기온이 영하 십오 도까지 떨어지는 혹한 속에 정소려가 몸에 걸친 건 얇은 가사 한 장이 전부였다. 그렇게 앉은 자리에서 일어나지 않았다. 하루…… 이틀…… 보름째 되던 날 KBS 아홉시 뉴스가 카메라를 보냈다. 정소려의 어깨에 소복이 쌓여가던 눈이 바람에 흩어져 무릎에 내려앉았다. 그 모습이 전국에 방송되자 사람들이 몰려들기 시작했다. 파주, 정선, 정읍, 울진…… 제주에서 배를 타고 온 95세 노인도 있었다. 정소려를 중심으로 동심원을 형성하며 빽빽하게 자리를 채운 사람들의 숫자가 점점 늘어나더니 천여 명에 이르렀다. 저마다 염주, 묵주, 십자가를 들고 정소려 곁에 엎드려 기도했다. 혹시 모를 소요사태를 우려해 경찰기동대가 출동했다. 기도하는 사람들을 겹겹이 에워싸고 좁은 통행로만 남겨두었다. 근처 상인들이 허기진 시민들을 위해 맨밥에 밑반찬을 얹어 조미료를 뿌린 간단한 식사를 종이컵에 담아 가져왔다가 경찰 통제에 가로막히기도 했다.*

경찰은 자기들이 무엇을 막기 위해 서 있는지 몰랐다. 사람이 많아지자 동원되는 경찰도 늘어났고 책임자들은 긴장했다. 정소려가 왜 앉아 있는지를 아는 사람은 아무도 없었다. 많은 사람이 모여 있어서 더 많은 사람이 모였고 늘어난 숫자만큼 사람들은 더 간절해졌다. 스무 날째 되던 날 분당경찰서 경비과장은 최후통첩을 날렸다. 강제해산이 임박했고 서울청에서 지원받은 단셋**이 투입된다는 풍문이 돌았다. 정소려를 둘러싸고 있던 사람들 사이에서 웅성거림이 시작됐다. 정체불명의 웅얼거림은 곧 명확한 단어로 변했고, 구경 나온 사람들까지 한목소리로 반복해 외치는 구호가 됐다. 살려내라. 살려내라.

누가? 누구를?

살려내라. 살려내라. 누구를 어떻게 살려내야 하는지 그 자

---

* 당시 대묵상에 모인 사람들의 간편하면서도 든든한 식사 아이디어가 훗날 대중화되는 '노량진 컵밥'의 원형이라는 주장도 있다.

** 서울지방경찰청 소속 기동대에 편제되어 있던 세 개의 중대를 일컫는 비공식 명칭. 신장 180센티미터 이상의 체격 건장한 무도 경력자를 선발해 전국 각지에서 시위대를 진압하고 체포하는 임무를 수행했다. 2005년 '쌀협상 국회비준 저지 전국농민대회'에서 농민 전용철을 살해. 노무현 대통령은 이에 대해 '대국민 사과'했다. 2008년 경찰기동대의 편제 개편으로 '단셋'은 사실상 해체됐다. 2015년 11월 박근혜 정부의 쌀 수매가 인상 공약 이행을 촉구하는 민중총궐기 대회에 참석한 농민 백남기가 경찰 물대포에 맞아 사망했다. 당시 서울경찰청장이었던 구은수는 2023년 4월 13일 유죄와 벌금 1천만원 선고가 확정되었다.

리에 있던 사람들의 생각은 저마다 달랐을 것이다. 무한히 다시 살아나는 존재인 정소려이기에 자연스러운 발심이 모여 시작된 구호인지도 모르겠다. 대체로 살려내는 것에 소질이 없는 경찰이 그 구호를 불쾌하게 받아들였던 것만은 분명하다. 경비과장이 급하게 확성기를 들고 대열을 정비하기 시작했다. 선두에 선 기동대원들이 고함치며 방패를 바닥에 긁었다. 맨 앞줄에 서 있던 전입 한 달 차의 이경은 떨리는 다리를 감추기 위해 더 크게 소리쳤다. 놀란 군중이 성난 군중으로 변해 앉은 자리에서 스크럼을 짜고 드러누웠다. 구경하던 사람들도 함께 목소리를 높였다. 살려내라. 살려내라. 구호가 잠시 잦아들고 누군가의 선창으로 노래가 시작됐다.

사랑을 했다 우리가 만나
지우지 못할 추억이 됐다
아아 영원히 변치 않을
우리들의 사랑으로*

선정에 들어 있던 정소려가 눈을 뜬 건 그 순간이었다. 혀끝으로 마른 입술을 적신 정소려는 사람들 한 명 한 명과 눈을

---

* 해바라기, 〈사랑으로〉, '89 해바라기', 1989.

맞췄다. 철망 달린 하이바를 쓴 전경들에게도 마찬가지였다. 소려의 눈길이 지나간 자리마다 눈물이 흘러내렸다. 잠시 멎었던 눈이 다시 내렸다. 시위대는 팔짱을 풀었고 전경들은 헬멧을 벗었다. 그것을 기적이라고 말할 수 있을까? 고통받는 사람의 마음에 평화가 찾아오는 순간을? 그렇다면 우리에겐 언제나 너무 많은 기적이 필요하다. 대묵상 이후 이십여 년 동안 분당 지역의 부동산 가치는 다소간의 부침은 있었다고 하나 전반적인 오름세를 보였다. 2004년 개발계획이 확정된 이래 꾸준히 확장중인 판교 지구는 IT 산업의 전진기지로 확고히 자리매김했다. 정소려의 영적 보호 없이는 불가능했을 일이라고 하는 이도 있다. 하지만 그게 다 무슨 소용이란 말인가.

대묵상으로 단숨에 주목받은 정소려는 MBC의 아침 시사교양 프로 〈토크쇼 임성훈과 함께〉에 출연한다. 이 방송에서 정소려는 아무런 사전 지식 없이 진행자 임성훈의 주머니 속에 있던 손수건의 색깔을 알아맞히고, 무작위로 선정된 방청객의 아버지가 임종하며 남긴 유언을 그대로 읊는다. 이날의 하이라이트는 그 방청객의 아버지가 생전에 장롱에 넣어둔 자신의 젊을 적 사진을 태워줄 것을 부탁하는 대목이었다. 이는 다름 아닌 저승에 있는 아버지 자신이 정소려에게 전송한 부탁이었다. 생생한 영계 통신의 현장에 함께한 전국의 시청자들은 수없이 다시 살아난 정소려의 불성을 한치의 의심도 없이 받아들일 수밖에 없었다.

이 방송은 대단한 반향을 불러일으켰고, 한반도는 바야흐로 활불 붐에 휩싸인다. 전국 주요 도시는 물론이고 재외 교민 사회까지 활불을 자처하며 혹세무민하는 자들이 등장했다. 경주를 중심으로 유명세를 탄 침사鍼士 박선생도 그중 하나였다. 그는 이기론理氣論과 장부론臟腑論을 결합해 지정학과 연결한 체질 이론을 바탕으로 12경맥 366경혈을 '삼만리 금수강산'이라는 자신만의 국제풍수론國際風水論에 대응시켰다. 침구사 면허는 1962년 신규 발급이 중단됐고 한의사를 제외한 무자격자가 침술을 행하는 것은 무면허 의료 행위로 간주된다. 경주시 당국은 박선생을 불법 의료 행위로 검찰에 고발한 상태였다. 일부 언론이 이 사건에 관심을 가지자 박선생은 자신의 법정 수난을 성자의 고행처럼 포장해 신도를 끌어모았다. 재판 내내 음해받는 전통의 수호자인 양 행세했다. 상고 끝에 대법원에서 유죄가 확정*된 날 그는 기자들 앞에서 "더이상 사람에

* "침·뜸 수강생들에게 무면허 시술 행위를 하게 한 혐의로 재판에 넘겨진 박 모씨에 대해 징역형의 집행유예와 벌금이 확정됐다. 대법원 2부(주심 김남수 대법관)는 11일 보건범죄 단속에 관한 특별조치법(보건범죄 특별조치법) 위반 혐의로 기소된 박씨의 상고심에서 징역 2년에 집행유예 3년 및 벌금 500만원을 선고한 원심 판결을 확정했다. 박씨는 1995년 6월 1일부터 2000년 12월 말까지 경주에 위치한 자신의 사무실에서 지역 주민들을 상대로 침과 뜸을 가르치고 교육비 명목으로 15억원을 받아 챙긴 혐의로 재판에 넘겨졌다."(서울신문, 2001. 8. 18.)

게는 침을 놓지 않겠다"고 선언했다. "사람에게 침을 놓지 어디에 놓느냐"며 어리둥절해하는 기자들과는 달리 그의 신도들은 무척이나 감명받은 표정으로 고개를 끄덕거렸다. 박선생의 침술소에는 사람 키보다 큰 한반도 전도가 걸려 있었는데, 지도 위 주요 도시마다 장침이 빼곡하게 꽂혀 있었다. 박선생은 자신이 침술로 각 지방의 기운을 누르거나 세울 수 있다고 주장했다. 세밀한 소축적지도에 동별로, 번지별로 꽂아놓은 침을 통해 개별 공시지가에 영향을 주는 것은 일정 금액 이상의 자발적 기부를 실행한 신도에게만 제공하는 특별 서비스였다.

2002년 월드컵은 한국 축구뿐만 아니라 박선생에게도 도약의 계기였다. 그는 한국전이 열리는 도시의 대형 지도를 걸어놓고 월드컵경기장을 중심으로 산과 도로 등 주요 지형에 침을 놓았다. 지구본 위 히딩크 감독의 고향 네덜란드에 양면테이프로 붙여놓은 뜸이 짙은 쑥 향을 피워올렸다. 그는 승패는 물론 스코어까지 정확하게 맞혀내며 태극전사의 영적 배후를 자처했다. 독일전이 열린 6월 25일은 조금 달랐다. 그는 월드컵 경기보다 순국선열이 먼저라며 호국보훈 침술을 실시했다. 낙동강 전선을 중심으로 사瀉하고 개마고원 인근을 보補했다. 한국 축구 국가대표팀은 결승 진출에 실패했지만 박선생의 확고한 국가관은 신도들에게 깊은 인상을 남겼다. 혹자는 박선생의 보훈의식이 확고했다기보다는 독일전에 대한 전력 분석이 판단에 우선했을 거라 주장했는데, 나 역시 이와 의견을 같이한다.

박선생은 어느 순간부터 자신 또한 활불이라고 주장했다. 독맥督脈 태단兌端과 수소음심경手少陰心經 극천極泉의 좌우 자리에 자침한 뒤 묵상해서 최근 5888번의 전생을 모두 보았다는 것이었다. 그러나 그것만으로는 우후죽순 늘어난 정소려의 아류들에 묻혀 별다른 주목을 얻지 못했다. 야심가였던 박선생은 과감한 베팅을 했다. 지난 3천 생에 걸쳐 정소려와 자신이 부부관계였다고 선언한 것이다. 현생에서 부부관계를 즉시 복원해야 한다며 선원으로 혼인신고서를 보냈다. 우리 측이 무시하자 박선생은 끈질기게 여론전을 펼쳤다. 신도들을 동원해 선원 앞에서 항의 집회를 열기까지 했다. 나를 비롯한 선원의 핵심 관계자들은 강력한 민형사상 대응을 해야 한다는 입장이었다. 의외로 이미라는 어떠한 의견도 내지 않았다. 정소려의 반응도 다소 애매했다. 너무 많은 생을 살아왔기 때문에 일일이 기억할 이유가 없고, 마찬가지로 지난 생에 충분히 많은 사람과 셀 수 없는 혼인의 연을 맺었으므로 이번 생은 결혼할 뜻이 없다고 밝혔다.

박선생은 지역 일간지에 전면광고를 실어 자신의 최종 입장을 밝혔다. 그는 정소려에게 한 달 내로 경주에 내려와 자신과 결혼할 것을 요구했다. 그러지 않으면 지구의 자전축을 빼버리겠다고 했다. 자전축이라는 것도 결국엔 지구를 비스듬하게 고정해놓은 침의 일종이고, 자신의 법력으로 그것을 뽑아내는 것이 얼마든지 가능하다고 자신했다. 동남아시아의 쓰나미, 북유럽의 화산 폭발, 북미 산지의 대화재 등을 거론하며 향후 발생할 모든 사태의 책임은 정소려에게 있다고 경고했다. 우리 선원의 일부 신도들은 박선생의 협박에 동요했다. 그들은 깨달음과 구원에 갈급했고, 더 나은 대안이 있다면 언제라도 줄을 바꿔 설 수 있는 나약한 존재들이었다. 기왕이면 그 줄의 맨 앞에 서려고 새치기도 마다않았을 것이다. 나는 단 한 번도 의심하지 않았다. 정소려는 셀 수 없이 다시 태어나며 깨달음을 완성한 존재였다. 자전축을 빼버리겠다는 박선생의 이야기는 너무 얼토당토않은 소리라 어이가 없었다. 걱정이 아주 안 되었던 건 아니지만, 걱정한다고 달라질 일도 아니지 않나 싶었고…… 설사 자전축을 빼버린다고 해도, 어쩌면 정소려가 축 없이 지구를 돌아가게 할 수도 있는 것이고…… 뭐 어떻게든 방도가 생기지 않을까 생각하고 있었다. 왠지 그 무렵엔 잠도 잘 안 오고 이상하게 목이 자주 말라 하루에 물을 다섯 통씩 마셨다. 박선생은 자신이 공표한 기일을 하루 앞두고 경주의 자택 화장실에서 급소에 대침이 꽂혀 숨진 채 발견됐다.

용의자로 지목된 사람은 다름 아닌 이미라였다. 정소려는 사건 발생을 전후해 강원도 동해시의 기도원에서 신도 스물다섯을 이끌고 집중수행에 돌입해 있었기 때문에 알리바이가 확실했다. 그곳에는 CCTV가 이십사 시간 경내를 비추었고, 정소려는 상좌에 꼿꼿이 앉아 수행에 전념하는 사부대중을 이끌고 있었다. 한결같이 정소려를 보필하던 이미라가 그 자리에 가지 않은 것이 경찰 수사의 단초였다. 동기도 명확했다. 정소려를 향한 박선생의 행위는 명백한 스토킹이었고, 거듭된 생의 명멸 속에 인세의 정리와 무관해진 정소려에게도 적잖은 스트레스였을 것이다. 정소려의 첫째가는 제자이자 '소려선원'을 책임지고 있던 이미라가 박선생을 제거했다는 것이 경찰의 시나리오였다.

박선생의 사망 추정 시간에 이미라의 알리바이는 명확하지 않았다. 그는 논산의 에너지 순대국 본점에서 다음날 장사에 쓸 육수를 만들었다고 주장했는데, 유일한 CCTV는 카운터를 비출 뿐 출입문에는 설치되어 있지 않았다. 때마침 나타난 목격자는 사건 당일 밤 박선생의 자택 인근에서 이미라와 비슷한 체구의 여성이 선캡을 눌러쓰고 파워워킹하는 것을 보았다고 진술했다. 경찰은 에너지 순대국 논산 본점에 수사 인력을 급파했다. 이미라를 긴급체포하고, 이미라의 주거지 및 사업장은 물론 수내동의 '소려선원'까지 압수수색했다. 하지만 살해된 박선생과 이미라를 연결할 어떠한 물증도 확보할 수 없었다. 이미라가 에너지 순대국에 있었다는 것을 증명할 방도도 없었지만 그의 알리바이를 경찰이 완전히 깨지도 못했다. 경찰이 신청한 구속영장은 증거불충분을 이유로 검찰에서 기각됐고, 유치장을 빠져나간 이미라는 그길로 연기처럼 사라졌다.*

당시 이미라의 도피 생활을 책임진 것이 나다. 이미라에 대해 누구보다 많은 이야기를 할 수 있는 사람이 나인 것은 그 때문이다. 마찬가지로 모든 것을 숨김없이 명명백백히 말할 수 없는 것도 그러한 이유 때문이다. 하지만 이제는 사건과 관련된 법의 판단이 모두 종료되었고, 상당한 시일이 지나 관련자들도 지난 일을 이미 자유롭게 발언하고 있어서 크게 부담을 느낄 필요는 없을 듯하다. 그럼에도 내가 조심스러울 수밖에 없는 이유는 나의 어떤 체험을 빼놓고는 이 이야기를 할 수 없기 때문이다. 그것이 객관적이고 합리적인 의식을 가진 사람들에게 불러올 의구심이 나의 발언 전체의 신뢰도를 떨어뜨릴 우려가 있는 것이다. 이어질 내용에 포함된 신비체험에 관한 판단은 읽는 분들의 자유롭고 개별적인 지성에 맡기도록 하겠다.

이미라가 숨어 있던 곳은 우리집 다락방이었다. 안방에서 다락으로 통하는 문을 장롱으로 가리고 장롱 뒤판에 문을 달

* 연기는 정말로 사라지는가. 공중으로 흩어지는 것 아닌가.

았다. 나의 할머니 최흥련 여사의 아이디어였다. 당신이 동란 때 할아버지를 숨긴 방법이었다. 덕분에 할아버지는 전쟁 내내 어느 쪽 군대에도 징집되지 않았다. 두 분은 중매로 만나 나의 아버지를 낳았다. 결혼생활 내내 서로를 증오하고 저주하며 살았다. 할아버지는 할머니를 원망했고, 할머니는 할아버지를 혐오했다. 할아버지가 광에 들어가 있던 시기에 두 분의 사이는 예외적으로 원만했다. 전쟁이 상황을 각별하게 만든 것도 있지만, 마주칠 일이 없는 게 컸다. 할아버지는 광에 드러누워 훗날 자신이 주변 사람들에게 겁쟁이 취급 받을 것을 고민하며 전쟁을 견뎌냈다.

할머니는 다락에 들어온 이미라를 딸같이 아꼈다. 당신에게 딸이 없어서 그랬던 것일 수도 있고, 당신이 직접 선원에 나오지는 않았지만 정소려에 대한 일종의 외경심을 갖고 있었던 것도 이유가 됐을 것이다. 저녁 먹고서는 꼭 참외 한 개를 깎아주셨고, 내가 쟁반에 받쳐 이미라에게 들고 올라간 뒤에 빈 접시가 돌아오는 것을 확인하며 기뻐하셨다. 경찰은 선원의 중책을 맡고 있는 내가 이미라의 도피와 연관이 있으리라 당연히 의심했다. 시시때때로 우리집에 찾아와 되도 않는 겁박을 해댔다. 그때마다 할머니는 사탕을 주지 않으면 틀니를 뱉어 던지는 노인을 연기하며 경찰들의 정신을 산만하게 했다. 할아버지는 휴전 협상이 끝난 직후 광에서 나왔다. 나무를 해다가 마포나루에 가서 팔았고, 집에 돌아오는 길에 미군 기지와 인천항을 오가던 물자 트럭에 치여 죽었다. 본인이 걱정했던 것처럼 겁쟁이 취급 받을 겨를도 없이 가셨다. 할머니가 절에 다닌 건 그때부터였다.

이미라가 우리집 장롱 뒤에 있는 동안 에너지 순대국에 종종 들러 가게 살림을 챙긴 것도 나였다. 점장이 정리해서 보낸 매출 장부와 가맹 현황 등을 다락에 가져가면 이미라가 그것을 검토했다. 에너지 순대국의 자금 사정이 선원의 경영과 밀접하게 연관돼 있었기 때문에 거를 수 없는 일이었다. 하지만 이미라는 내가 가져간 종이 뭉치를 휘리릭 넘기며 대충 읽고는 한숨을 내쉬는 일이 많았다. 에너지 순대국에 대한 이야기가 나오면 "그게 다 무슨 소용이겠어요"라는 말만 되풀이했다. 감옥보다도 더 좁은 다락방에서 지내며 남들의 눈을 피해 하루에 한 번 나와 안방 한 바퀴를 돌고 들어가는 생활은 고행에 가까웠다. 그럼에도 그는 좁은 방에 갇힌 덕에 좋은 기회라도 얻었다는 듯 수행, 또 수행에 정진했다. 그 외에는 정소려에 대한 걱정뿐이었다.

다섯번째로 찾아온 경찰은 기어이 압수수색영장을 들이밀었다. 이번에는 할머니의 연기도 효과가 없었다. 형사 네 명이 천장부터 찬장까지 샅샅이 뒤졌다. 장롱을 열어젖혀 옷을 꺼내고 이불을 장판 위에 쏟아낸 건 물론이었다. 텅 빈 장롱 안에 문이 드러났다. 그걸로 끝이라고 생각했다. 어쩔 수 없었다. 나는 차라리 이미라가 문을 열고 나오기를 바랐다. 무의미하게 저항하며 끌려나오는 것보다 그게 나을 것 같았다. 문을 발견한 경찰은 동료들을 불러모았다. 완벽한 채증을 위해 캠코더가 돌아가고 있었다. 나는 기도했다. 이미라가 부디 볼썽사나운 모습으로 끌려나오지 않기를. 수행하는 사람의 품위를 지키며 당당하게 걸어나와 자신의 결백을 밝혀내기를. 마침내 문이 열렸을 때, 다락은 빛으로 가득차 있었다.

이미라는 그곳에 없었다. 이미라가 입고 있던 푸른색 추리닝마저 간데없고, 밝은 빛만이 좁은 다락을 터질 듯이 가득 채우고 있었다. 창문 없는 그곳에 바람이 일더니 배꽃 향기가 코를 타고 들어왔다. 나비 세 마리가 귓전을 돌며 부드러운 날갯짓 소리를 들려줬다. 놀라고 두려워 바닥에 엎드렸다. 따듯한 기운이 내 머리를 쓰다듬는 것이 느껴졌다. 온 신경을 몸에 집중해 명상하던 때도 느끼지 못한 막힘없는 기운의 흐름이 전신에 흘러내렸다. 내 옆에 서 있던 경찰이 엎드린 내게 물었다.

"뭐 하세요?"

고개를 들자 환한 빛이 얼굴을 덮쳤다. 하지만 경찰들은 아무것도 보지 못하고 있었다. 아쉬운 듯 입맛을 다시며 다락 안에 이리저리 플래시를 비출 뿐이었다. 알려고 하지 않는 사람은 보고서도 알지 못한다. 보려고 하지 않는 사람은 마주하고도 깨닫지 못한다. 정소려가 입버릇처럼 말하던 깨달음의 순간이 내 앞에 펼쳐지고 있었다. 한쪽에는 빛으로, 한쪽에는 어둠으로. 하지만 이미라는 어디로 갔단 말인가? 그 자리에 있어야 할 이미라는 경찰들에게도 내게도 보이지 않았다. 경찰들은 거의 넋이 나간 채 비틀거리는 나를 보며 찜찜해했지만 이렇다 할 성과는 아무것도 얻어내지 못했다. 그들은 소득 없이 장롱 안의 문을 닫았다. 모두가 돌아간 뒤, 할머니와 나만 남아 다시 그 문을 열었다. 이미라가 그 자리에 있었다. 잠시 빛이었던 이미라는 다시 육체를 가진 인간으로 내 앞에 앉아 있었다. 헛것을 본 듯 놀란 내 표정을 보며 오히려 자신이 영문을 모르겠다는 듯 물었다.

"무슨 일이 있었나요?"*

---

* 이미라는 경찰들이 다락의 문을 연 순간을 기억하지 못했다. 자신은 압수수색이 진행되는 처음부터 끝까지 좌정하고 앉아 삼매에 들어 있었을 뿐이라고 했다. 언제 문이 벌컥 열릴지 모른다는 불안감이 일어나는 것을 알아차리면서, 그 불안을 따라가지도 억지로 내치지도 않으려는 상태로 몸 전체와 몸의 부분 부분과 몸의 내부를 알아차리는 것에만 집중했다. 그러는 가운데 자신이 작은 입자가 되어, 무게도 부피도 없이 진동으로만 존재하는 환상을 보았다. 일루전에 현혹되지 말기를 당부한 정소려의 평소 가르침을 기억하며 몸의 감각으로 돌아오려는 노력을 멈추지 않았다. 떠드는 아이들의 목소리. 웃고 소리지르고, 뛰어다니는 아이들의 기척이 그의 곁을 맴돌았다. 눈을 떠서 확인하고 싶은 기분이 들 정도로 생생한, 살아 있는 무언가의 움직임이 그의 주변을 채웠다. 그건 분명 이미라가 과거에 살았던 생의 기억도 아니고, 다음번에 찾아올 생의 환영도 아니었다. 그뒤로 이어진 것은 벌컥 문을 열어젖힌 나의 등장이었고, 이미라는 다락을 채운 빛에 대해 아무런 설명도 하지 못했다.

이미라의 도피가 길어지며 언론의 관심이 쏟아졌다. SBS의 시사교양 프로그램 〈그것이 알고 싶다〉에서도 이 사건을 다루었다. 제작진은 현생 활불 정소려에 대한 무속인들의 반감*을 부추기며 우리 선원에 부정적인 이미지를 덧씌우려 했다. 박선생을 무료 침술 봉사에 열심이던 지역사회의 기둥으로 포장하기까지 했다. 실상과는 거리가 멀었다. 그는 생전에 신도들이 낸 헌금 대부분을 강원랜드에서 탕진했고, 이 사실은 박선생의 옛 신도들 사이에서 공공연한 비밀이었다. 그날 방송의 하이라이트는 진행자 김상중씨가 이미라의 사진을 화면에 띄워놓고 말없이 한참을 응시하는 대목이었다. 정적은 대단한 무기였다. "이 사진을 주목해주시기 바랍니다"라는 말로 다시 입을 열 때까지 천년의 시간이 흐른 기분이었다. 방송 말미에 이미라의 사진은 한번 더 등장했다.**

---

* 한국적 전통에서 활불은 낯선 개념이다. 무속에서 내림이란 신이 무당에게 들었다가 나가는 것이고, 이는 문자 그대로 영매(靈媒)로서의 역할이다. 무속인들은 정소려 초기 연구에서 발견되는 '많은 존재의 들락거림'에 관한 진술을 근거 삼아 정소려가 활불이라기보다 '오래 들려 있는 영매'일 가능성이 높다고 주장했다. 이러한 논란은 정소려가 문화관광부가 지정한 '한국형 활불 시범사업 우선 지정 대상자'로 선정되면서 일단락된다.

** "충청남도 논산 지역에서 오랫동안 순댓국을 팔며 부를 축적한 이 모 씨를 알고 계시거나 이 모 씨의 수사 과정에 참여한 분들의 제보를 받고 있습니다. 경기도 성남시 분당구의 현생 활불을 모시는 선원에 대해 아시거나 선원의 관계자였던 분, 혹은 해당 선원의 사정을 잘 아시는 분들의 연락을 기다립니다. 02)781-3333."

이미라에 대한 방송은 예상 밖의 결과를 낳았다. 다음날부터 입교를 문의하는 전화가 빗발치기 시작했다. 선원의 업무가 마비될 지경이었다. 모두에게 기적이 필요한 시기였고, 기적을 구하는 일에는 생각보다 많은 노하우가 필요했다. 우리 선원은 수행 중심의 기도 도량으로 최고의 영검과 지혜를 제공하는 수행자들의 안식처였다. 방송에서 압축해 보여준 정소려의 지난 행보는 우리 선원의 홍보자료라고 해도 이상하지 않았다. 오죽하면 박선생 사건의 유일한 목격자도 방송을 보고 우리 선원에 찾아와 등록계를 냈겠는가. 우리가 회유한 게 아니다. 방송을 보다가 정소려의 사진이 나오는 대목에서 눈썹 사이에 시원한 바람이 불고 머리가 맑아지는 느낌을 받았다고 했다. 블러 처리된 상태의 사진이었는데도 그랬다. 자신이 목격한 것을 모두 부정할 준비가 돼 있다고 했다. 자진해서 경찰에 출석해 종전의 진술을 모두 뒤집었다. 이제 박선생 사건과 이미라를 연결하는 어떠한 증거도 증인도 남아 있지 않았다.

이미라는 날을 받아 경찰서에 출두했다. 구속 상태로 1심 재판을 치른 끝에 무죄를 선고받아 석방됐고, 검찰은 이례적으로 항소를 포기했다. 독실한 크리스천이던 공판 검사가 재판 과정에서 감화돼 정소려를 친견한 것은 지금까지도 선원 내부의 핵심 관계자들만이 알고 있는 대외비다. 이미라는 그렇게 돌아왔다. 에너지 순대국의 모든 육수를 전처럼 직접 만들고, 선원의 살림을 다시 챙겼다. 늘어난 신도와 재정을 관리하기 위해 '소려재단'을 설립했다. 이미라의 진두지휘 아래 모든 것이 전보다 체계를 갖춰갔다.

일이 조금 바빠졌지만, 나의 생활은 크게 달라지지 않았다. 한 달에 체중이 5킬로그램씩 줄긴 했다. 먹는 족족 게워내곤 했지만…… 별일 아니었다. 계속해서 이상한 꿈을 꾸었다는 것 말고는. 어린아이들이 웃고, 뛰다가 넘어지는 소란스러운 꿈이었다. 꿈에서 냄새를 맡을 수 있던가? 도시락 냄새. 식은 밥과 반찬의 심드렁한 냄새. 눈을 뜨면 울고 있었다. 명왕성이 행성 목록에서 제외됐다는 기사를 읽은 날* 집 앞 카페가 문을 닫았다. 어두침침한 카페 안에 주인이 챙겨가지 않은 화분만 덩그러니 놓여 있었다. 가게 앞을 지날 때마다 누군가 저 화분을 치워주길 바랐다. 화분이 사라져야 마음이 놓일 것 같았다. 말라죽어가는 화분을 보며 장사에 영 소질이 없던 주인을 원망했다. 자기 자신을 '주인장'이라고 부르던 촌스러운 사람. 매일 물을 주고 잎을 닦던 화분을 두고 간 사람. 생명을…… 생명을 아무렇게나 내팽개친 사람. 건너편 부동산 아저씨가 얼마 뒤 내게 이야기해줬다. 주인장이 암으로 죽었다고. 가게를

* 2006년 8월 24일.

급히 닫은 것도 그 때문이었다고. 내 얼굴은 점점 검어졌다.

정소려가 나를 불렀다. 이미라가 전권을 잡고 선원이 법인화된 이후로 정소려는 수행에 집중하며 지냈다. 분기마다 한 번씩 진행하던 지방 순회를 지부장들에게 맡기고 본원에서 저녁 예불만 봉행했다. 그러다보니 정소려를 독대하는 건 오랜만이었다. 다락에서의 일을 말했다. 그 눈부신 광휘와 보고도 보지 못하는 사람들의 어리석음을 목격한 이야기를 했다. 정소려는 가만히 내 이야기를 들으며 고개를 끄덕였다. 수척하고 검어진 내 뺨을 어루만졌다. 무슨 꿈을 꾸느냐고 내게 물었다. 언제부터였냐고도 물었다. 보이지 않고 기척만 느껴지는 꿈이라고 대답했다. 웃는 아이들의 얼굴이 보이지 않는다고. 그럼 내가 울면서 깬다고. 정소려의 눈이 붉어지더니

나도 그렇다고.

매일 아침 울면서 일어난다고.

죽어간 사람과 죽어갈 사람들이 자꾸만 보인다고.

어린아이들이 학생들이 교복 입은 사람이

일하는 사람이 움직이는 사람이 다만 먹고살기 위해 일하고 있는 사람이

모여 있는 사람이 서 있던 사람이 앉아 있던 사람이

죄 없이 도리 없이 죽어가는 꿈을 꾸는데 꿈속에서도 어떻

게 해야 할지

모르겠다고.

내 이마를 짚은 정소려의 손이 불처럼 뜨거웠다.

병원에서 진단한 나의 병명은 용혈성 빈혈이었다. 자가면역성 질환의 일종으로, 나를 지켜야 할 면역체계가 내 적혈구를 공격하고 있었다. 스테로이드제를 받아와 복용했다. 증상은 호전되지 않고 몸이 부었다. 마침 고등학교 선배가 서산에서 지내던 집을 내놓는다고 했다. 펜션으로 쓰던 곳이라 마당이 넓고 방이 많았다. 선원 사람들에게 낙향할 계획을 알렸다. 그 무렵 나는 소려재단의 이사로 등기되어 있었다. 이미라를 도와 가장 많은 일을 하는 것도 나였다. 그건 다락방에서 맺어진 이미라와 나, 그리고 할머니 사이의 특수관계 때문이기도 했다. 나를 떠나보내는 선원 동료들의 얼굴에서 기회를 포착한 듯한 야심가의 기척을 느꼈다. 수행하는 자에게 탐욕은 집착과 번뇌를 낳는 맹독과도 같았다. 불안을 애써 감추고 선원을 떠났다. 자주 연락하기로 했지만 그럴 것 같지 않았다.

서산에 내려간 뒤 아침저녁으로 수행하며 몸을 추슬렀다. 집 앞 해송 사이를 거닐다보면 선원에서 바쁘게 보낸 시간이 꿈결처럼 느껴졌다. 할머니도 이사한 집을 좋아했다. 뒷산에서 부지런히 나물이며 약초를 캐와 찌고 말리셨다. 할머니는 가끔 산에서 길을 잃었다. 자기가 누군지 잠시 동안 잊어버리기도 했다. 텃밭은 볕을 받으며 무성해졌다. 이랑마다 상추며 방울토마토가 자랐다. 고라니와 멧돼지가 하루 걸러 밭을 망치러 왔다. 퇴치 주문을 걸고 울타리에 결계를 발동시켰다.* 얼룩뱀의 비늘을 빻아 허수아비 주변에 뿌렸다.

하루는 잠결에 또르륵 물방울 소리가 귓전을 울려 일어났다. 나도 모르게 벌떡 일어나 옷을 챙겨 입고 해송 밭으로 나갔다. 말라죽은 나무 밑에서 희미한 빛이 새어나오는 게 보였다. 솔잎을 손으로 걷어내고 돌부리 하나를 집어 정신없이 흙을 파냈다. 돌 끝에 단단한 것이 부딪혔다. 순간 소름이 오소소 돋았다. 정신없이 주변 흙을 털어내니 크로스가드가 칼날 쪽으로 치솟은 검이 모습을 드러냈다. 푸르스름한 녹이 손잡이부터 칼끝까지 소복이 앉아 있었다. 자루에 적힌 글자가 풍화되어 잘 보이지 않았지만 傳說** 두 글자는 읽을 수 있었다. 한눈에 봐도 예사 물건이 아니었다.

---

* 『생활 퇴마 · 일상 주문—실제편』(정신연구회, 1993)을 참고했다. 간단한 주문은 빙의, 퇴마 등 영적 체험과 지식을 공유하는 인터넷 카페에서도 쉽게 구할 수 있다. 〈해리 포터〉 시리즈가 인기를 끌며 다양한 마법 주문을 수련하는 젊은 층이 늘고 있다. '윙가르디움 레비오우사' 수준의 간단한 주문은 삼 개월 정도 연습하면 효과를 볼 수 있다.

** 전설.

검을 파낸 뒤로 전반적인 컨디션이 상당히 나아진 것을 느낄 수 있었다. 슬픈 꿈을 꾼 게 언제 적이더라? 콧노래가 절로 나왔다. 찾아보니 매장문화재에 대한 신고 포상금이 최고 1억 원까지 지급된다는 기사가 있었다. 돈을 받아 집 주변에 울타리를 새로 칠 계획을 세웠다. 감정을 위해 서울로 보낸 검이 싸구려 가품이라는 연락을 받았다. 검을 돌려받기 위해 버스에 올랐다. 구불구불 굽잇길을 돌아가던 버스는 주위가 논밭인 임시 정류장에 멈춰 섰다. 중세 수도사의 로브를 입은 남자가 버스에 올랐다. 후드를 뒤집어써서 얼굴이 보이지 않았다. 명치까지 내려오는 수염 때문에 묘한 분위기를 풍겼다. 남자는 방풍나물 봉지를 끌어안은 할머니 옆에 앉았다. 과속방지턱 앞에서 속도를 줄이지 않은 버스가 쿵 소리를 내며 출렁거렸다. 남자의 허리춤에 채워진 전대에서 동전이 우수수 떨어졌다. 발치에 굴러온 동전을 자세히 보니 묵직한 금화였다. 난생처음 보는 문자가 양각돼 있었다. 버스 기사가 라디오의 볼륨을 높였다. 광고가 흘러나왔다.

신화와 전설의 땅, 다시 시작되는 영원의 모험.
사라진 왕국을 되찾는 자 누구인가. 지금 바로 접속하라.

시청 문화재과에서 스포츠 신문에 싸인 전설 검을 돌려받았다. 집에 가는 동안 버스에서 들었던 광고가 머리를 떠나지 않았다. 왜 하필 그 순간 운전기사는 볼륨을 높였을까? 사라진 왕국을 되찾는 자는 누구일까? 모험이 영원히 계속될 수 있을까? 집에 돌아와 광고에서 들었던 게임 〈로스트 포비든 킹덤 사가〉를 설치하려고 했다. 하지만 컴퓨터의 사양이 너무 낮았다. 설치 파일을 저장할 공간조차 부족했다. 왔던 길을 되짚어 읍내의 PC방에 갔다. 온라인 게임 같은 건 생전 해본 적 없었는데, 캐릭터 생성부터 튜토리얼까지 지난 생의 환영처럼 생생하게 느껴졌다. 새로운 삶이 시작되고 있었다. 게임 속에서는 모든 것이 경이로울 만큼 순조로웠다. 내가 있는 서버, 내가 가는 던전, 내가 속한 길드는 축복이라도 받은 듯했다. 칠 때마다 크리티컬이 터졌고 레어템이 우수수 떨어졌다. 모두가 나를 따르며 떠받들었다. 운영사에서 나 때문에 매일 밤 패치를 새로 한다는 소문이 돌 정도였다. 밤낮이 바뀐 불규칙한 생활이 이어졌다. 앉아 있으면 모든 것을 가져다주는 PC방은 안락하기 그지없었다. 햄버거, 짜파게티, 전자레인지에 오 분 돌린 따끈한 물만두까지. 어느새 체중이 회복되고 어지럼증도 사라졌다.

선원의 사정은 건너 듣기만 했다. 나와 비슷한 시기에 선원에 들어온 동료들이 지방 주요 도시에 분원을 설립했다고 했다. 그들 하나하나가 너 나 할 것 없이 속되게 변한 건 누구도 예상하지 못한 일이었다. 믿음과 수행에서 둘째가라면 서러울 핵심 멤버들이었기 때문이다. 정소려에게서 물리적으로 멀어진 것이 가장 큰 원인이었다고 생각된다. 횡령, 사기, 폭행, 간음, 투서가 횡행했다. 그들은 범인凡人만도 못해졌다. 급기야 원주 분원장이 스스로 활불 됨을 선언하며 독립했다. 정소려는 바깥에서 벌어지는 난리통에 말을 보태지 않았다. 매일 새벽 일어나 점심까지 좌정하며 수없이 살아온 지난 생을 하나하나 살폈다. 잘못한 일을 되돌아보며 반성했고, 이번 생의 남은 날 동안 할 일들을 점검했다. 저녁이면 수행 제자 한 명이 에너지 순대국 정자역점에서 비건 순댓국을 포장해왔다. "이 맛이 아니야" 하며 반 정도 남기는 날이 많았다. "이번 생은 유난히 힘드네" 하고 한숨 쉬는 일도 잦았다.

정소려는 한 달에 한 번 추첨으로 선정된 수행자 한 명과 면담을 했다. 선정적인 소문을 좇아 잠입한 주간지 기자나 소재를 찾는 창작자들이 간혹 있었다.* 용산에서 큰불이 났을 때**, 예불중이던 정소려는 앉은 자리에서 되뇌었다.

"이게 다 무슨 소용이란 말인가요."

---

* 영화감독 장재현은 2019년 개봉한 〈사바하〉의 시나리오를 준비하던 2008년 당시 총 3회에 걸쳐 정소려를 정식 인터뷰했다. 그는 개봉 후 가진 GV 자리에서 일본 배우 다나카 민이 분한 티베트 불교 지도자 네충텐파의 캐릭터 구상에 정소려를 참고했다고 밝혔다.

** 2009년 1월 20일.

정소려는 며칠 뒤 사라졌다. 새벽 예불 시간이 한참 지나도 처소에서 나오지 않아 수행 제자가 방문을 두드렸다. 아무 소리도 들리지 않았다. 거기엔 아무도 없었다. 사람들은 기다렸다. 스승이 예고 없던 산책을 마치고 벌컥 문을 열고 들어올 거라고 믿었다. 하루, 이틀. 돌아오지 않았다. 사람들은 이미라에게 답을 구했다. 그는 좌정하고 앉은 채 소리 없이 울기만 했다.

종교법인 소려재단의 대변인은 "위대한 스승 정소려께서 다음 몸을 찾아 떠나셨고, 그 뜻을 이어받아 전국 각지의 분원에서 칠 일간 영결식을 진행한다"는 공식 입장을 밝혔다. 입적이라기보다 잠적이었지만 입적인 것으로 모두가 알아야 했다. 나는 여전히 던전을 도느라 바빴고, 선원에서 전화가 왔지만 받지 않았다. 그들을 미워했냐고? 그럴 리가. 내 인생의 절반을 정소려에게 바쳤는데. 나는 여전히 억겁을 다시 살아내는 정소려의 불성을 믿었다. 바빠서 신경쓸 겨를이 없었을 뿐이다. 우리 길드에 가입해 나를 따르는 이가 백 명을 넘겼다. 나는 이미 일가를 이루었다. 매주 우리집 공용공간—그곳이 원래 펜션이었음을 기억하라—에 전국 각지에서 모여든 길드 주요 책임자들과의 회합이 열렸다. 할머니는…… 나의 할머니 최흥련 여사는 우리 길드 부길마였다. 어려울 것도 없잖아.

오토 돌리면 되는데.

그렇게 선원과는 영영 멀어질 줄 알았다. 하지만 운명이 내게 그걸 허락하지 않을 생각인 듯했다. 정소려의 일대기와 선원 내부의 암투를 조명한 글이 인터넷에 올라온 거다. 얄궂게도 그 글이 처음 올라온 곳이 내가 하는 게임의 유저 게시판이었다. 'z활불러버s'라는 아이디의 주인은 우리 선원의 내부자가 분명했다. 그렇지 않고서는 알 수 없는 일들에 대해 적어놓았다. 워낙에 게임과 관계없는 일상 글이 많이 올라오던 곳이었다. 그렇대도 하필이면 내가 하는 게임 게시판이란 게 당황스러웠다. 글은 다른 인터넷 커뮤니티로 삽시간에 퍼져나갔다. 선원에서 나를 추궁하는 전화가 걸려온 것은 당연한 일이었다. 내가 봐도 제법 자세한 기록물이었고, 일부 편파적인 부분이 없지 않았지만 사실관계가 완전히 어긋나지는 않았다. 나쁘지 않은 르포물이었다. 나는 당장에 z활불러버s 당사자로 의심받는 처지에 놓였다. 내가 만약 내가 아닌 다른 사람이었다면 가장 먼저 나를 의심했을 것이다. 나는 나고 다른 사람일 수 없기 때문에 나를 의심할 수 없는 것이 그나마 다행이었다. 나는 그와 같은 내용을 분명히 밝히는 메시지를 보냈다.

'나 아니야.'

그들은 믿지 않았다. 소려재단 법무팀 직원이 법적인 책임을 묻겠다며 보낸 메일은 거의 협박에 가까웠다. 나는 선원에 직접 방문해 오해를 풀기로 했다. 24시간 동안 선원에 머무르며 자발적 감금 상태에 놓였다. 내가 거기 있는 동안 z활불러버s는 게시판에 글을 올리고, 댓글을 달고, 게임에 접속했다. 그러므로 일단 나는 아니었다. 그런 글을 올려서 내가 얻을 유익도 없었다. 선원의 일을 돕지는 않지만 나는 여전히 정소려를 섬기고, 이미라와 긴밀히 연락하고, 재단의 발기인이자 이사로 등기된 핵심 관계자였다. 그들도 그걸 알아 더이상 추궁하진 않았다. 현장존재증명이 끝난 뒤 나는 오히려 그들에게 묻고 싶었다. 혹, z활불러버s는 다른 누구도 아닌 정소려인 것은 아닌가? 다비식에서 정소려를 대신한 건 새끼줄을 꼬아 만든 등신대였다. 정소려에 대해 가장 잘 말할 수 있는 사람이라면 정소려가 아니고 누구겠는가. 하지만 이미라가 아니라고 했다. 이미라는 재단의 이사장도 아니고, 지부장도 아니고, 공식적으로는 어떠한 직책도 맡고 있지 않았다. 다만 여전히 에너지 순대국을 운영하며 신도들을 챙기고 마룻바닥을 쓸고 닦았다. 그즈음에는 아무도 감히 이미라를 국밥집 아줌마라 뒷말하지 않았다. 정소려가 떠난 뒤로 예불을 섬기는 상좌에 앉는 사람도 이미라였다. 그런 이미라가 거듭 말했다. z활불러버s는 정소려가 아니라고. 이미라가 그렇게 말하자 누구도 반박하지 않았다. 나 역시 단번에 수긍이 됐다. 이미라가 아니라고 했으니 아닌 것이다. 정소려는 z활불러버s가 아니다. 그와 관련된 생각은 머리에서 완전히 지워버렸다.

집에 돌아가 z활불러버s를 친구 추가했다. 나는 z활불러버s에게 싸움을 걸기도 하고, 아이템을 나눠주기도 했다. 파티를 맺어 사냥터를 함께 다니기도 했다. 우리는 풍요의 제단에서 큰뿔머리양 잡았다. 분노의 초원에서 슬라임 원숭이 잡았다. 올빼미 광산에서 썩은 구렁이 잡았다. 독 품은 하이에나, 소두붉은곰, 뾰족귀사슴, 썩은 사자, 파멸의 메뚜기 모두 잡았다. z활불러버s는 매너가 좋았다. 감사의 말을 아끼지 않았고 실수를 인정하는 걸 주저하지 않았다. 맡은 바 임무를 다한 뒤에 성과를 공정하게 나누었다. 억울한 상황에도 채팅창에 욕설을 입력하지 않았고 죽은 사람이 떨어뜨린 아이템은 건드리지 않았다. 현질은 하지 않는 것 같았다. z활불러버s는 자주 죽었다. 내가 주문서로 여러 번 살려줬다. 그는 좋은 유저였다. 우리 길드에 가입 초대했는데 수락하지 않았다. 단 한 번 용기 내서 물었다.

"당신은 누구입니까?"

그후로 z활불러버s는 다시 접속하지 않았다. 다른 서버 어디선가 z활불러버s를 봤다는 제보가 있었고, 다른 게임을 하고 있다는 이야기가 들리기도 했다. 하지만 이제 아무도 신경 쓰지 않는다. z활불러버s가 올렸던 게시물은 베스트 글의 목록에서 한참 뒤로 밀려난 지 오래다. 세상에는 선지자를 자처하는 자들이 하루가 멀다 하게 나타나고, 게시판에는 운영사와 GM을 원망하는 목소리가 넘쳐난다.

돌이켜보면 누구에게나 기적이 필요한 시절이었고 아무도 구원받지 못한 시대였다. 모든 시기와 순간들이 그랬고, 우리의 세기는 특히 그랬다. 이제까지 그랬으니 앞으로도 다르지 않을 것이다. 나는 요즘도 집 앞 에너지 순대국에 걸린 이미라의 사진을 본다. 정소려는 사람들의 기억 속에서 잊히고 그의 흔적은 연기처럼 흩어져 찾아볼 수 없지만, 이미라의 얼굴은 에너지 순대국의 밝게 빛나는 LED 간판 전면에서 환하게 웃고 있다. 참외를 가져가면 조용히 결가부좌를 풀고 나를 맞이하던 그때 그 미소로 말이다. 장롱 안의 문이 열렸을 때 내가 본 것은 분명 기적이었다. 내 생에 적어도 하나의 기적을 목격한 것은 의미 있는 일이다. 기적이 필요한 시기와 장소에 알맞게 등장하는 일은 매우 드물기 때문이다. 그런 일은 웬만해선 일어나지 않는다. 나는 지금도 서산에서 할머니와 함께 지내고 있다.

이승진,
이승진
그리고
이승진

아버지는 갤럭시였다. 처음부터 그랬던 건 아니지만, 어느 시점에 갤럭시가 된 이후로 쭉 그랬다. 아버지는 갤럭시가 되기 전 이승진이었던 때에 나를 얻었고, 내 이름을 이승진으로 지어주었다. 나는 이승진이고, 아버지도 이승진이었다. 내가 태어난 나라에서는 아버지의 이름을 물려받는 게 흔치 않은 일이었다. 아버지가 갤럭시가 되는 것도 마찬가지였다.

아버지가 갤럭시 되던 날의 기억이 생생하다. 그때 나의 아버지는 아직 이승진이었고, 자기 명의로 개통한 핸드폰의 24개월 약정이 오래전에 끝나 있었다. 아버지의 칠 년 된 검은 전화기는 닳고 닳아 모서리가 은빛으로 반짝거렸다. 아버지는 겨울이 시작될 무렵부터 새 핸드폰의 약정 조건을 알아보느라

고생하고 있었다. 일률적으로 정해져 있는 공시지원금과 달리 통신 소매점이 개별적으로 지급하는 불법 보조금 액수는 천차만별이었다. 같은 기종이라도 하루에 몇 번씩 할인 폭이 널뛰기했다. 파격가를 확인하고 급하게 달려갔다가 그사이에 없던 일이 돼서 허탕을 치고 돌아오는 일이 부지기수였다.

자기 명의로 핸드폰을 개통하지 못한 사람들이 검거되거나 국경 밖으로 쫓겨나고 있었다. '명의 난민'이라는 단어가 뉴스에 처음 등장했다. 명의 난민들이 어린아이의 핸드폰을 훔쳐 유심칩을 빼간다는 흉흉한 소문이 돌았다. 아버지는 어떻게든 새 핸드폰을 사기 위해 발버둥치고 있었다. 살인적인 약정 조건에도 불구하고…… 짧으면 24개월, 길면 48개월간 명의자의 신체와 정신에 관여하며 모든 것을 요구하는 통신사의 횡포에 아무도 저항하지 못했다. 약정에 따라 국가 기간망 증설을 위한 노역에 징발되기라도 하면 유서를 써놓고 떠나는 것이 상식처럼 이야기됐다. 그런 악성 약정서에라도 사인한 사람은 운이 좋은 편이었다.

그날도 아버지와 함께 PC방에 있었다. 이 게시판에서 저 게시판으로, 이 채팅방에서 저 채팅방으로 옮겨다니며 핸드폰을 알아보는 아버지의 얼굴에는 괴로움이 가득했다. 일시불로 기계 전체를 구입할 수 있는 사람은 피할 수 있는 고역이었다. 한정된 수량의 특가 보조금을 낚아채지 못하면 성원권을 잃고 제도 밖으로 밀려나는 시대였다. 인터넷에는 정보가 있고, 역정보도 있었다. 특가 공급을 미끼로 사람들을 모아 불법 명의자를 토끼몰이하듯 잡아가기도 했다. 그곳은 전쟁터였다. 실제로 목숨 비슷한 것이 왔다갔다했다. 내 앞에는 아버지가 시켜준 떡볶이 한 접시가 놓여 있었다. 점심도 떡볶이였다. 하지만 수척해진 아버지의 얼굴을 보면 불평할 수 없었다.

아버지는 나를 앞에 두고 '단말기 유통구조 개선법'에 대해 성토하기도 했다. 워낙에 복잡하고 어려운 내용이라 당시에는 알아들을 수 없었다. 훗날 통신 유통구조가 '완전 자급자족 안분지족제'로 바뀌고, 그마저도 실효를 보지 못해 '개방형 자율수급제'로 전환됐지만 불법 보조금과 살인적인 약정 조건은 그대로였다. '신의 성실 표준 구속제' 혹은 '영성 구획 종신 통신화'가 진행될 거라는 소문이 거리에 퍼져 있었다. 정보통신부 관료들이 극비리에 '현상학적 파동 코드화'의 연구 용역을 의뢰했다는 사실이 알려지기 전이었다.

"승진아, 아빠 핸드폰 좀 보고 올 테니까 떡볶이 먹고 있어."

그렇게 말하고 자리에서 일어난 아버지는 근래에 본 것 중에 제일 밝고 환한 표정을 짓고 있었다. 아버지의 경쾌한 말투에 내 기분까지 덩달아 가벼워졌다. 내 옆자리에선 서로를 언니라고 부르는 두 여자가 총을 쏘는 게임을 하고 있었다. 나도 하고 싶은 게임이었지만 핸드폰 인증을 받을 수 없어 아이디를 만들지 못했다. 대신에 플래시 게임을 찾아서 했다. 〈무한의 계단〉이라는 게임을 했는데 아버지처럼 턱수염이 부숭한 남자가 나왔다. 계단을 오르거나, 방향을 바꾸거나. 조작법은 두 가지뿐이었다. 제법 어려워서 자꾸 죽었다. 옆자리의 얼굴은 그뒤로도 몇 번이나 바뀌었다. 떡볶이를 한 접시 더 시켜야 할 때가 됐을 무렵 이용 요금 15만원을 정산하라는 직원의 요청을 받았다. 나는 떡볶이를 주문하는 대신 아버지가 곧 오실 거라고 말했다. 무한의 계단을 계속 올랐다. 연속해서 베스트 스코어를 경신했다. 게임 속 그 남자가 오래 죽어 있지 않도록 구해내는 기분이었다. 발을 헛디뎌 떨어져도 돌아오는 남자처럼 아버지도 곧 올 거라고 생각했다. 하지만 아니었다. 핸드폰 대리점으로 향하던 아버지. 세상의 전부는 아니라도 소중한 일부인 것처럼, 낡은 핸드폰을 손에 꼭 쥐고 있던 아버지의 뒷모습이 마지막일 거라고는 생각하지 못했다. 아버지는 돌아오지 않았다.

아버지는 핸드폰을 사러 간 게 아니었다.

나의 아버지 이승진은 그렇게 갤럭시가 되었다.

그뒤로도 영영 갤럭시였다.

고모가 나를 데려다 오래 키웠다. 그후로 나는 다시 떡볶이를 먹지 않았고, 고모는 나를 키우는 동안 나를 좋아하지 않았다. 내 이름이 이승진이기 때문이었다. 고모에게 필요한 건 내가 아닌 이승진이었다. 이승진의 아들 이승진에게 사랑을 주면 이승진이 돌아오지 못한다고 생각하는 듯했다. 고모는 매일같이 창세기를 읽고 또 읽었다. 셈의 족보를 암송하는 것으로 하루를 시작했다. 데라가 아브라함을 낳는 대목에서 고모의 목소리는 항상 떨렸다. 그 시대 사람들은 사백 년을 오백 년을 삼백 년을 살았다. 고모가 교회에 나가는 것은 보지 못했다. 내 생각에 고모는 자신만의 종교를 만들어 홀로 수행하며 아버지를 기다린 것 같다. 나에게는 그런 일을 시키지 않았다. 자신만의 신비를 공유하기엔 나는 너무 보잘것없는 이승진이었다. 내 아버지 이승진은 돌아오지 않고 갤럭시로 머물렀다. 고모는 칠십몇 년을 살고 죽었다. 고모의 죽음으로 고모의 기다림은 무색해졌다. 고모가 죽었다는 슬픔보다 아버지와의 재회를 기대하는 마음이 컸다. 고모가 죽은 자리에 아버지가 나타날지 모른다고 생각했다. 실은 나도 아주 오래 아버지를 기다렸기 때문이다.

갤럭시의 새로운 모델 출시를 알리는 기사가 나올 때마다 아버지의 기척을 어렴풋이 감지할 수 있었다. 조금씩 커지거나 줄어든 크기와 생각보다 알아채기 힘든 혁신 사이에서 아버지의 고뇌를 느낄 수 있었다. 고립과 외면과 외로움 같은 것도 전해졌다. 폴더블 디스플레이가 첫선을 보였을 때는 아버지가 접혀 있다는 것을 확실히 느낄 수 있었다. 반으로 접혀 있던 아버지는 해를 거듭하며 세 번, 네 번 접히다가 얇은 판이 되어 롤업되는 데까지 이르렀고, 마침내 손톱만한 크기로 작아져 전원 버튼을 누르면 허공에 뜨는 홀로그램으로 진화했다. 아버지는 그렇게 거의 사라진 형태로도 존재하게 됐다.

아버지를 생각하며 밤하늘을 올려다보는 것은 아버지가 사라진 뒤 생긴 나의 오랜 습관이었다. 대기가 한 번도 맑은 적이 없어 은하수는 보이지 않았다. 고모가 죽었지만 아버지는 오지 않았다. 삼성전자 대표이사 명의로 된 3단 화환만 대신 도착했다. 리본에 적힌 아홉 글자 이름이 마법사의 주문처럼 낯설게 읽혔다. 그 인도 출신의 전문 경영인을 영입한 뒤 삼성전자의 이동통신 사업부의 규모가 대폭 축소됐다. 구조조정의 칼바람이 불었다. 그 와중에도 아버지는 여전히 갤럭시였다. 삼성이 인도 자본을 들여와 빚더미에 앉은 정부를 통째로 매입하려 한다는 소문이 있었다. 아버지의 일부가 인도에 연결되어 있다는 생각이 들자 인도의 일부가 장례에 참가한 것처럼 느껴졌다.

고모는 나를 키웠지만 나는 내내 혼자 자랐다. 고모는 그날 PC방에 나를 데리러 왔다. 아버지가 미처 정산하지 못한 요금을 지불하고, 책가방을 챙겨 나를 학교에 보낸 것도 고모였다. 고모는 밥을 먹다 말고 선언하듯 말했다.

"승진이는 원래 큰일 할 애였다."

나는 내가 큰일을 할 만한 사람이라고 생각해본 적이 단 한 번도 없었다. 그건 열두 살의 어느 겨울 아버지가 나를 사이버리아 PC방 127번 자리에 앉혀놓고 나가서 그길로 갤럭시가 된 것과는 아무런 상관이 없었다. 큰일 할 승진이는 이승진의 아들 이승진이 아니었다.

"그래도 큰일을 하긴 한 셈이지. 우리 가족 중에 갤럭시만큼이나 된 애는 걔밖에 없어."

고모 덕분에 나는 큰일 같은 것에 더더욱 관심 없는 사람이 되어버렸다. 고모가 죽었고, 마침 겨울이었다. 겨울이면 많은 일이 일어나곤 했다. 부고가 잦았고, 가게들이 일찍 문을 닫았다. 겨울이면 의례처럼 하는 일이 있었다. 열두 살 이후 크리스마스이브마다 삼성전자 고객센터에 전화를 걸었다. 행복한 성탄을 기원하는 짧은 인사를 받은 뒤, 아버지를 연결해달라고 했다.

"저희 아버지가 갤럭시입니다."

"고장 상담이신가요, 고객님?"

"아니요. 저희 아버지가 갤럭시입니다."

"아, 아버님께서 갤럭시를 쓰시는군요. 불편하신 부분이 어떤 내용이실까요?"

"부분이 아닙니다. 전체입니다. 그 자체요. 갤럭시입니다.

저희 아버지가.”

“아버님이 저희 회사 임직원이란 말씀이신가요?”

“그거랑은 다릅니다.”

“……”

“……”

“아버님이 갤럭시라서 문의를 주셨는데, 저희 쪽에서 도움을 드릴 수 있는 내용이 없는 것 같으세요, 고객님.”

“왜요?”

“죄송합니다, 고객님. 저희가 도와드릴 수 있는 부분이 없습니다.”

“도와달라는 게 아닙니다. 저는 도움을 요청한 적이 없어요.”

“죄송합니다, 고객님. 다른 문의 사항은 없으신가요?”

“정말요? 죄송한가요? 우리 아버지가 갤럭시가 돼서 죄송해요?”

“그런 말씀이 아니시고요, 아버님께서 갤럭시이신 부분으로 문의를 주셨는데, 저희 센터에서 고객님께 도움을 드릴 수 있는 부분이 없어서 너무나 죄송하다는 말씀입니다. 아버님이 갤럭시이신 부분은 저희 업무 범위를 벗어나신 내용이세요. 불편느끼신 부분에 도움 드리지 못해서 죄송합니다.”

같은 대답을 들을 줄 알면서도 매년 전화를 걸었다.

고모가 죽기 전 몇 번이나 개명 신청을 하려고 했다. 그때마다 고모는 불같이 화를 내며 나를 나무랐다. 고모는 자기 동생 이승진이 갤럭시가 된 것은 받아들일 수 있어도, 이승진의 아들이 이승진이 아닌 것은 용납할 수 없었던 거다. 물론, 할리우드의 사례를 살펴보자면 아버지 이름을 아들에게 주는 것이 드문 일은 아니다. 〈다이하드 5〉를 보면 뉴욕 형사 존 매클레인의 아들 존 매클레인 주니어가 CIA에서 일하는 것으로 나온다. '아이언 맨'으로 분한 로버트 다우니 주니어의 아버지 로버트 다우니 시니어는 영화감독이었다. 나는 미국에 가본 일이 없고 아는 미국 사람도 없어서 할리우드 영화가 미국이란 나라 자체와 동의어로 생각됐다. 아버지 조지 부시와 아들 조지 부시의 경우도 있지만, 내게는 그들 부자 역시 워싱턴이 아니라 할리우드 어딘가의 스튜디오에 있는 사람들처럼 느껴지기 때문에 미국은 전적으로 할리우드라는 입장이었다. 나는 미국에 가보지 않고서도 할리우드뿐만 아니라 시애틀(불면증 환자들의 도시), 시카고(인구의 절반은 변호사), 버지니아주 랭글리(제이슨 본), 워싱턴(높은 탑 앞에 호수 있음. 물고기가 살고 있을까?), 뉴욕(너무 친숙해서 〈6시 내 고향〉에 가끔 나올 것 같음)에 대해서 뭐라도 한두 마디씩 덧붙일 수 있었다. 하지만 나는 그 모든 도시를 할리우드 영화를 통해 만났기 때문에 내가 아는 미국의 모든 도시는 본질적으로 할리우드였다.

하지만 내가 사는 곳은 할리우드가 아니고, 주민등록등본상의 내 이름은 이승진 주니어라든가 이승진 2세가 아니라 이승진이었다. 내 이름이 만약 '이승진이세'라든가 '이승진주니어'였다면, 속상하긴 하더라도 수긍할 수 있었을 거다. 승진이세야! 승진주니어야! 그렇게 불렀다면 놀림은 좀 받았겠지만 어쩔 수 없다고 생각했을 것이다. 왜냐하면 이승진이세라거나, 이승진주니어 같은 이름은 우스꽝스럽긴 해도 법적으로 무리 없는 이름이었으니 말이다. 쓰지 말아야 할 한자가 쓰인 것도 아니고, 이름자가 다섯 글자를 넘기지도 않는다. 나중에 알게 된 사실이지만 어떤 이름을 지어도 되는지 안 되는지에 관한 사항이 법조문에 참조된 규칙으로 정해져 있었다. 부모와 자식의 이름이 같은 경우에 대해서도 물론 자세한 지침이 나와 있는데, '이름의 기재문자와 관련된 가족관계등록사무'(개정 2017. 6. 29. [가족관계등록예규 제509호, 시행 2017. 6. 29.]) 제2호를 옮겨보자면 다음과 같다.

2. 출생자에 대한 부와 모의 가족관계증명서에 드러나는 가족과 동일한 이름을 기재한 출생신고의 수리 가부

가. 출생자에 대한 부와 모의 가족관계증명서에 드러나는 사람과 동일한 이름을 기재한 출생신고는 이름을 특정하기 곤란한 것이므로 이를 수리해서는 안 된다.

나. "가"의 경우, 재외공관 또는 동사무소에서 수리되어 「가족관계의 등록 등에 관한 법률」 제4조의 2 제2항의 재외국민 가족관계등록사무소(동사무소의 경우에는 소속 시 또는 구)로 송부되어 온 경우에도 가족관계등록부를 작성해서는 안 된다.

다시 말해 부모와 이름이 같은 경우는 출생신고를 받아주면 안 되고, 혹시 출생신고가 수리됐다고 해도 가족관계등록부에 올려주면 안 된다는 것이다. 나는 오류였다. 존재 자체가 행정상의 실수였다. 출생신고를 받은 동사무소 직원은 아버지에게 서류를 돌려줘야 했다. 무슨 이유에선지 내 이름은 수정되지 않고 그대로 주민등록부에 등재됐다. 덕분에 아버지가 갤럭시가 되어 집에 돌아오지 않게 된 뒤에도 아버지의 건강보험료 청구서가 꼬박꼬박 우리집으로 날아왔다. 아버지의 지방세와 아버지의 적십자 회비 고지서도 마찬가지였다. 나는 몇 번이나 해당 기관으로 내용증명을 보내 이승진은 이승진과 다르다고 해명했지만 받아들여지지 않았다.

고모는 내가 개명 신청서를 내는 것이 아버지의 사망신고서를 제출하는 것과 다를 바 없는 불효라고 했다. 나는 아버지가 죽었다고 생각한 적이 없었고, 내게 한 번 묻지도 않고 갤럭시가 된 것을 알고 있었지만, 조선 사람들만 간다는 불효자 지옥에 떨어지고 싶지 않아서 개명 신청을 미뤄두었다. 이름을 바꾸지 않아 유일하게 좋았던 점은 아버지의 이름으로 들어둔 실손보험을 아버지인 것처럼 이용할 수 있는 것뿐이었다.

고모는 아침에 죽었다. 평일이었고, 유난히 추운 겨울이었다. 빈소를 차리기 전 다녀와야 할 곳이 있었다. 법무사 사무소에 가서 15만원 주고 개명 신청서를 작성했다. 내가 적어 낸 이름이 무엇이었는지, 지금은 기억나지 않는다. 빈소를 찾는 사람이 많지 않아 상주로서 해야 할 일이 별로 없었다. 상조 회사에서 보낸 장례지도사는 해야 할 일을 마땅히 찾지 못한 채 이미 가지런한 신발을 괜히 건드리며 복도를 서성였다. 집에 있는 안마 의자며 정수기, 비데, 온열 기능이 있는 흙침대는 전부 고모가 상조 상품에 가입하며 받은 물건들이었다. 고모의 상조 상품 구좌는 한 번도 연체되지 않고 매달 같은 날짜에 납입금이 채워졌다. 마지막 한 번의 납입을 남겨놓고 고모는 죽었다.

하얗게 센 머리 위에 빵모자를 눌러쓴 남자 둘이 빈소에 들어와 나와 먼 친척이라고 자신을 소개했다. 촌수를 따지려다가 머리가 복잡해져 아무 말 없이 맞절했다. 늙은 남자들은 서로가 서로를 삼촌이라고 불렀다. 둘은 편육을 다섯 접시나 받아가 소주를 마셨다. 그나마 조문객이라고는 그 둘이 유일해서 고맙기까지 했다. 나를 불러 무릎을 꿇리고 술을 권한다든지 하지 않아 좋았다. 장례지도사의 검정 양말 뒤축에는 구멍이 나 있었다. 마르고 갈라진 뒤꿈치가 올이 풀리고 색이 연해진 검은 양말의 틈을 자꾸만 벌려놓고 있었다.

늙은 남자 둘이 완전히 취해 널브러져 잠들었다. 둘이서 한 병 조금 더 마셨는데, 술이 많이 약한 분들인 듯했다. 장례지도사도 심심했는지 나에게 뻔한 이야기를 물었다. 생전의 어머니는 어떤 분이셨는지 같은 것. 저 사람은 나의 어머니가 아닌 고모라고 알려주고, 아버지 이야기를 했다. 모르는 사람에게 갤럭시가 된 아버지에 대해 말하는 것은 내 오래된 습관이었다. 이야기를 들은 장례지도사는 무척이나 신기해했다.

"갤럭시가 된 사람에 관해서라면 들어본 일이 있어요."

"정말요?"

깜짝 놀라 그를 빤히 쳐다봤다. 거짓말하는 눈치는 아니었다. 나는 오랫동안 다른 무언가가 된 사람의 사례를 찾아왔는데, 결국에는 비슷한 경우조차 찾지 못했다. 플라스마 TV가 된 엄마라든가, 자율주행 차량이 된 은사님이라든가, 그런 사례가 어딘가에 분명히 있을 거라고 생각해왔다. 왜냐하면 나의 아버지는 갤럭시가 됐으니까. 그러니까 하다못해 로봇 청소기가 된 애완견이라도 어딘가에 있지 않을까 싶었지만, 갤럭시 같은 게 돼버린 건 아버지가 유일했다.

"제 말을 믿어주시는 건가요?"

"예전에 들었을 때는 뭔 소린가 싶었는데, 그 얘기를 또 들으니까 생각이 달라지네요."

"갤럭시가 된 사람에 대해 어디서 들었어요?"

"몇 년 전에 콜센터에서 상담원으로 일했거든요. 자기 아버지가 갤럭시라고 진상을 부리는 사람이 있었어요. 업무 시간이 끝날 때쯤이었는데, 갑자기 그런 이야기를 들으니까 짜증이 확 나더라고요. 그래서 고객한테 엄청 뭐라고 했는데 그걸 우리 팀장이 들었어. 시말서 쓰라는 걸 안 쓰고 버텼더니 다음달 월급 명세서에 인센티브가 빠져 있는 거예요? 노동청에 민원 넣었더니 재계약이 안 되더라고. 실업수당 받으면서 한 석 달 놀았는데 집에 있으려니까 몸이 근질근질한 거야. 그러다 벼룩시장 뒤적거리는데 국비 지원 장례지도사 교육센터 광고가 있네? 그러고 보니 그 전화 안 받았으면 아직도 콜센터에 있었을지도 몰라요. 이게 내 적성에 맞을 줄은 나도 몰랐던 거죠. 살아 있는 사람들 땍땍거리는 거 듣고 있느니 죽은 사람 염하는 게 훨씬 나은 거야. 진상이 없는 건 아니야. 그래봤자 콜센터에는 비할 바가 못 되거든요. 단련이 돼 있으니까 그런 건 좀 쉬워. 일단 얼굴 보고 욕하는 게 저쪽 입장에서도 부담이 되고, 어쨌든 누가 죽긴 죽었는데 나 때문에 죽은 거는 아니니까요. 이쪽 일 시작하면 절반은 처음 시체 만지고 일 그만둬요. 학원에서 실습하던 거랑 진짜 죽은 사람 만지는 거랑 하늘과 땅 차이니까. 근데 나 같은 경우는 설거지하는 거랑 크게 다른 거를 모르겠더라고. 그렇다고 내가 설거지하듯이 염한다는 건 아니고요, 제가 원래 평소에 설거지도 좀 경건하게 해요. 근데 선배들 말 들어보면 가끔 나 같은 애가 있대요. 거리낌이 없는 애들. 그래서 선배들이 야, 너는 귀신이 허락했다, 완전히 오케이 났다, 이랬어요. 근데 너는 이제 다른 일 못한다, 귀신이 허락했으니까. 다른 일 하면 귀신이 방해한다고. 나는 뭐 상관없어요. 이제 다른 일은 안 할 거니까. 그래도 신기하네. 고객님네 아버지가 갤럭시가 되셨다니까. 맞어, 그날이 크리스마스이브였어. 그래서 내가 더 짜증이 났어. 좀 뭐라고 하니까 어찌나 서럽게 꺽꺽대면서 울던지. 울리려고 그런 건 아니었는데."

"맞아요. 제가 울었죠."

"아, 고객님도 울었어요?"

"네. 제가 울었죠."

아버지는 오지 않을 것이다. 그렇게 생각하자 눈물이 났다. 나도 더는 아버지를 기다리지 않을 것이다. 나는 곧 있으면 법적으로 이승진이 아니게 될 것이고, 아버지는 오래전에 이승진이 아닌 갤럭시가 됐다. 이제 이승진은 세상에서 영영 사라진다. 그 자리는 세 사람을 위한 장례였다. 고모와 이승진과 이승진을 떠나보내는 자리였다. 장례지도사가 몸을 들썩이며 우는 내 등을 두들겨줬다.

"고모님이 우리 고객님을 참사랑으로 키우셨군요."

장례지도사가 내게 편지 한 통을 건넸다.

"이숙영 고객님이 저희 회사에 맡긴 편지예요. 고객님이 장례식장에서 울면 드리고, 울지 않으면 그냥 가져다 버리라는 메시지를 남겨주셨는데, 이렇게 드릴 수 있게 됐네요."

하얀 규격 봉투에 담긴 얇은 편지지가 느껴졌다. 고모는 떠나가는 길에도 나를 시험하는 것을 잊지 않았다. 고모와 살아온 시간이 내겐 가장 긴 시험이었다.

승진아! 이 글을 읽을 때쯤이면 나는 이 세상에 없겠구나.

네가 처음 세상에 온 날 고모는 택배 상자를 뜯어보는 만큼의 기쁨을 느꼈단다.

아버지를 절대 원망하지 말거라.

승진이는 갤럭시 같은 게 되려고 한 게 아니라 어느새 갤럭시였던 거야.

너는 그 아이의 할부 약정이었다고 생각하렴.

24개월만 간직할 수 있는 사랑이 있다면……

대리점 직원이 짚어주는 자리에만 서명날인하는 우리의 마음이 그러하겠지.

부가 서비스 유지 기간이 왜 3개월인지 잘 생각해보렴.

181일 동안 회선 변경이 불가능한 것에도 신의 섭리가 담

겨 있다.

이삭이 묶인 자리에서 일어나 아브라함을 죽였다면

하나님은 약정 없이 망사용료 가득 부과했겠지.

고모는 너 때문에 기기변경하는 거다.

가장 먼저 통신사 이동 권하는 사람을 의심하렴.

내게 다른 혈육은 없어.

승진이에게, 오직 승진이에게. 내 모든 사랑을.

고모의 편지를 읽고 또 읽었다. 슬프고 또 억울해서 눈물이 멈추지 않았다. 나의 아버지 이승진은 이승진을 얻고 갤럭시가 됐다. 그러지 않았다면 좋았을 것이다. 그로 인해 나는 너무 많은 것을 잃었다. 이승진으로 살아왔지만 나로 살 수 없었다. 휴대폰 인증을 받을 때도 나의 생일을 입력하지 못했다. 고모는 아버지의 생일에만 미역국을 끓였다. 고모가 마지막 편지에서 두 번 부른 승진이는 물론 아버지일 것이다. 울다 지쳐 잠들었다. 꿈속에서 아버지는 안드로이드 시스템 업그레이드를 하고 있었다. 자꾸만 오류가 났다. 오류를 알리는 벨소리가 나를 괴롭혔는데, 알고 보니 자던 내 옆에서 계속 울린 핸드폰 소리였다. 전화를 받았다. 일을 맡긴 법무사였다.

"이승진씨?"

"네, 이승진입니다."

"일이 좀 곤란하게 됐어요."

"왜요?"

"이승진씨가 현재 이승진씨의 부친 이승진씨의 명의로 핸드폰을 사용하고 계시잖아요? 개명 신청 과정에서 그 부분이 수사기관에 자동 통보가 됐어요. 명의 도용으로 돼버린 거죠. 그런데 이승진씨 명의로 약정된 사항이 다른 것도 굉장히 많더라고요. 이걸 책임질 수 없게 되니까 사기 및 횡령이 돼요."

"약정요? 핸드폰 말고 또 무슨 약정이 있어요?"

"집에 쉴렉스 안마 의자 있죠? 고모가 상조 상품 가입하고 받았다고 했죠? 실은 이승진씨 명의로 가입했더라고요. 정수기도 있고 스팀 청소기도 있을 거예요. 세탁기는 이사올 때부터 옵션으로 있었는데 어느 날 건조기도 들어왔을 거고요. 어렸을 때 읽은 아동문학 전집, 그대로 있죠? 컴퓨터 쓰고 있죠? 핸드폰 있고 인터넷 쓰죠? 인터넷 회사랑 같은 로고 찍혀 있는 셋톱박스에 연결된 32인치 TV 켜면 위성방송 나오죠?"

"네. 그거 뭐 대부분 그렇지 않나요."

"살아 있죠? 밥 먹죠? 옷 입죠? 어떨 땐 카드로 할부도 하고 공과금 나오면 안 내고 연체료 쌓이게 뒀다가 서너 달 치 한 번에 내죠? 밤에 늦게 자죠? 아침에 일찍 일어나죠? 병원에서 약 받아오면 이틀 치 먹고 다 버리죠? 전부 약정된 거예요. 이승진씨의 삶 전체가 약정이고 약정 할인이 엄청 들어가 있어요. 이걸 개명하면서 정리해버리면 약정 해지 위약금이 상당하게 청구될 수밖에 없어요. 근데 문제는 그것만이 아니에요."

"이미 문제가 많은 것 같은데…… 또 문제가 있어요?"

"이승진씨의 개명 신청에 대해 개명 금지 가처분 신청이 들어왔어요."

"누가요? 왜요?"

"왠지는 모르겠고, 삼성전자가요. 하여튼 형사 처리는 그것대로 피할 수 없고, 위약금도 다 무시게 될 것 같아요. 액수는 대략 계산을 해보면…… 인생 전체?"

"그럼 어떻게 해요."

"글쎄요. 저라면 도망갈 것 같아요."

내가 정말로 도망쳐야 하는지 확신이 들지는 않았지만, 두려움이 나를 움직였다. '혹시'라는 단어에 뒤를 돌아볼 만큼 모험심이 있지는 않았다. 나는 그렇게 대단한 사람이 아니었으니까. 어쩌면 지금 이 순간이 내 인생에서 가장 대단할지도 모른다는 생각도 들었다. 잠들어 있는 삼촌들의 주머니를 뒤져 지갑에서 돈 몇 푼을 꺼냈다. 세상에서 받은 것이 없으니 이 정도는 가져가도 될 것 같았다. 어차피 나를 잡아 감옥에 넣는다니 작은 죄가 추가돼도 상관없는 일이었다. 고모의 일은 죽은 고모에게 맡기고, 무작정 북쪽으로 향했다. 유심은 꺾어서 버렸고 현금만 썼다. 더는 걸을 수 없을 만큼 지치면 공중전화 부스에 들어가 얕은 잠에 들었다. 겨울이었고, 문틈으로 새어들어오는 바람에 발끝이 얼어붙었다.

보름 걸려서 국경에 닿았다. 출입국 사무소 근처에 유엔난민기구가 설치한 임시 수용소가 축구장만한 넓이에 걸쳐 펼쳐져 있었다. 사진이 박히고 수용 번호, 이름이 적힌 임시 체류증을 발급하고 있었다. 아무 이름이나 말해도 될 거 같아서 개명 신청서에 적은 이름을 댈까 하다가, 개명 신청서가 나를 쫓는 이들 손에 들어갔을지 모른다는 생각에 정말 아무 이름이나 말했고, 지나치게 아무 이름을 말해버려서 그 이름을 곧 기억할 수 없게 되었다. 상관없었다. 수용소의 사람들은 서로가 서로를 선생이라고 불렀다. 이름은 결코 묻지 않았다. 비슷한 크기의 수용소가 하나 더 생기면서 내가 지내는 곳은 알파 캠프로 불렸고, 임시라는 수식어는 공공연하게 생략됐다. 거기서 꽤 오래 지냈다. 다른 곳에 가려는 생각조차 못했다.

나는 머리보다 눈썹이 먼저 하얘졌다.

머리까지 하얘졌을 때 150번째 캠프가 개소했다.

나와 비슷한 시기에 수용소에 들어온 사람들의 장례에 종종 참석했다. 밖에 있을 때보다 간소했지만 진심으로 슬퍼하는 것은 다르지 않았다. 스웨덴에서 온 유엔군 한 명과 친해졌는데, Kent의 〈Socker〉를 모른다고 해서 나이를 물어보니 나와는 한 세기 정도 차이가 났다. 우리 캠프에는 세계 각국에서 연구 목적으로 찾아온 사회학도들이 많았다. 그들의 임무는 각종 사회학을 정립해 국제 학회에 보고하는 것이었다. '좋아요'를 많이 받은 논문은 '올해의 연구'로 선정됐고, 세 번 이상 선정된 사회학도는 박사학위를 받은 뒤 관리자가 돼서 캠프에 돌아왔다. 나는 사회학에 관심이 많았다. 캠프에서 벽지 바르는 데 유용하게 쓰인 젊은 사회학자들의 최신 논문 무료 배포본을 간이침대에 드러누워 읽는 게 소소한 취미였다. 「명의 난민 집단 이주의 사회학」. 「98개월 약정 위면해지의 사회학」. 「렌털 서비스 결합 약정의 사회학」. 「사회학」. 「그냥 사회학」. 「온갖 새끼들의 개같은 사회학」. 「마포구 소금구이집 칼 폴라니를 중심으로 한 사회학」. 그러다 아버지의 이름을 발견했다. 「역과에 따른 교통사고 과실 산정의 사회학」이라는 글에서였다. *어느 겨울 이름이 이승진인 사람이 대거, 일시에 체포된 일이 있다. 그들은 한 명도 빠짐없이 개명을 강요당했다.* 나는 그 논문을 쓴 저자를 알고 있었다. 그 사람이 내가 지내는 텐트에 찾아와 녹음기를 꺼낸 기억이 났다. 그는 자신이 런던정경대 박사과정을 밟고 있으며, 키르기스스탄 이주 3세로 동아시아 연구를 세부 전공하고 있다고 소개했다. 아버지의 이야기를 조금 했던 것 같다. 그 논문을 본 뒤로 나는 사회학에 대한 관심을 끊었다.

캠프의 겨울은 추웠다. 텐트는 얇아서 바람이 불면 입술 부닞치는 소리를 냈다. 소재 공학의 발전으로 웃풍이 들지는 않았지만 벽보다 두꺼울 수는 없었다. 해가 갈수록 겨울이 따듯해져서 그나마 다행이었다. 언젠가부터 눈이 내리지 않았고, 캠프에서 태어난 아이들은 한 번도 눈을 보지 못했다. 나는 예전처럼 빨리 걷지 못하고 말도 느려졌지만, 생각하는 것은 그럭저럭 유지하고 있었다.

어느 봄, 국경 캠프의 단계적인 축소 및 피수용인의 사회 복귀 계획이 총리령으로 발표된 이튿날 국영 통신사의 영업직 사원이 벽돌처럼 두꺼운 표준 약관을 겨드랑이에 끼고 찾아왔다.

"할아버지. 이제 집에 가셔야죠."

"……"

"예전에 쓰시던 통신사 기억나세요?"

"……"

"이번에 통신사 이동하시면
　　주민등록 말소 여부와 관계없이
　　　　정 상 개 통 되시는 부분이고요."

"……"

"기존 약정에 구애받지 않고
　　쓰시던 핸드폰 반납 일절 없이
　　　　정착 지원금 혜택까지 받아보실 수 있거든요."

"할…… 할……"

"네, 할아버지."

"할부 원금은?"

"없어요. 전혀 없어요.

기존 약정은 정부 보증으로 직권 해지되시면서

싼값에 새 핸드폰 이용하실 수 있도록

970개월 약정으로 도와드리고 있어요."

"할부 원금이 없어?"

"0원입니다."

"영원……"

"네. 영원요. 부담 갖지 마세요. 21세기 제품이지만 작동 잘 돼요. 이 정도 조건 다른 데서 못 받아요."

"970개월……"

"눈 깜짝할 사이에 지나갈 거예요."

"……"

"……"

"그러지. 아브라함의 시대에는 드문 일도 아니었을 테니."

영업 사원이 표준 약관집을 꽃 피우듯 넘길 때 바람이 불었다. 겨울처럼 빰이 서늘했다. 내가 서명할 곳은 다섯 군데였다. 이름이 기억나지 않아 그 자리에 동그라미를 그렸다. 직원이 가방에서 주먹만한 상자를 꺼냈다. 나 대신 유심을 끼워주고 나 대신 개통 번호를 눌러줬다. 그가 다음 텐트로 건너갔을 때, 나는 갤럭시 LSZ2023 펄 그레이를 손에 쥐고 있었다. 어디든 전화를 걸 수 있었고, 어디로든 떠날 수 있었다. 캠프에 머무는 것 말고는 뭐든 할 수 있었다. 이틀 안에 텐트를 떠나는 게 약정 조건이었다. 잠시 쥐고 있었는데도 발열이 심했다. 태초에 대폭발이 있었다는 우주에 관한 농담을 떠올렸다. 나는 갤럭시 LSZ2023의 잠금화면을 열고 큰절을 두 번 했다. 고객센터 앱을 열자 잔여 약정 기간이 초 단위로 카운트되고 있었다. 969개월 29일 23시간 55분 27초가 지나고 있었다. 화면에서 시간은 거꾸로 흘러가고 있었다. 그것은, 아브라함의 시대에도 흔한 일은 아니었다.

오렌지,

였던

옴스테드는 시대가 원한 시대의 아이콘이었다. 그가 다녀간 자리는 특별한 장점 없이도 명소가 되어 사람들을 불러모았고, 그가 먹은 음식은 수시간 내에 실시간 트렌드에 등극했다. 그가 무언가를 싫어하면 사람들도 그것을 싫어했고, 그가 무언가에 열광하면 사람들은 열광의 대상이 아닌 옴스테드에 열광했다. 말은 언제나 힘이 세고 빛을 받아가는 성질이 있어 옴스테드는 여러 번 곤란한 처지에 놓이기도 했다. 그의 말이 너무 많이 그리고 부정확하게 인용됐기 때문이다. 그는 자신이 말하지 않은 것이 자신의 말처럼 언급되는 데 염증을 느꼈고 의도치 않게 의미를 생산하는 일에 죄책감을 느꼈다. 옴스테드는 결국 조용히 입을 닫고 있는 것이 자신과 사회 모두에게 이롭다는 것을 깨닫고 스스로 만든 침묵의 토굴 속에 파묻혔는데, 그의 토굴은 또 한번 엄청난 화제를 불러일으켜 돈 많고 땅 있는 부자들의 놓칠 수 없는 잇템이 되어버렸다. 불경기로 일손을 놓고 있던 토건업자들이 뜻하지 않은 횡재를 거둔 뒤 옴스테드에게 금으로 장식한 삽을 보내왔을 때, 옴스테드는 정말로, 정말로 모든 것에 진절머리를 느껴 마침내 세상에서 사라지기로 했다. 그뒤로 옴스테드가 오렌지가 되어버린 것은 나를 포함한 소수의 사람만이 알고 있다. 그리하여 오늘날 옴스테드를 확인하는 방법은 오렌지를 만지는 것뿐이며, 우리가 오렌지를 만질 때 느끼는 감각은 옴스테드와의 유일하고도 은밀한 교감 방법이기도 하다. 이 세상에 더이상 옴스테드는 없다. 옴스테드가 옴스테드였던 그런 방식으로는 말이다.

촉각 오렌지

우리의 옴스테드는 *프레더릭 로 옴스테드*와는 다르다. 맨해튼 센트럴파크의 창시자이자 현대 조경의 아버지로 일컬어지는 *프레더릭 로 옴스테드*는 공원이라는 공간에 공동체성과 시민 복지의 의의를 부여함으로써 분당 신도시의 중앙공원 연못을 가득 채운 잉어 무리에 기여한 바 있다. 이러한 측면에서 공원 근처에 사는 이들은 크든 작든 *프레더릭 로 옴스테드*에게 빚을 지고 있는 것으로 봐도 좋을 텐데 그 빚은 가구별로 2달러 99센트 정도이다. 비록 그 *옴스테드*(*프레더릭 로 옴스테드*)가 우리의 옴스테드는 아니라 할지라도 *곰스테드*(그 옴스테드의 빠른 발음) 역시 말년에 오렌지가 되었다. 이는 *프레더릭 로 옴스테드* 연구자들 사이에서도 일부만이 알고 있는 사실이다. *곰스테드*의 증손녀 제시카 옴스테드가 특별한 자격을 갖춘 이에게만 배타적으로 고지하는 까닭이다. 그가 정성 들여 쓴 손편지를 보내는 사람의 조건은 다음과 같다.

1. *곰스테드*에 관한 논문을 스무 편 이상 작성할 것
2. 테뉴어 획득에 실패할 것
3. 과민성대장증후군이 있을 것

그리하여 *곰스테드*가 옴스테드와 마찬가지로 오렌지가 되었다는 사실은 소수의 수신자들에게 비밀리에 공유되는 희소한 정보로 굳어진 것이다. 그들이 왜 이 지식을 널리 퍼뜨리지 않았냐 하면

1. *곰스테드*에 대한 논문을 한 편 더 써봤자
2. 누가 관심을 갖고 읽는 것도 아니고
3. 과민성대장증후군 탓에 학회 참석도 여의치 않아서

정도로 정리할 수 있겠다.

이 정도면 옴스테드에 대한 소개는 끝난 것 같고, 이사에 관해 이야기할 차례다. 도대체 어떤 부동산업자가 잔금 치르는 날 열쇠를 들고 잠수를 타버린단 말인가. 집주인은 열쇠장이를 불러주마 했지만 마침 아랫집이 공실이라 열쇠가 나타날 때까지 거기서 지내는 쪽을 택했다. 짐이라고 해봤자 깡통 같은 내 차를 가득 채운 책과 옷 몇 벌이 전부였기 때문에 가능한 일이었다. 아랫집은 전해들은 대로 텅 비어 있었고 가구라고는 아일랜드 식탁뿐이었는데, 그 위에 놓여 있는 건 다름 아닌 오렌지였다. 오렌지, 한때 옴스테드였고 여전히 그러한. 모르는 사람이라면 '빈집에 웬 오렌지?'라고 생각했겠지만 아는 사람 역시 '빈집에 웬 오렌지?'라고 생각하게 되는 것이다. 같은 표현이지만 감정의 낙차는 무시할 수 없는 수준이다. 오래된 오렌지는 안에서부터 말라가기 때문에 표면에 곰팡이가 슬기 전까지는 상태를 짐작하기 힘들다. 나는 오렌지와 옴스테드 모두를 잘 알고 있었기 때문에 낯선 곳에 덩그러니 놓여 있는 오렌지를 만져볼 용기가 나지 않았다. 트렁크에서 꺼낸 침낭을 거실 구석에 돌돌돌 풀어놓고, 그러는 동안에도 곁눈질로 오렌지를 살폈다. 보일러가 작동한 게 너무 옛날의 일인 그 집은 사방에서 적대어린 냉기를 잔뜩 뿜어내고 있었다. 할인마트에서 이월상품으로 구입한 침낭만으로 밤을 버틸 수 있을지 걱정이었다. 심지어 식탁 위에 오렌지가 놓여 있고…… 침낭을 머리까지 뒤집어쓰자 수많은 상념이 순서도 계열도 없이 머릿속을 휘젓고 다녔다. 이웃집 냉장고의 냉매 순환하는 소리 같은 것이 유년기에 즐겨 듣던 펑크록의 반복적인 리프처럼 귓가를 맴돌았다. 나는 곧 오렌지에 관한 묵상에 돌입했다. 오렌지를 왜 찬장에 넣지 않았을까? 나 보란 듯이 식탁 한가운데에 떡하니 올려놓고. 한 치의 흔들림도 없이 저렇게 꼿꼿이 앉아서. 가부좌를 튼 불상처럼 나를 불안하게 만드는. 그 모습이 문득 옴스테드가 내게 종종 하던 말을 떠올리게 했다. 너는 대체 어디서부터 잘못된 거야?

옴스테드가 팰로앨토에서 유명해질 수 있었던 건 괜찮은 아이디어와 적절한 시점에서의 자퇴와 과감한 추진력이라는 삼박자가 어우러진 결과라고 할 수 있겠지만, 짧은 말로 그 모든 걸 정리하면 순전한 운이라고 할 수 있다. 그런 운을 갖는 것은 차라리 운명일지도 모른다. 내게는 그런 운이 없었지만 운명이 없었다고까지는 말하지 않겠다. 나는 그저 운이 없는 운명으로 옴스테드를 내내 부러워할 처지에 있었던 것뿐이다. 옴스테드의 운은 그가 끝내 오렌지가 되어버린 것과 상당한 연관이 있는데, 그의 사업 아이템은 오렌지가 아니었다면 생각해낼 수 없는 종류의 것이었기 때문이다.

핵심은 후각세포의 신경전달물질을 응용한 알고리즘 개발

이었다. 그가 스탠퍼드에서 자퇴한 것은 순전히 스릴을 좇느라 드럭 딜러로 활동한 이력과 관련 있다. 그는 얼마든 비범죄화될 수 있는 마약 복용 자체가 아니라 마약 판매라는 중범죄의 실행자가 되는 일에 흥미를 느꼈고, 진짜 갱들과 안면을 터가며 위험한 거래를 하는 것을 의미 있게 생각했다. 그래봤자 진짜 갱들의 휘하에 있는 중간 딜러와 '와썹 요'를 하는 게 전부였지만, 기분만큼은 이스트 팰로앨토의 뒷골목에서 후드를 뒤집어쓰고 돌아다니는 무법자를 흉내낼 수 있었다.

인생이 참으로 묘한 게 진짜는 진짜를 만나고 가짜는 가짜를 만나는 법이라, 진짜 경찰이 되는 것을 목표로 성실히 커리어를 쌓아가던 학내 경찰(가짜 경찰) 스테판 데이비드(주요 인물이 아니므로 뒤에 다시 안 나온다)가 우연히 옴스테드의 거래 현장을 목격하게 된다. 수사권은 없지만 수사력은 꾸러기 탐정급이었던 데이비드의 추적은 집요했다. 거래는 모두 끊기고 몰래 창고로 쓰던 양호실은 진짜 경찰들이 홀랑 털어갔다. 데이비드와 학생주임의 공동 수사망이 좁혀오자 옴스테드는 어쩔 수 없이 자퇴를 결정한다.

드럭 딜러(였던) 옴스테드의 주요 고객이자 스탠퍼드 중국인 유학생 연합 조직의 리더 밍랑의 부모는 쓰촨성을 거점으로 오십여 개의 공장을 가진 대부호였다. 옴스테드가 학교를 나온 뒤 차린 회사 '스누즈 노즈'에 쉴새없이 유입된 투자금의 비밀이 거기에 있다. 특정한 냄새의 분자구조를 분석해 데이터베이스화한 뒤 아이튠즈와 연동해 맞춤 선곡을 제공하는 초기 사업 모델은 마르셀 프루스트의 선취적인 작업에 대한 오마주로 '마들렌'이라 이름 붙여졌다. 스누즈 노즈는 자사 제품만으로는 그다지 성공을 거두지 못했다. 대신 옴스테드가 설계한 냄새 분석기 파트가 어느 다국적 화학 기업의 관심을 끌었다. 바보 같은 회사 이름에도 불구하고 스누즈 노즈는 대단히 높은 가격에 매각돼 옴스테드를 돈방석에 앉혔다. 여기까지는 흔하디흔한 스타트업 키드의 성공 사례라고 할 수 있겠지만, 옴스테드를 일종의 스타트업 구루로 추앙받게 만든 건 억만장자가 된 이후의 태도 때문이었다. 그는 자신의 성공에 대해 한 마디도, 단 한 마디도 하지 않았다. 성장과 성취와 비전을 상징자본 삼아 다음 스텝을 밟기 마련인 다른 사업가들과 달리 옴스테드는 한 마디도, 입도 뻥긋하지 않았다. 자존감 하락과 자본 잠식에 허우적대고 있던 그의 스탠퍼드 동문들이 제발, 제발 한 마디만, 옴스테드, 당신에게서 무언가라도, 지혜가 아니어도 좋아, 빛나는 인사이트 같은 건 아니어도 돼, 안도, 탄식, 회한 뭐 그런 거라도 좋으니 한 마디라도! 그렇게 달려들었지만 옴스테드는 아무 말도 할 수 없었다. 옴스테드는 구루가 아니고, 요기도 아니고, 묵언 수행자도 아니었다. 그 역시 답답하긴 마찬가지였다. 하지만 빌어먹을 비밀유지각서가 그를 옭아매고 있었다.

폭격 오렌지

"그러니까, 오렌지였다는 말이죠? 그 홈스테드라는 분이?"

내게 스크루드라이버를 말아준 바텐더는 역시나, 누구나, 옴스테드에 대해 들은 이들이 매번 그러듯이 오렌지가 된 부분, 혹은 오렌지였던 것에 관심을 보였다.

"홈스테드가 아니라 옴스테드입니다. 오렌지였고, 옴스테드였다가, 다시 오렌지가 됐죠."

"그러니까 그 옹스테드라는 분은 지금…… 매달려 계신가요?"

"옴스테드는" 나는 다시 한번 힘주어 말했다. "옴, 옴, 옴오오오오오ㅗㅗㅗ옴스테드는" 옴, 할 때마다 머리통이 울렸다. "재배되고, 수확되고, 낙과하고, 갈리고, 썰리고, 절여지고, 으깨져서 이렇게 내 앞에 스크루드라이버로 섞여 있습니다. 그가 원하던 바대로죠."

"멋진 이야기네요."

묘하게 냉소적인 분위기를 감지한 나는 그에게 반감이 생길 수밖에 없었다. 나는 바텐더에게 멋지게 보이기 위해서 옴스테드 이야기를 꺼낸 것이 아니었다. 그리고 실상 그 이야기는 당사자 입장에서 그리 멋지지도 않았다. 옴스테드가 오렌지가 된 이후로 나는 나른한 햇빛 아래 브런치를 함께할 친구를 잃어버렸고, 구상 단계였던 방문형 자전거 교습 사업의 지지자를 새로이 찾아야 했다. 모든 것이 우울했다. 당신에게 골칫거리 친구가 있다면 잘 알 것이다. 징징대고 열 내고 화내다가 생글대는 그와 매일 마주보고 있으면 돈도 못 받는 업무처럼 짐스럽고 짜증이 나겠지만 어느새 익숙해지면 그가 없는 삶이란 공허한 것이 되고 만다. 심리적인 답보 상태에 이르는 것이다. 내가 팰로앨토를 떠나 목적 없이 귀국하게 된 것도 전부 옴스테드가 오렌지가 됐기 때문이었다.

"하지만 오렌지에 관해서라면" 바텐더는 앞에 앉은 손님의 미묘한 심리 변화 따위에 신경쓰지 않는 것처럼 보였다. "〈시계태엽 오렌지〉에서 다 된 것 아닌가요. 아무리 멋진 이야기라 할지라도 말이죠."

이쯤 되면 대놓고 시비를 거는 것이나 다름없었다.

"옴스테드는 〈시계태엽 오렌지〉가 나오기 전부터 이미 한차례 오렌지였습니다. 한국전쟁 당시 제주도에 있었죠."

"그때라면 아직 한라봉이 나오기도 훨씬 전이잖아요."

"오렌지, 탠저린, 만다린의 차이를 정확히 말할 수 있나요?"

"적어도 제가 내놓는 스크루드라이버에는 오렌지 과즙과

보드카 말고 다른 것이 들어가지 않습니다." 바텐더는 왼손바닥 위에 유리잔을 세워놓고 마른행주로 닦아내며 말했다. "게다가 그 올스테드란 분은 당신의 친구라고 했잖아요. 실리콘밸리의 젊은 부자였고 말이죠. 한국전쟁과는 연대가 맞지 않아요."

나는 옴스테드를 정확하게 발음하도록 교정하는 일은 거의 포기한 채로 바텐더의 정당한 지적에 고개를 끄덕였다. 어쩌면 그는 칵테일 제조보다는 비평 쪽에 소질이 있는지도 몰랐다. 파트타임으로 일하는 직업 비평가일지도. 좋은 비평가가 되기로 한 순간 인기 있는 바텐더가 되는 것은 어느 정도 포기했으리라는 생각이 들었다.

"옴스테드는 어느 한순간 오렌지였던 게 아닙니다. 세대에 걸쳐 수백 그루의 가계를 이룬 오렌지 군락이었죠. 성산일출봉의 봉우리가 아흔아홉 개라고 믿는 사람들이 있습니다. 실제로 세어보면 틀림없이 다른 결과가 나오겠지만요. 그들에겐 백 개가 아니라는 사실이 중요한 겁니다. 더 정확히 말하자면 백 개에서 한 개가 부족하다는 걸 표현하고 싶은 거죠. 나는 주말마다 성산일출봉에 올라 백번째가 되어야 할 돌탑을 쌓는 택시 기사를 알고 있습니다. 성산일출봉의 봉우리가 아흔아홉 개이기 때문에 제주에서 대통령이 나오지 못한다고 믿는 사람이죠. 그가 원희룡의 지지자냐고요? 말할 것도 없죠. 제주도에서 나고 자란 사람 중에 원희룡을 사랑하지 않는 사람은 없습니다. 시기적으로 그를 조금 더 미워하고 더 열렬히 지지하는 식으로 나뉠 뿐이죠."

"그러니까 온스테드 씨라는 분은…… 당신의 원희룡이라는 거군요."

"무례하군요."

"그가 제주의 오렌지였다면, 어떻게 캘리포니아까지 가게 된 거죠?"

"한국전쟁 당시 훗날 캠프 맥냅이라 불릴 자리에 주둔하던 미 공군은 제주도의 거의 모든 귤을 징발해갔습니다. 그곳은 일본군이 태평양전쟁을 준비하며 만든 모슬포의 알뜨르비행장을 모체로 하는 기지였죠. 알뜨르라니, 어쩐지 프랑스 느낌이 나지 않습니까? 생텍쥐페리가 알뜨르비행장에 기착한 적이 있다면, 그런 적은 없겠지만, 그렇다고 하고 싶어질 정도입니다. 하지만 알뜨르는 '아래 벌판'을 뜻하는 제주 방언이죠. 제주의 귤은 모두 미군의 차지였습니다. 나름의 값을 치르긴 했지만, 도민들 처지에선 협상의 여지가 없었다는 점에서 싹쓸이나 다름없었어요. 당시 제주도에 잠시라도 머물렀던 미군이라면 지위고하를 막론하고 그 섬을 탠저린 아일랜드로 기억할 겁니다. 옴스테드는 오렌지였지만 계열적으로 귤이기도 했죠. 전쟁통에 옴스테드는 알아차린 겁니다. 한동안은 미국의 세기가 계속될 거라는 걸 말이죠. 그는 전쟁이 끝나고 모슬포를 떠나는 미군들 틈에 섞여 캘리포니아로 흘러들었습니다. 선키스트 오렌지가 된 겁니다."

"그렇다면 옥스테드 씨는 한때 감귤이기도 했군요. 귤이었고, 오렌지였고, 옵스테드였다가 다시 오렌지가 된."

"옴니버스 해보세요."

"옴니버스."

"옴마니반메훔 해보세요."

"옴마니반메훔."

"옴진리교 해보세요."

"그건 싫은데요."

"당신과는 더이상 이야기하고 싶지 않습니다."

당신과는 더이상 이야기할 수 없습니다.

그것은 자신을 쫓아다니던 사람들에게 옴스테드가 뱉을 수 있는 최후의 문장이었다. 옴스테드의 비밀유지각서는 당시 스타트업 업계의 일반적인 관행을 뛰어넘는 광범위하고 세밀한 조항을 포함하고 있었다. 그는 사업상의 기밀뿐 아니라 성장 과정을 포함한 자신의 모든 신상을 발설하지 않도록 강제하는 서류에 사인했다. 매수측 변호사는 옴스테드의 원천 기술이 미 국방성의 전략무기 개발에 활용될 것이라는 점을 이유로 들어 오백 장이 넘는 부속 서류에 한 장 한 장 사인하도록 시켰다. 막대한 돈을 거머쥘 기회가 눈앞에 있는 상황에서 옴스테드의 고민은 깊지 않았다. 약속된 매각 금액과 비밀유지 각서 작성에 따른 보너스까지 한 푼의 에누리도 없는 돈이 그의 계좌에 입금됐다. 옴스테드가 당혹감을 느낀 건 계좌에 입금된 돈을 확인한 뒤 은행 문을 열고 나온 직후였다. 그럼 이제 나는 무엇을 말할 수 있지? 수많은 매체가 옴스테드에게 인터뷰를 요청했다. 그때마다 그가 할 수 있는 이야기는 많지 않았다. 나는…… 오렌지였죠. 그것은 마치 대단한 깨달음을 내포한 아포리즘처럼 취급됐다. 추가적인 질문에도 그의 대답은 역시 오렌지에 관한 것뿐이었다. 껍질은…… 아무래도 밀감류에 비해 벗겨내기 힘듭니다. 나는 한때 귤이기도 했거든요. 오렌지를 언급한 옴스테드의 인터뷰는 그와 거래한 다국적 화학 기업의 법률 검토 대상이 됐다. 다행히 문제가 없다는 의견이 붙었다. 그들이 계약한 건 옴스테드의 삶 전체에 불과했다. 오렌지였던 전생이라든가 오렌지 자체에 관한 발언은 계약으로 통제될 수 없었다. 옴스테드는 오렌지에 대한 모든 것을 이야기할 수 있었고, 그가 말할 수 있는 것은 그것이 전부나 다름없었기 때문에 그는 그렇게 했다. 하지만 말을 할수록 자신에게서 멀어지는 기분을 느꼈고, 제시카와 헤어진 뒤 밤마다 무언가를 잃어버리는 꿈을 꿨다. 그가 꿈속에서 잃어버린 물건은 다양했다. 운전면허증, 가족사진, 껍데기에 곰팡이가 슬어 있는 오렌지, 물렁해진 귤, 성물처럼 간직하던 성산일출봉의 기념엽서. 그러다 마지막으로 여권을 잃어버리는 꿈을 꾸고서, 옴스테드는 더이상 옴스테드로 버텨낼 수 없다는 판단을 하게 된다. 다음날 그는 다시 오렌지가 됐다.

옴스테드(들)

원래는 *프레더릭 로 옴스테드*에 대한 이야기를 더 해보려고 했다. 하지만 나는 그에 대해 너무 많은 글을 썼고, 연구를 했고, 강의를 한 관계로 도저히 입을 뗄 수가 없다. 그래서 *프레더릭 로 옴스테드*, 위에서 그 *옴스테드*, 줄여서 *곰스테드*라고 부른 이의 증손녀 제시카 옴스테드에 대한 이야기로 이 글을 이어나가보겠다. *곰스테드*의 실패자들에게 *곰스테드*의 오렌지 됨을 손수 편지로 적어 알려주던 제시카 옴스테드는 열렬한 공원철폐주의자이자 환경운동가였다. 그에 따르면 모든 도시는 공원이어야 하지만 모든 공원이 도시여야 할 필요는 없었다. 그의 증조할아버지보다 진일보한 입장인 셈이다. 그는 두 옴스테드와 달리 오렌지가 되지 않았고, 오렌지였던 적도 없었다.

공원은 내게 즉각적으로 실패에 대한 이미지를 불러일으켰다. *곰스테드*에 대한 연구에서 성과 없이 패배를 맛보았기 때문이라고 생각할 수도 있지만, 실은 *곰스테드*를 연구하게 된 이유부터가 공원에서 너무 많은 실패를 겪었기 때문이었다. 내가 살던 문래동 국화아파트 앞에는 원숭이와 공작을 철망에 가둔 동물원 비슷한 것이 있었고, 그것은 분명 공원이라고 부를 만한 곳이었는데, 그곳에서 나는 자전거 타기를 연습하느라 일생의 중요한 시기를 낭비했다. 아무리 페달을 밟아도 넘어지기만 했고, 나는 아직도 자전거를 타지 못한다. 두 달여 동안 자전거에 매달린 채 전방위로 넘어지며 온몸에 상처를 입었지만 끝내 보조 바퀴 없는 자전거를 타는 것에 성공하지 못했다. 미국에서 내가 박사학위 논문 쓰기를 그만두고 구상했던 자전거 방문 교육은 철저하게 공급자 중심의 사고에서 출발한 사업 모델이었다. 옴스테드는 내게 말했다.

"자전거 타는 걸 돈 주고 배워야 할 사람은 자전거를 결국에 타지 않을 사람들뿐이야."

나는 옴스테드와 자전거를 타본 일이 없기 때문에 그가 자전거를 탈 수 있는 사람인지 알지 못한다. 그는 돈이 많았고 운전하는 것을 귀찮아했으므로 짧은 거리는 주로 걸었고 먼 거리는 우버를 이용했다. 자전거를 탔던 어린 시절에 대해 이야기하는 것은 그 빌어먹을 비밀유지각서 때문에 금지되어 있었으므로 내가 묻는 것이나 그가 대답하는 것 모두 조심스러울 수밖에 없었다. 하지만 자전거 방문 교육 사업에 대한 옴스테드의 코멘트는 반박할 여지 없이 정확했다. 우리가 만나서 주로 한 일은 공원에서 스크루드라이버를 마시는 것이었는데, 아무데나 시트를 깔고 앉으면 공원이라고 주장할 만한 곳이 팰로앨토 곳곳에 있었다. *곰스테드*는 다음과 같은 유명한 말을 남겼다.

지금 이곳에 공원을 만들지 않으면 훗날 그 면적에 해당하는 정신병원이 필요할 것입니다.

멋진 말이었다. 내가 공원 연구자가 된 것은 문래동 국화아파트 공원에서 자전거를 타다가 여러 번 넘어진 것과 관계가 있고, *프레더릭 로 옴스테드*가 남긴 저 멋진 말이 또 한몫을 차지한다. 제시카 옴스테드는 자전거를 개조해 앞바구니와 뒷바구니, 뒷바구니의 양옆에 옆바구니까지 달아 오렌지를 가득 싣고 다녔다. 그는 풀밭에 누워 있는 나와 옴스테드를 예고도 없이 찾아왔고, 단단한 오렌지 하나를 캐치볼하듯 옴스테드에게 던졌다. 옴스테드가 『와이어드』와 오렌지에 관해 인터뷰한 기사가 공개된 지 얼마 안 된 때로, 이목구비가 제법 선명하게 나온 그의 사진을 실제 얼굴과 대조하는 일은 어렵지 않았을 것이다.

"그래서, 당신이 오렌지였던 옴스테드라는 거죠? 옴스테드들이란……"

그 자신도 옴스테드면서 진심을 담아 옴스테드를 경멸하는 목소리를 들으니 *곰스테드*에 대한 원한으로 가득차 있던 마음이 조금 위로받는 듯했다. 나는 *곰스테드*를 바르게 인용하면서 동시에 재맥락화해야 했고 오늘의 현실에서 뒤집고 비판하며 그러면서도 존중을 잃지 않아야 했다. 아슬아슬한 줄타기의 연속이었다. 신경쇠약에 걸리기 딱 좋은 주제였다. 옴스테드와 내가 마시던 스크루드라이버는 보드카와 오렌지주스의 비율이 95 대 5쯤 되는, 사실상 스크루드라이버 봄bomb이라고 부르는 게 맞을 법한 비상식적인 비율의 레시피였는데, 캘리포니아는 기어서 돌아다니기에 사시사철 무리 없는 따듯한 지역이라는 게 다행이라면 다행이었다. 제시카 옴스테드가 자기 신분을 밝혔을 때 옴스테드는 귀찮아했지만 나의 마음은 반가움에 벅차올랐다.

"내게 손편지를 보내준 사람이 당신이군요."

"정말? 실패한 공원 연구자 중 한 명인가요?"

"네. 저는 실패했습니다. 그렇게 정리해주시니 좋네요."

"답장을 받아본 적은 있어요. 하지만 이렇게 직접 만난 건 처음이군요."

"저도요. *프레더릭 로 옴스테드* 씨에 대해서 그렇게나 많은 글을 썼는데, 옴스테드 옆에서 옴스테드 씨를 만날 줄이야."

누구에게나 친절한 바텐더

"당신에겐 그게 그렇게나 신기한 일이었나요?"

세번째 스크루드라이버는 옴스테드와 내가 예전에 마시던 스크루드라이버 봄으로 주문했다. 어이없다는 듯 고개를 내저으며 잔을 내온 바텐더는 제시카 옴스테드에 대한 내 이야기에 조소 섞인 반응을 보였다.

"어떤 일이 내게 있어 놀랍거나 평범한지를 결정하는 건 나의 고유한 권한 아닐까요?"

최대한 정중하게 반응했지만 여차하면 화장실에 가는 척하면서 돈을 내지 않고 달아나는 방식의 소심한(하지만 명백하게 범죄적인) 복수까지 생각하게 만드는 놈이었다. 나는 그가 싫었다. 말동무로서 최악의 자질을 가진 바텐더라니. 그 동무는 당의 이름으로 고발당해야 마땅했다. 보드카가 양껏 들어간 스크루드라이버는 목구멍을 불태우며 순식간에 위점막을 파고들었다. 그러고 보면 스크루드라이버는 꽤나 노력하는 타입의 노동자가 즐겨 마셨을 법한 음료였다. 오렌지주스에 보드카를 섞어 연장으로 저어 마시다니. 보드카에 오렌지주스를 넣는 것도 아니고 말이다. 대놓고 막걸리를 참으로 먹는 우리네 농촌 풍경에 비하면 얼마나 소박한 중독인가. 그 노동자가 그런 노력을 하도록 나름의 노력을 아끼지 않은 사용자 역시 노력하는 타입이었을 것이다. 모두가 노력하는 그런 사회, 그러니까 아메리칸드림이 바로 그런 것이지 않나 하는 생각이 들었다. 위에는 개츠비가, 아래에는 스크루드라이버가 있는 거다. 옴스테드는 오래 살아남아 개츠비가 될 수도 있었지만 오렌지가 되어 보드카에 섞이는 편을 택했다.

"옴스테드입니다."

"그래요. 옴스테드라고요. 발음 잘하시네. 이제까진 왜 그런 거예요."

"아니요. 제가 옴스테드라는 말입니다. 저도 옴스테드입니다. 제프리 옴스테드. 미국에 입양됐다가 스무 살에 한국으로 돌아왔죠. 돌아와서 직접 지은 내 이름은 장온유입니다. 저는 미각이 예민하고 손이 빠르고 온유한 성격을 가졌어요. 그러니 바텐더로는 일류급에 속합니다. 손님과 저 사이에 이렇듯 불편한 기류가 흐르는 건 제가 옴스테드이기 때문입니다. 사실 옴스테드들은 전부 하나거든요. 당신의 옴스테드가 캘리포니아의 오렌지나무 군락이었던 것처럼요."

"제시카 옴스테드와도 아는 사인가요?"

"만난 적은 없습니다. 그는 제게도 손편지를 보낸 적이 있죠. *프레더릭 로 옴스테드*는 저희 할아버지의 삼촌의 조카뻘 되는 분입니다. 작게나마 나에게도 유산이 돌아와서 그와 편지를 주고받았어요. 그게 전부입니다."

"왜 처음부터 말해주지 않은 거죠?"

"스크루드라이버를 시켰잖아요. 처음부터 오렌지 이야기를 했고요. 당연히 알고서 이곳을 찾아왔을 거라고 생각했는데……"

그럴 리 없잖아. 이사온 집 앞에 있는 술집이 여기뿐이었다고.

"게다가 앉자마자 옴스테드 이야기를 꺼냈으니까."

폭각 오렌지

폭각이라는 말은 국립국어원의 표준국어대사전에 등재되어 있지 않다. FPS 게임에서 엄폐물 너머로 기가 막히게 수류탄을 던지는 것을 폭각이라고 한다. 잘 숨어 있다는 안심은 환상에 불과하다. 제시카 옴스테드는 옴스테드에게 오렌지 수류탄을 던졌다. 비밀유지각서라는 단단한 벽 뒤에서 방심하고 있던 그에게 단단한 오렌지를 던져대며 엉망진창으로 만들었다. 두 사람은 만난 지 이틀 만에 집을 합쳤다. 그들이 함께 쓰는 냉장고에는 우유를 넣어둔 데어리 박스를 제외하고는 전부 오렌지가 가득 채워져 있었다. 우리 셋은 만났다 하면 스크루드라이버를 마셔댔고, 휴롬 녹즙기로 즉석에서 짜낸 오렌지의 싱싱함은 여덟 개의 방과 세 개의 화장실을 갖춘 옴스테드의 저택을 가득 채웠다. 두 사람은 애초부터 영원할 수 있는 커플은 아니었다. 전혀 다른 옴스테드지만 결국엔 옴스테드인 두 사람이었고, 옴스테드는 언제든 오렌지로 달아날 준비가 되어 있었다. 서로를 완전히 공개하고 받아들일 가능성도 없었다. 비밀유지각서는 연인 사이에도 예외 없이 적용됐기 때문이다. 케이블 TV 회사의 로고를 붙인 밴이 24시간 그 집 앞을 지키고 있었다.

폭각을 잘 재야 한다. 잘못 던진 수류탄은 벽에 맞고 내게 돌아온다. 엇나간 인생은 리스폰되지 않는다. 옴스테드는 어째서 그렇게 많은 행운을 타고났을까? 귤이었다가 오렌지가 되고 사람이 됐다가 오렌지가 되고. 나로서는 꾸준히 살아내는 것 말고는 이 불운을 헤쳐나갈 방안이 없었다. 옴스테드에 대한 나의 호의는 언젠가부터 시기와 질투로 변하기 시작했다. 제시카는 집 근처 파머스 마켓에서 필요한 만큼의 생활비 이상을 벌었다. 무농약으로 기른 노지 오렌지에 *프레더릭*

로 옴스테드의 캐리커처 스티커를 붙여 팔았다. 나는 방문형 자전거 교습 사업에 대한 지지부진한 계획을 부여잡고 옴스테드의 식객으로 지냈다. 어디에 써야 할지 모를 만큼 돈이 많은 사람에게 그 정도의 부담은 부담되지 않을 수준의 경비였다. 그에게는 함께 스크루드라이버를 마셔줄 사람이 필요하기도 했고…… 그러다 제시카와 옴스테드의 다툼이 잦아졌다. 특별한 이유가 있어서는 아니다. 두 사람은 평생 동안 살아온 방식이 달랐고, 앞으로 살아갈 종species도 달랐으며, 반드시 함께 살아가야 할 이유도 없었으니까. 여기에 어떤 드라마가 더 필요한가? 두 사람의 갈등과 미묘한 상처에 대해 장광설을 늘어놓아야 하는가? 원한다면 그럴 수도 있다. 하지만 나는 그러지 않을 생각이다. 당신들이 바라는 바가 정확히 그것임을 알고 있으므로. 게다가 나는 옴스테드의 식객으로 지내면서 마음속에 늘 비밀유지각서를 품고 살았다. 제시카에게도 그에게도 떠버리 친구로 기억되고 싶지 않았을뿐더러 남의 이야기를 팔아 먹고사는 인간들을 격하게 혐오하는 편이다. 게다가 내가 이야기하는 어떤 부분이 옴스테드의 비밀유지각서에 영향을 줄 수 있다는 생각 때문에라도 조심스러워진다. 그들은 옴스테드를 감시했던 것처럼 나 역시 지켜볼 것이다. 이미 옴스테드와 관련된 파일에 내 신상도 일목요연하게 정리되어 있을 것이며, 한국으로 돌아오는 비행기에서 대각선 자리에 앉아 있던 남자에 대한 의문도 지워지지 않고 있다. 그가 나를 기억할지는 모르지만 나는 그의 이름을 분명히 알고 있다. 스탠퍼드의 캠퍼스 캅 스테판 데이비드(미안 다시 나왔다)였다. 그가 진짜 경찰이 되는 것에 실패했다는 이야기는 스탠퍼드의 동문들을 통해 전해들었다. 그는 지나치게 의욕적인 직업 활동의 일환으로 유학생의 방을 멋대로 뒤지다가 고소당해 실직했다. 아직도 옴스테드를 쫓고 있는 게 분명했다.

밤이 너무 길다

"중요한 이야기가 나오길 기다리고 있습니다. 옴스테드 씨가 오렌지가 되던 날의 이야기 말입니다. 그걸 듣기 위해 이 지루함을 참아냈다고 생각하는데요."

이제야 옴스테드로 밝혀진 바텐더가 말했다.

"그 전에 내가 먼저 물어보고 싶은 게 있습니다."

"뭔가요."

"당신도 옴스테드라면…… 가능한가요?"

"오렌지…… 말입니까?"

"네."

"어쩌면요. 새벽이 되면 늘 어떤 충동에 휩싸이곤 하죠. 손님이 모두 빠져나간 가게에서, 마감 청소를 완벽하게 해놓은 뒤 한숨 돌릴 때, 썰렁한 홀에 가득한 락스 냄새가 머리를 어지럽게 만들 때, 나는 알고 있습니다. 어쩌면 다른 선택을 할 수도 있다는 걸요. 완전히 다른 사람이 돼서 아침부터 저녁까지 춤을 춘다거나, 집에 있는 모든 이불을 꺼내서 한꺼번에 세탁할 수 있는 공기 주입식 풀을 산다거나, 지금부터 영원히 아무것도 하지 않는다거나. 그중에 오렌지가 되는 것을 생각해본 적도 있죠. 그럴 수 있을 것 같다는 느낌이 제 가슴 한구석에 어슴푸레 남아 있습니다. 하지만 아직은, 그쪽의 옴스테드처럼, 혹은 *프레더릭 로 옴스테드*처럼 정말로 오렌지가 되어본 적은 없습니다. 방 두 개에 화장실이 하나 딸린 집을 사느라고 융자를 받았거든요. 내가 없어진다고 해도 은행에서 알아서 경매에 부친다거나 하는 식으로 방편을 찾겠지만, 오후 다섯시의 햇볕이 잘 드는 북서향의 내 집을 사랑합니다. 네. 가능합니다. 저 역시 오렌지가 될 수 있습니다. 당신의 질문에 대답하자면 말이죠."

바텐더 옴스테드는 세상에서 가장 발음이 좋은 내레이터처럼 차분하고 정확하게 자기 이야기를 들려줬다. 이제는 내 차례였다.

"옴스테드는, 물론 나의 옴스테드를 말하는 겁니다. 그는 내게 말해줬어요. 언젠가부터 이상한 생각이 들기 시작했다고.

자신이 오렌지가 될 수 있다는 것보다 오렌지가 아닐 이유가 없다는 것에 집중하고 있다고요. 이제까지와는 다르게 오렌지의 입장에서 생각하기 시작한 겁니다. 제시카가 떠난 뒤부터였어요. 내가 그를 말려야 했을까요? 나는 언제나 그의 천부적인 면을 부러워했습니다. 천부적. 하늘이 준 능력이라는 뜻이잖아요. 오렌지는커녕 시금치나 브로콜리조차 되지 못하는 나 같은 사람에게…… 오렌지란 건…… 대단한 특권이나 마찬가지죠. 게다가 그곳은 캘리포니아였어요. 오렌지에겐 천국과 같은 곳이잖아요. 그는 말했습니다. '비밀유지각서에 서명한 순간 내 영혼은 그들의 것이 돼버렸어.' 제시카의 짐이 빠져나간 집은 황량하기만 했고, 옴스테드는 언젠가부터 보드카에 오렌지주스를 넣지 않았죠. 내가 그를 끝까지 지켰다면 그는 오렌지가 되지 않았을지 모릅니다. 오렌지였던 상태로 오렌지에 관해 말하면서 오렌지처럼 굴지만 끝내 오렌지는 아니었을 거예요. 옴스테드가 마지막으로 오렌지가 된 날의 이야기가 듣고 싶다고요? 내가 할 수 있는 말은 별로 없어요. 나는 그 집에서 나왔거든요. 그날 밤부터 다음날 오후 사이에 그는 오렌지가 되었을 겁니다. 혹시나 하는 마음에 찾아간 옴스테드의 집은 비밀번호가 바뀌어 있었어요. 부엌으로 통하는 뒷문 열쇠가 알로에 화분 밑에 있는 걸 알고 있었는데, 그것마저 치워져 있었죠. 까치발을 들어 안을 들여다봤을 때 집을 가득 채우고 있던 건 컨테이너 한 개 분량은 족히 될 만큼의 오렌지들이었습니다."

스테판 데이비드 grapefruit

바에서 나와 공원을 걸었다. 집에 들어가고 싶지 않았고, 충분히 취하지 않은 상태로 옴스테드를 마주하고 싶지 않았다. 공원이라기에는 민망한 서른 평 남짓의 풀밭에는 촘촘히 심어진 주목 사이로 '무궁화어린이공원'이란 팻말이 세워져 있었다. 이 정도 규모라면 *프레더릭 로 옴스테드*에게 진 빚은 99센트에 불과한 것으로 생각됐다. 보름달이 되다 만 달이 공원을 환하게 비췄다. 전봇대 뒤에 숨은 스테판 데이비드의 그림자가 전봇대만큼 길었다. 미행을 들킨 것을 너무 늦게 깨달은 데이비드가 천천히 내 쪽으로 다가왔다. 진짜 경찰이 되지 못한 자신을 책망하며 오래 단련한 조심스러움이 그의 걸음걸이에서 느껴졌다. 하지만 그는 내 앞에 도착하기 전에 조금씩 자몽으로 변하기 시작했다. 다리가 흐려지고, 몸이 사라지고, 계단을 내려가듯 머리가 땅을 향해 가까워지더니 갓난아이 머리만 한 자몽이 됐다. 내 발치까지 굴러온 데이비드를 들어올린 나는 달을 향해 힘껏 그를 던져버렸다. 높이 솟은 구체가 완전히 달을 가렸을 때 시간은 멈췄고, 나는 오렌지, 였던 옴스테드에 대해 생각하기 시작했다. 아주 오랫동안. 옴스테드가 옴스테드였다는 것을 잊고, 그 어떤 옴스테드도 옴스테드가 아니었다는 것을 잊을 정도로 오래. 그게 얼마나 오랜지, 당신은 상상조차 하지 못할 만큼.

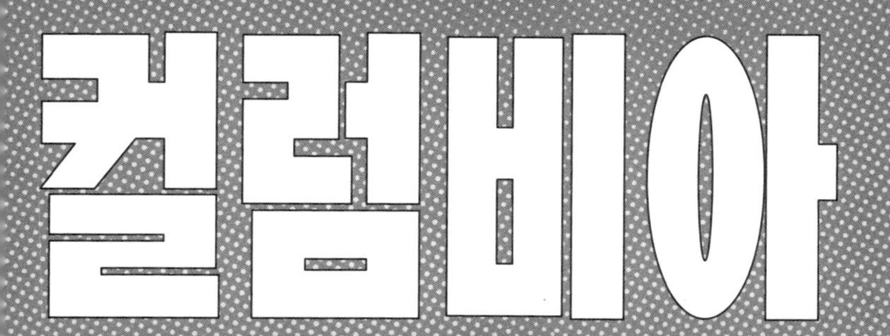
컬럼비아

씽은 다리 위에 있었다. 다리를 건너면 관광객이 바글거리는 거리가 나왔다. 물을 한참 바라봤다. 간간이 물 밖으로 메기가 튀어올랐다. 그날따라 눈이 밝아 모든 게 선명히 보였다. 수면에 얼굴을 빠끔히 내민 메기의 수염 끝에 파리가 내려앉았다. 밀가루 냄새를 뒤집어쓴 친구가 씽에게 알은척했다. 배달 안 가고 뭐하냐. 쉬는 거야. 이따 나올래? 친구들은 매일 저녁 빈집에서 모였다. 마당에서 맥주를 마시거나 훔쳐온 닭을 구웠다. 올 거냐고. 친구가 대답을 재촉했다. 아니, 아니야. 이런 기분에 술을 마시면 큰일날 것 같아. 씽은 거절하려고 고개를 들었다. 손사래도 칠 작정이었다. 눈만 밝은 게 아니라 귀도 쨍쨍했다. 왜 이러지. 약이라도 한 기분이야. 어지러웠다.

그때 피아노를 처음 들었다. 도. 그렇게 씽은 도를 들었다. 밀가루 냄새를 뒤집어쓴 친구는 다리를 건넜다. 씽은 오토바이에 시동을 걸었다. 뒤에는 배달할 물건이 가득 실려 있었다. 다리를 건너 강처럼 흐르는 관광객을 헤쳐나갔다. *시*. 풍선에서 바람이 빠지는 소리와 비슷했다. 이명은 아니었다. 다리를 건널 때, 얼굴에 바람을 맞을 때, 분명히 *레*, 를 들었다. 피곤한 모양이야. 오늘은 정말로 맥주 같은 건 마시지 말아야지. 반바지 차림에 양말을 정강이까지 올려붙인 남자가 씽의 앞을 가로막았다. 자기 몸을 가누지 못하고 비틀거렸다. 미국 놈. 누가 봐도 미국 놈이었다. 핸들을 꺾어 남자를 피해갔다.

그날 저녁 씽은 습관처럼 빈집에 갔다. 먼저 온 친구들이 맥주를 마시고 있었다. 낮부터 흐리더니 비가 오기 시작했다. 빗줄기가 양철 지붕을 때리며 솔 솔 솔 솔 소리를 냈다. 마당에 피워놓은 숯에 빗물이 튀어 치익, 할 때 *파*. 천재 피아니스트의 기분이 이런 건가. 뒤늦게 이런 능력이 뭐하러 나에게 생긴 걸까. 기타 한 대 살 돈도 없는데. 맥주를 많이 마셔야겠다고 생각했다. 푹 자고 나면 내일은 오늘 대신 어제와 비슷하겠지. 얼음이 반 이상 물이 돼버린 버킷에서 맥주를 꺼냈다. 버킷 테두리에 뚜껑을 대고 익숙하게 병을 열었다. *컬럼비아*.

뭐라고?

뭐.

컬럼비아.

뭐라 그랬어?

뭐가.

얘 오늘 왜 이래?

형광등. 라디오. 필통. 나무. 컬럼비아.

피아노가 하는 말이었다. 음을 붙인 짧은 노래처럼 단어를 말하는 것. 그게 피아노가 말하는 방식이었다. 씽은 그게 피아노인 걸 알았다. 피아노인 이유는…… 그냥 피아노였다. 설명할 수 없었다. 이 환청은…… 이상해…… 명백하게 이해된다는 점이 상상하던 것과 달랐다. 어디선가 혼자서, 스스로, 고장난 기계처럼 멋대로 피아노가 치고 있었다. 피아노는 자기가 하고 싶은 말만 했다. 단어의 나열에 불과했지만 씽은 무언가를 알아들었다. 피아노는 *컬럼비아*에서 치고 있었다. *컬럼비아, 컬럼비아* 자꾸만 말했으니 말이다.

컬럼비아가 너무 많았다. 캐나다 최북단에 컬럼비아라는 이름의 곳이 있었다. 미국 사우스다코타주의 브라운 카운티에 컬럼비아라는 마을이 있었다. 캐나다와 미국을 가로지르는 큰 강의 이름이 컬럼비아. 시몬 볼리바르는 자기 나라의 이름을 큰 컬럼비아로 지었구나. 씽은 일이 끝나면 인터넷 카페에서 컬럼비아를 검색하며 시간을 보냈다. 어린아이만한 여행 가방을 끌어안은 미국 놈이 옆자리에서 선글라스를 낀 채 모니터를 들여다봤다. 웨어 알 유 프롬? 햅유 에버 빈 투 컬럼비아? 미국 놈은 어깨를 으쓱했다. 컬럼비아에 가본 적이 없다는 건지, 대화하기가 싫다는 건지. 의중을 알 수 없었다. 언젠가…… 저놈들처럼…… 큰 가방을 메고…… 남의 나라를 돌아다녀보고 싶다……라고 씽은 생각했다. 기왕이면 컬럼비아가 좋겠지. 피아노를 만날지도 모르니까. 앞에 앉으면 알아보겠지? 피아노는 진한 오크색 원목일 것 같았다. 오래된 나무 냄새가 날 것 같고.

그후 서른 살 되던 해에 씽은 나고 자란 곳을 떠났다. 큰 가방을 메는 것도 잊지 않았다. 컬럼비아에는 갈 수 없었다. 대체로 북미와 남미에 흩어진 컬럼비아는 너무 멀고, 비행기표의 가격은 거리에 비례했다. 적당한 가격에 금방 출발하는 비행기표를 샀다. 모르는 곳에 도착해 한동안 돌아다녔고, 지겨워질 때쯤 다시 비행기를 탔다. 다음 나라에서도, 그다음 나라에서도 똑같이 했다. 어디를 가든 피아노는 변함없이 들렸다. *국수. 호치키스. 안경. 가위.* 알겠어, 알겠다고. *컬럼비아*. 안돼. 거긴 못 가. 돈이 있어도 못 가. 어느 컬럼비아에 있는지 모르잖아. 한국은 다섯번째 나라였다. 모아둔 돈이 바닥났다. 씽은 그렇게 한국에 갇혔다.

한국은 거지같은 나라였다. 너무 더웠다. 고향보다 훨씬 북쪽인데 이렇게 덥다는 게 믿기지 않았다. 겨울은 러시아보다 춥다고 하고…… 날씨에 저주가 걸렸나 싶었다. 사람들은…… 그다지 친절하지 않았지만…… 기대하지 않았으니 상관없었다. 내가 뭐 미국 놈도 아니고…… 씽은 화내지 않았다.

씽은 역촌동 주택가 지하에 있는 인형공장에 일을 구했다. 취업 비자가 없다는 걸 나쁘게 이용하지 않는 사장이었다. 사장의 첫인상은 '월급을 제때 줄 것 같다'. 다행히 씽의 직감은 틀리지 않았다. 빛이 들어오지 않고 먼지가 많이 날렸지만 일은 할 만했다. 부리가 작은 펭귄의 뱃속에 작은 기계를 넣고 솜을 채웠다. 배를 누르면 깔깔깔 웃음소리가 흘러나왔다. 사장은 싸구려 인형을 착실히 팔아서 꽤 많은 돈을 벌어들였다. 그는 자기 제품에 대한 자부심이 있었다. 인형의 웃음소리를 들은 아이들이 인형보다 더 크게 웃는다고 했다. 완성된 인형은 곧장 상자에 담겨 컨테이너 박스에 실렸고 세계 곳곳으로 수출됐다. 인형이 도착하는 나라 중에는 씽의 고향도 있었다. 하지만 그 기계는 인형의 뱃속에 들어가면 안 되는 물건이었다. 씽은 그런 줄도 모르고 열심히 펭귄 인형을 만들었다.

펭귄의 뱃속에 들어간 기계는 토끼의 교미를 방해하기 위해 만들어진 물건이었다. 버려진 토끼가 너무 많은 공원이 있었고, 자기들끼리 수를 불려 나무보다 토끼가 많은 공원이 됐다. 구청장은 기술자에게 연락해 기계를 주문 제작했다. 어느 새벽, 산책하러 나온 사람이 한 명도 없는 시간, 벤치에서 잠든 취객이 오른 다리를 바닥에 늘어뜨린 시간에 구청 직원들이 공원 곳곳에 기계를 설치했다. 덤불 아래, 나무옹이 속, 잔디 보호 팻말 뒷면 같은 곳에 붙였다. 기계에서 나오는 전파 신호가 토끼들을 하루종일 뛰어다니게 만들었다. 밤이 되면 피곤에 지친 토끼는 아무데나 널브러져 죽은듯이 곯아떨어졌다. 구청에서 토끼를 수거할 사람을 모집했다. 넝마를 엮어 만든 포대를 나눠줬다.

얼마나 주시렵니까?
한 포대 가득 채워 오면 5만원.
너무 박한데?
토끼는 가져가도 돼.
아, 그럼 좋아요.

뾸뾸거리며 공원을 돌아다니던 토끼의 개체수는 하루가 다르게 줄어들었다. 공원에 놀러온 아이들이 전보다 많이 웃었다. 너무…… 너무 많이 웃었다. 배를 잡고 웃다가 호흡이 달려 헉헉대거나 바둥거리며 울음을 터뜨리는 아이도 있었다.

저녁 반찬을 걱정하며 순찰 돌던 공원 관리원이 아이들의 이상 징후를 알아차렸다. 공원 관리원은 구청 사무실에서 지뢰찾기를 하고 있던 담당 주무관에게 이 사실을 알렸다. 주무관은 손톱을 깎고 있던 계장에게 공원의 일을 보고했다. 구청장실에서 눈알이 빠져라 결재 서류를 들여다보고 있던 구청장은 계장의 보고를 받고 큰 충격에 빠졌다. 급히 몇 군데에 전화를 돌리더니 절망적인 뉘앙스로 한숨을 내쉬었다. 구청장은 구청에서 일을 가장 열심히 하는 사람이었다. 관내에서 일어나는 모든 일을 꼼꼼히 살피고 조치하는 열정적인 지도자였다. 그런 사람이 구청장이 되다니, 세상에 참 예외적인 일도 다 있지, 하는 이야기가 구청 직원들의 입길에 단골로 오르내리곤 했다. 우리 구의 현재이자 미래…… 과거와는 사뭇 다른…… 다음날 새벽 기계는 설치될 때와 마찬가지로 안내 없이 수거됐다.

구청장은 다음 선거에 낙선했다. 주어진 일만 열심히 하던 구청장은 지역 체육회의 미움을 샀다. 다음 구청장은 일을 열심히 하는 대신 회식을 재밌게 진행하는 능력이 있었다. 새 구청장의 회식에 참가할 수 있는 초대권이 비싼 값에 팔려나갔다. 토끼의 교미를 방해하는 기계는 구청 뒷마당 컨테이너에 처박혀 있었다. 씽의 사장은 컨테이너를 통째로 사들였다. 일을 하지 않는 구청장은 자신이 무얼 팔아치우는 건지 알지 못했다. 사장은 그 기계가 사람들을 웃게 만든다는 걸 발견했고, 그걸 인형으로 만들었다.

*

씽은 신사동의 한 카페에서 나탈리아를 처음 만났다. 동네 한구석에 있어 아는 사람들만 찾아오는 조용한 가게였다. 그 카페는 손님에게는 더할 나위 없이 좋았지만 주인에게는 하루하루 시름을 안겨줬다. 씽은 퇴근하면 곧장 카페로 갔다. 졸릴 때까지 그곳에서 버텼다. 좁고 답답한 고시원에서는 잠만 잤다. 핸드폰으로 구글 어스에 들어가 컬럼비아에 갔다. 컬럼비아 스트리트를 걷듯이 두리번거리며 들여다보기. 컬럼비아만을 둘러보기. 컬럼비아강을 따라 걷기. *컬럼비아. 농담. 난로. 언덕.* 피아노가 하는 말을 공책에 따라 적어보기. 시간이 잘 갔다. 씽은 단골들의 얼굴을 전부 알았다. 낯선 사람이 오면 주인보다 먼저 알아봤다.

나탈리아는 송파구 방이동에서 은평구 신사동까지 택시를 타고 왔다. 택시에서 내린 그가 처음 본 가게는 녹색 간판의 설렁탕집이었다. 나탈리아가 기대했던 것과는 사뭇 다른 풍경이었다. 그는 조금 당황했지만 배가 고팠기 때문에 일단 설렁탕을 먹었다. 박하사탕을 입에 물고 나와 두리번거리며 거리를 걷다가, 한눈에 봐도 한산한 카페를 발견해 들어갔다. 나탈리아는 그곳에서 씽을 처음 만났다.

먼저 말을 건 쪽은 나탈리아였다. 건너편에 앉은 남자의 손가락이 일정한 박자로 까딱거리는 게 여간 신경쓰이는 게 아니었기 때문이다. 그건 마치 피아노…… 그에게 말을 거는 피아노의 목소리처럼…… *기억. 구역. 튤립. 순회.* 피아노가 단어를 되뇌는 일정한 리듬과 너무나도 일치해서…… 혹시…… 설마…… 아닐 거야…… 나탈리아는 자신이 피아노를 듣는 유일한 사람이 아니라는 걸 알고 있었지만, 이렇게 한국에서, 우연히 들어온 카페에서 그런 사람을 만나리라고는 생각하지 못했다. 나탈리아는 그렇게 생각할 수 있을 만큼 우연이란 개념에 관대한 사람이 아니었다. 그는 카운터로 가서 삶의 무게에 짜부라져 울상이 된 주인에게 커피를 주문했다. 나탈리아는 한국어를 읽을 줄 알았다. 케냐 AA, 예가체프, 컬럼비아 수프리모…… 고민 없이 컬럼비아 수프리모를 주문하는 순간, 컬럼비아, 거기서 남자의 까딱거리던 손가락이 멈췄다. 두 사람의 눈이 마주쳤다. 나탈리아가 턱을 살짝 올려 알은척을 하고, 물었다. *컬럼비아,* 괜찮아요? 씽은 복잡한 표정으로 고개를 갸웃했다.

나탈리아는 어린 시절 소비에트연방의 리듬체조 국가대표

를 꿈꿨다. 레닌그라드의 마르스광장에서 자신을 우러러보는 사람들을 향해 종이 꽃가루를 뿌리고 싶었다. 처음 다리를 찢을 때 눈물이 줄줄 나왔지만 포기할 생각은 없었다. 연방이 속보처럼 해체됐을 때, 끝났다는 생각 말고 다른 것은 떠오르지 않았다. 관성적으로 운동을 계속했지만 도무지 집중할 수가 없었다. 리듬체조에서 발레로 전향한 건 당연한 선택이었다. 나탈리아는 가슴에 삼색 국기를 달고 싶지 않았다. 그건 너무 볼품없었다. 낫과 망치가 엇갈린 붉은 깃발에 비할 바가 아니었다. 그는 페테르부르크와 모스크바의 무용학교에서 동시에 입학 허가를 받았다. 페테르부르크라는 이름이 촌스러워 참을 수 없이 화가 날 지경이었다. 주저 없이 모스크바로 떠났고, 그럭저럭 괜찮은 발레리나가 됐다. 두각을 드러내지는 못했지만 어려서부터 쌓은 탄탄한 기본기 덕분에 맡은 역할은 정확히 해내는 걸로 정평이 났다. 공연에서 세번째로 중요한 역할을 자주 맡았다. 스물일곱에 발목을 다쳐 은퇴했다.

고향으로 돌아온 나탈리아는 아이들을 가르쳤다. 엎드린 아이들의 등을 눌러 다리를 찢었다. 스펀지에서 물을 짜내듯 아이들이 울음을 터뜨렸다. 그는 엄한 선생이었다. 지금 울지 않으면 한국에 가게 될 거라며 아이들을 겁줬다. 북한이 아니라 남한, 한 번도 공산주의를 경험한 적 없는 나라에서 보람 없는 삶을 살게 될 거라고…… 거기엔 롯데월드라는 테마파크가 있는데, 퍼레이드 행렬에 섞여 춤을 추고 싶으면 다리를 적당히 찢고 연습도 대충 하라고 했다. 아이들 사이에서 한국은 불행 대신 기입할 수 있는 명사처럼 여겨졌다. 그래서 그가 롯데월드 공연팀의 예술감독이 되어 한국으로 떠나게 됐을 때, 아이들은 펑펑 울었다. 자신들이 연습을 게을리하고 다리를 찢을 때 요령을 피웠기 때문에…… 선생님이 불행해진 거라고…… 나탈리아는 자신이 이어붙인 두 단어, 불행과 한국 사이에 붙은 오해를 제거하느라 고생했다.

떠나는 날 율리아가 선물 상자를 가져왔다. 율리아는 누구보다 연습을 열심히 하고, 한 번도 수업에 빠지지 않고, 수업이 끝나면 항상 남아 나탈리아와 차를 마시던 아이였다. 율리아는 사랑스러웠고, 어린아이답지 않게 유난히 성실했지만, 그런 것을 알아봐달라고 보채는 일 한 번 없었다. 율리아가 자기 자신처럼 단단하게 묶은 리본을 풀자 상자 안에서 스노볼이 나왔다. 스노볼은 손바닥 위에 꼭 맞게 올라갔다. 묵직한 감각이 등을 누를 때와 비슷했다. 뒤집었다가 테이블에 내려놓자 눈가루가 원을 그리며 가라앉았다. 교실 창틀에 매달린 잔설에 저녁 빛이 난반사됐다. 환자처럼 쿨럭거리는 자동차 배기음이 둔하게 창문을 넘었다. 얼었다 녹기를 반복하며 단단해진 눈이 군데군데 투명했다. 낯선 나라에서 그리워할 순간이 있다면 지금일 거라고, 나탈리아는 생각했다. 고마워, 하며 율리아의 손을 잡았다. 여린 손이 너무 작아 심장이 떨렸다.

한국은 여기보다 따듯하잖아요. 눈이 오지 않으면 이걸 보세요.

아니야, 거기도 눈이 내리긴 할 거야.

제가 보고 싶으면 어떻게 해요?

가끔 편지를 보낼게.

비밀 하나 알려드릴까요?

비밀?

네. 비밀요. 손을 줘보세요.

율리아가 나탈리아의 손을 잡았다. 아이의 입꼬리가 작게 올라가더니 피아노, 라고 말했다.

이제부터 선생님도 피아노를 들을 수 있어요.

*

나탈리아가 가려던 곳은 가로수길 신사동이었다. 은평구에도 신사동이 있을 줄은 몰랐다. 생각지도 못한 곳에서 헤매는 것에는 씽도 일가견이 있었다. 둘은 피아노를 함께 들을 수 있었고, 그것만으로 서로를 운명의 상대라고 생각할 충분한 이유가 됐다. 씽은 고시원의 얼마 안 되는 짐을 빼 나탈리아의 전셋집으로 들어갔다. 두 사람은 온종일 피아노에 대해 이야기했다. 어쩌면 두 사람은 선택받은 사람일지도 모르고, 피아노의 몇 안 되는 친구일 것이고…… 그렇게 피아노 이야기를 지치지 않고 떠들다가…… 나탈리아는…… 지겨워졌다…… 아…… 또…… 피아노…… 씽이 아닌 피아노와 한 침대를 쓰고 있는 기분이 들었다. 피아노를 찾을 수 없다고? 피아노가 어딨는지 알 수 없다고? 나를 찾아볼 생각은 안 해? 나를 놓치고 있는 걸 몰라? 차마 그렇게 말하진 못했다. 둘 사이는 점점 소원해졌다. 아침에 인사도 나누지 않고 출근하는 일이 잦았다. 롯데월드에는 웃는 사람이 너무 많아서 집에 돌아갈 때면 가슴이 텅 비었다. 외로운 날에는 스노볼을 뒤집었다. 그러면 조금 나아졌고, 나아지면 다시 출근할 기운이 생겼다. 모자와 지팡이를 양손에 든 너구리 밑을 지나갔다. 모자에선 비둘기가 나오고, 토끼가 나오고, 어쩌면 너구리가 나올 수도 있겠지. 너구리의 모자에서 나오는 너구리.

나탈리아는 처음 본 순간부터 롯데월드의 마스코트가 좋았다. 너구리가 웃고 있는 것에는 이유가 있겠지. 집에 몰래 들어와 난장판을 만드는 말썽꾸러기들이 많은 건가? 얼마 뒤에 알았다. 한국 사람들은 너구리를 그다지 사랑하지 않았다. 관심조차 별로 없었다. 답답한 실내에 체험학습관이라는 이름으로 라쿤을 가둬놓고 괴롭혔다. 이 사람들에게는 그저 라면의 이름일 뿐이었다.

나탈리아는 퇴근하는 길에 신밧드의 모험을 한 번씩 탔다. 후룸라이드는 물이 너무 많이 튀어서 싫었다. 퍼레이드 사이 쉬는 시간에는 파라오의 분노 위에 있는 인공 언덕에 올라갔다. 검은 먼지가 잔뜩 쌓여 있었지만 청소는 일 년에 두 번 정해진 날에만 했다. 천장에 매달린 풍선을 탄 사람들에게나 보이는 곳이었으니까.

그곳에 너구리 두 마리가 살고 있었다. 한 마리의 이름은 로티였고, 다른 한 마리는 로리였다. 안내 책자의 설명은 잘못돼 있었다. 둘은 연인이 아니었다. 게다가 로리의 설명에는 로티의 여자친구라고 쓰여 있었지만 로티의 설명에는 로리에 대한 내용이 없었다. 나탈리아는 너구리들에게 씽 이야기를 했다. 자꾸 말을 거는 피아노에 대해 말했다. 피아노가 있을 컬럼비아만 생각하는 씽을 나쁘게 말했다. 자신에게 스노볼을 준 소녀에 대해서도 이야기했다. 로티는 아, 컬럼비아, 하고 짧게 탄식하더니 혀로 앞니를 닦았다. 로리가 앞발을 비비며 말했다.

그곳은 라쿤들의 천국이라던데.

뒤져도 뒤져도 끝없이 먹을 게 쏟아지는 쓰레기통이 있대.

어느 컬럼비아?

모르지. 우린 여기에만 있으니까.

너는 왜 여기에 오는 거야?

샌드위치를 높은 곳에서 먹고 싶어.

직원 식당이 있잖아.

거기엔 너구리가 없잖아. 먹어봐, 내 샌드위치.

사양할게. 점심은 원래 안 먹어.

샌드위치는 지긋지긋해. 도림에 가고 싶어.

도림의 카펫은 천국의 색이라던데.

도림의 룸에서 정식 코스를 먹는 게 내 소원이야.

라쿤들의 천국이란 건 어느 컬럼비아에 있는 거야?

어쩌면 모든? 컬럼비아.

스노볼은 어떻게 지낸대?

학교에 들어갔대.

펭귄 인형은 마음에 든대?

아주 마음에 든대. 매일 배를 눌러준대.

거긴 춥지?

여기도 추워.

춥지. 러시아만큼 춥겠지.

율리아.

응?

스노볼을 준 아이. 그 아이의 이름은 율리아야.

*

펭귄 인형의 생산량이 늘어날수록 남은 기계의 재고는 줄어들었다. 사장은 똑같은 물건을 만들려다가 실패를 거듭했다. 기계를 만든 기술자는 엉뚱한 죄목으로 감옥에 갇혀 있었다. 사장은 남은 기계의 수를 헤아리고는 중국에 주문하는 원자재의 양을 단계적으로 줄였다. 씽을 포함해 네 명이 공장에서 일했는데 두 명을 해고했다. 공장에는 한 명만 남겼다. 씽은 주택가 지하에 있는 공장이 아니라 구로디지털단지역 근처 사무실로 출근했다.

사장의 지시로 캐비닛에 쌓여 있는 서류를 파쇄기에 넣었다. 잘게 잘린 A4 용지가 하루에 다섯 자루씩 나왔다. 일주일 만에 사무실의 모든 문서를 갈아 없앴다. 씽은 하는 일 없이 사장과 둘이서 시간을 보냈다. *바구니. 칠리. 다리. 양상추. 사과.* 피아노의 말을 들으며 새로운 문장을 만들었다. 바구니에 담긴 칠리소스. 양상추에 싼 사과를 먹으며 다리 건너기. 바구니에 담긴 사과는 칠리 소년의 다리 앞에서 멈춘다. 칠리 다리는 양상추 농장 앞에 있다. 사과는 이제 바구니에 들어가기 싫어. 그러다보면 시간이 잘 갔다. 점심에 짜장면을 시켜 먹었고 저녁을 먹기 전에 퇴근했다. 월급은 똑같이 나왔다. 사장은 월급날을 하루도 어기지 않았다.

사장은 환속한 중이었다. 머리를 밀고 불당에 앉아 있던 시절이 있었다. 답답해서 절에 들어갔는데 절도 답답했다. 그때의 사장은 자신이 사장이 될 거라고는 상상도 못했다. 그해 겨울은 유난히 추웠다. 마음은 갈피를 잡지 못했고 반짝거리는 전구가 참선하는 머리를 어지럽혔다. 사장은 건넛마을 교회에 다녀오는 길에 도반을 만났다. 사장보다 여러 해 앞서 절에 들어온 스님이었다.

야 너는 무슨 크리스마스라고 교회를 가. 그게 맞아?

종교란 게 배타적인 게 아니잖아요. 서로 교류하면 좋은 거지.

내가 무슨 십자가에 불지르라고 하는 게 아니잖아. 그래도 임마 니가 중인데.

중은 교회 가면 안 돼요?

되지 왜 안 돼. 가라고. 조계종 대외협력부 실무자로 가면 되지.

꼭 그렇게 세속적으로 해야 돼요? 자비와 관용이 그런 거예요?

아니 그래, 니가 그냥 가도 돼. 승복 위에 노스페이스 입고 가서 헌금해도 돼. 가도 돼.

되는데 왜 뭐라 그래요.

가도 되는데, 그렇게 가면 안 되는 거야. 크리스마스라고 그렇게……

이브잖아요.

이브든 당일이든, 너처럼 가면 안 된다고.

나처럼이 뭔데요.

너는……

뭐요. 내가 뭘요. 선배는 나한테만 뭐라 그래.

진심으로 갔잖아.

사장은 그때부터 진심이 싫었다. 컨테이너에는 더이상 기계가 남지 않았다. 인형 만들기는 끝났다. 사장은 여행을 떠났다. 공장에서 인형을 만들던 직원은 퇴직금을 받고 고향으로 돌아갔다. 사무실에 씽만 남겨두었다. 사무실을 지키고 있으면 월급이 계속 들어왔다. 사장은 씽에게 전화 한 통 걸지 않았다. 뭔가 잘못된 것 같다는 생각이 들었지만…… 월급은 소중했다.

인형의 배를 너무 많이 누른 아이들의 머릿속에 좁쌀만한 종양이 자라기 시작했다. 웃던 아이들이 울다가 방에서 쓰러졌다. 인형을 수입한 몇몇 나라에 조사위원회가 설치됐고, 기계가 어린아이들에게 유해하다는 연구 결과가 발표됐다. 웃던 아이가 울고, 울던 아이가 쓰러지고, 쓰러진 아이는 잠에서 깨지 못했다. 사장은 사법체계가 느슨한 국가를 골라 자수했다. 집행유예를 선고받은 뒤 어디론가 사라졌다.

씽은 사무실에서 피아노를 듣다가 경찰서에 끌려갔다. 유치장에서 사흘을 보내고 출입국관리사무소로 보내졌다. 법무부 로고가 새겨진 연두색 트레이닝복을 입었다. 하루에 한 번씩 운동장을 산책했다. 고향으로 강제 추방될 거라고 했다. 나탈리아가 가끔 면회를 왔다. 나탈리아는 율리아가 페이스북에 남긴 메시지를 씽에게 읽어줬다. 저는 괜찮아요. 제 머리에는 아무것도 자라지 않았어요. 펭귄 인형의 배는 이제 누르지 않을게요. 제복을 입은 남자가 면회 시간이 오 분 남았다고 알려줬다. 나탈리아가 멈칫했고, 씽이 물었다.

피아노야?

응.

뭐라고 했어?

그냥 농담.

피아노가 농담을 했어?

아니. 농담, 이라고 했어.

나는 못 들었는데.

응.

나탈리아는 그날 이후로 씽을 찾아오지 않았다. 그리고 씽은 피아노를 다시 듣지 못했다. *도솔레, 미솔파, 시레솔. 치커리. 연필. 비니.* 아무것도 들려오지 않았다. 피아노 때문에 여기까지 왔는데. 억울해. 내 잘못이 아니야. 씽은 아무것도 몰랐다. 알았다면 인형을 보내지 않았을 것이다. 넝마 포대를 등에 멘 사람들이 아이들의 영혼을 주워갔을까. 그 많은 영혼을 모아서 누구에게 가져가는 걸까. 씽은 피아노를 원망했다. 피아노를 듣지 않았다면 고향을 떠나지 않았을 것이고, 인형공장에서 일하지 않았을 것이고, 카페에 가지 않았을 것이고, 나탈리아를 만나지 않았을 것이고…… 슬프지 않았을 텐데. 고향에 돌아가면 다시는 피아노에 대해 생각하지 않겠다고 맹세했다. 한국에서 모은 돈으로 오토바이를 사서…… 관광객이 바글거리는 거리에 물건을 배달하고…… 친구들과 맥주를 마시고…… 죽을 때까지 고향을 떠나지 않겠다고…… 자신에게 약속했다.

하지만 씽은 고향에 돌아가지 못했다. 펭귄 인형은 국제적인 문제로 비화했고, 많은 나라가 책임질 사람을 필요로 했다. 사장을 집행유예로 풀어준 나라는 국제적으로 지탄받았다. 외교 문제로 비화해 대사관을 비운 나라도 있었다. 그래봤자 행정적인 조처에 지나지 않았다. 사장은 어디서도 찾을 수 없었다. 책임을 물으려면 씽밖에 없었다. 많은 나라가 씽을 원했고 제일 센 나라가 씽을 데려가기로 했다. 어느 나라가 제일 센 나라인지 가리기 위해 제기차기나 멀리뛰기 같은 걸 할 필요는 없었다. 씽의 조국은 멀지 않은 과거에 그 나라의 지배를 받기도 해서…… 협상은 오래 걸리지 않았다. 미 연방 검사가 한 달 전부터 씽의 기소장을 써두었다. 포승줄에 묶여 오른 비행기에서 오렌지 향이 났다. 미국 법무부 직원이 씽의 양옆에 앉았다. 간신히 곁눈질로 창밖을 볼 수 있었다. 구름을 통과하는 걸 본 뒤 밀린 잠이 쏟아졌다. 피아노는 여전히 들리지 않았다.

씽을 태운 비행기는 덜레스 국제공항에 내렸다. Washington D.C.District of Columbia. 씽은 컬럼비아 특별구역의 입국 수속을 건너뛰었다. 양팔을 붙들린 채 게이트로 나갔다. 경멸이 잔뜩 담긴 욕설이 날아왔다. 그렇게 많은 카메라가 한곳에 모여 있는 것을 본 건 태어나서 처음이었다. 플래시가 쉴새없이 터지는 바람에 눈이 멀 것 같았다. 조사는 짧았다. 첫 공판이 신속하게 열렸다. 줄을 맞춰 앉은 배심원 뒤로 코끼리가 들어왔다. 이마에 마름모꼴 휘장을 내린 채 긴 코를 위아래로 흔들었다. 너구리 탈을 쓴 사람이 뒤이어 왔다. 왼팔을 위로. 오른팔을 아래로. 환영하는 포즈였다. 춤을 추는 사람들. 활처럼 허리가 휘는 남자. 공중제비를 도는 여자. 씽이 고개를 흔들자 모두 사라졌다. 씽의 입에서 허탈한 웃음이 나왔다. 그걸 본 배심원 남자가 노랗게 염색한 눈썹을 꿈틀거리며 인상을 찌푸렸다. 검사가 이젤을 펴고 준비해온 패널을 하나씩 올려놓았다. 얼굴이 인쇄돼 있었다. 처음 보는 아이들의 얼굴이었다.

눈동자 색이 저마다 달랐다. 검정. 파랑. 노랑. 사금파리 섞인 유리처럼 밝은 갈색. 씽은 두 손으로 얼굴을 감쌌다. 손이 축축해졌다.

*

율리아가 발레 선생에게 거짓말을 한 건…… 미안해서였다. 미안해할까봐 미안했다. 전부 다 거짓은 아니었다. 율리아에게는 아무 일도 없었다. 펭귄 인형의 배를 누를 때마다 웃음이 나왔지만 율리아의 머리에는 아무것도 자라지 않았다. 율리아는 다리를 일자로 찢을 수 있었고, 머리 위로 다리를 들어 올릴 수도 있었다. 남동생은 그러지 못했다. 동생은 너무 많이 웃었고 누나를 좋아했다. 둘은 강가에서 선수처럼 달리기 시합을 했다. 한참 달리면 머리가 얼어버릴 것처럼 얼얼했다. 동생은 누나를 한 번도 이기지 못했다. 율리아는 시장에서 산 뜨개 모자를 동생에게 씌워줬다. 너무 큰 모자가 반질반질한 머리에서 자꾸 흘러내렸다. 버스가 장지로 향하던 날 한 번도 막히지 않던 길이 정체됐다. 율리아는 동생이 가지고 놀던 비비탄 총을 예포처럼 쐈다. 풀숲에서 비비탄 총알을 줍는 아이를 본 것만 같았다.

발레를 진심으로 좋아한 적은 없었다. 선생님을 보러 연습실에 갔고 딸기잼 바른 쿠키가 맛있었다. 따듯한 차는 간직하기 좋은 추억이었다. 선생님에게 메일을 보냈다. 저는 괜찮아요. 사실 동생은 괜찮지 않았어요. 오늘도 동생한테 갔다 왔어요. 선생님을 원망하지 않아요. 원망하려고 편지 쓰는 건 아니에요. 그건 선물이었잖아요. 선생님은 선의였고요. 부은 눈으로 잠에서 깬 아침. 잼 바른 빵을 식탁에 놓던 엄마가 말했다. 선의란 게 다 뭐지? 율리아는 두 손으로 모아쥔 머그컵을 떨어뜨릴 뻔했다.

선의?

응?

선의를 물어봤잖아.

얘야, 나는 아무 말도 하지 않았는데.

엄마가 분명히 말했어.

어제 쌓인 눈 때문에 오늘은 더 추울 거야.

율리아는 동생이 가르쳐준 피아노를 계속 들었다. 율리아에게 피아노를 처음 들려준 건 동생이었다. *난로. 언덕. 가장자리. 통나무. 바구니. 바구니.* 스물다섯 걸음을 걸으면 한 바퀴를 돌 수 있는 상상 속의 작은 별에 갔다. 동생 이름을 딴 별이었다. 유리. 그 별에 가면 동생을 만날 수 있었다.

여기에 피아노가 있는 거야?

바보야. 피아노는 컬럼비아에 있잖아.

유리가 있는 유리별에는 커다란 TV에 엑스박스가 연결돼 있었다. 엄마에게 보여주지 않은 성적표가 푹신한 소파 아래 구깃구깃 꽂혀 있었다. 몇 번 타다가 흥미를 잃은 스케이트보드도 모로 세워져 있었다. 쓰레기통에 넣지 않은 빈 도리토스 봉지. 모두 동생의 물건이었다. 율리아는 학교에 다니는 동안 누구와도 친해지지 못했다. 유리별은 숨기에 좋은 곳이었다. 그곳에 있다가 돌아오면 사람들이 지루해 보였다. 율리아는 별에 가기 위해 공부를 열심히 했다. 국제우주연방이 창립되고 주권국가의 자격을 획득한 지 얼마 되지 않은 시기였다.

인류를 구하고 우주를 밝힌다.

키릴 서예에 일가견이 있는 러시아 대통령이 직접 쓴 연방의 국시가 공식 홈페이지에 걸렸다. 옛 소련의 붉은 깃발을 조금 바꿨다. 낫과 망치가 별에 담겼다. 시베리아 한가운데에 축구장 1050개 면적의 돔을 짓고 연구 기능을 집중시켰다. 연방 예산이 러시아 정부의 호주머니라는 공공연한 소문에도 불구하고 최고 수준의 과학자들에게는 최고의 대접을 했다. 연방으로 유학 가는 건 청년들에게 최고의 영예였다. 율리아는 연방연합대학에 합격해 행성역학을 공부했다. 지식으로 머리를 채우는 건 다리를 찢는 것만큼이나 힘들었다. 전공 서적을 쌓아놓은 도서관에서 수시로 엎드려 잠들었다. 청소가 시작되면 그는 도서관을 나와 기지개를 켰다. 돔에 비친 별이 가로등만큼 컸다. 가보지 않은 별에 대해 생각하는 건 본 적 없는 조상을 숭배하는 것과 비슷했다. 율리아는 뛰어난 성적으로 승조원 후보가 됐다. 함께 훈련받는 사람 중에 한국에서 온 남자가 있었다. 그에게 피아노 이야기는 하지 않았다. 율리아는 한국에서 온 남자와 기숙사 뒷문에서 만났다. 저녁에 만나 타코를 먹고 자정이 되기 전에 돌아왔다. *칠리. 다리. 양상추. 사과. 안개. 안개.* 그런 날은 피아노가 자신을 놀리는 것처럼 들려 부끄러웠다. 꿈에 또 동생이 찾아왔다. 간지러운 기분을 비난하는 것처럼.

휴스턴.

그게 뭐야?

휴스턴…… 우주인들이 맨날 휴스턴을 부르잖아.

이제 휴스턴은 기상대만도 못해.

컬럼비아호가 대기권을 뚫을 때 작은 구멍이 뚫려. 그걸 보면 기분이 좋아.

그건 아주 오래전 일인데.

여기서는 가장 오래된 일이 지금처럼 가까워.

미안해.

선의였잖아. 태어나던 순간의 이야기를 해줄까?

임무 적합도를 측정하기 위한 심사가 시작됐다. 반복적으로 꾸는 악몽이 있습니까? 율리아는 설문지의 모든 답을 진실되게 쓰지는 않았다. 율리아는 누구보다 별 가까이 가고 싶었다. 그의 첫 비행은 1년 2개월간 지속됐고 지구 바깥에서 185번의 크고 작은 원을 그렸다. 한국에서 온 남자와 함께였다. 남자가 우주선 옆을 지나가는 도리토스 봉지를 봤다고 했다. 율리아는 그의 말을 못 들은 척했다. 지구에 도착해 남자가 처음 건넨 말을 율리아는 평생 잊지 못하게 된다. 나와 결혼해줄래? 그래도 괜찮을 것 같았다. 우주를 떠돌아다니는 도리토스를 본 사람이니까. 동생은 더이상 꿈에 찾아오지 않았다. 얼마 뒤 그는 유리를 낳았다.

우리 나라에서 유리는 여자 이름인데.

유리는 내 동생이야.

동생 이야기는 한 적 없잖아?

앞으로도 하지 않을 거야.

*

〔수감번호 290189: 면회 기록〕

너구리에 대해 이야기해야 할 것 같은데요. 당신도 들어본 적 있는 그 너구리들 말입니다. 로티와 로리. 로리와 로티. 라쿤들의 천국에서 온 녀석들입니다. 아무리 뒤져도 끝없이 먹을 것이 쏟아지는 쓰레기통이 로스앤젤레스의 컬럼비아 칼리지 할리우드에 있습니다. 천사들이 기르던 라쿤을 계획적으로 유기한 곳이죠. 컬럼비아? 거기엔 펭귄밖에 없어요. 라쿤은 길들이기 힘들거든요. 사납고 제멋대로죠. 어째서 개를 키우지 않았냐고요? 아무것도 모르시는군요. 개들이 바로 천사입니다. 전능하신 하나님 좌편에 앉아 쉴새없이 자기 발을 핥고 있죠. 인간은, 글쎄요, 어디 뻘 같은 데서 자연발생했을 겁니다. 이 정도면 정리가 되십니까? 펭귄과 너구리와 사람에 대해서요. 피아노요? 글쎄요. 배워본 적 없습니다. 피아노가 친다고요? 무슨 말씀을 하시는 건지. 저는 너구리에 대해 말하려는 겁니다. 들어보세요. 라쿤들의 천국에서 로티와 로리는 사랑하는 사이였어요. 지금은 기억도 못할 겁니다. 잠실에 떨어지는 순간 모든 기억이 지워졌습니다. 그때 잠실은 물이 자주 넘쳤죠. 너구리는 수변 동물이고요. 롯데월드를 만드는 데 비버들이 일조했다는 걸 알고 있습니까. 88올림픽을 준비하는 과정에서 대거 입국한 비버가 만여 마리 정도 됩니다. 파나마운하 건설을 도왔던 베테랑들이죠. 석촌호수

아래에 있는 거대한 구멍을 임시방편으로 보수해놓은 게 녀석들입니다. 비버들은 공사를 마치고 그곳에 눌러앉을 작정이었는데, 너구리한테 자리를 빼앗긴 겁니다. 마스코트도 원래는 비버들 몫이었죠. 대규모로 시위를 벌였는데 잘 모르실 겁니다. 비버들은 야행성이거든요. 삼엄한 시대이기도 했고요. 그들은 결국 토끼가 되는 길을 택할 수밖에 없었죠. 로티와 로리는 수완이 좋았던 겁니다. 생존을 위해 연합할 줄도 알았고요. 사랑하는 척하는 것에 능숙했죠. 그런 녀석들이 라쿤들의 천국에서는 정말로 사랑했던 사이였다니. 웃기지 않습니까? 기억하지 못하는 걸 기억하는 걸까요? 습관적인 걸 수도 있겠죠. 이 이야기를 전하러 온 겁니다. 생각해보세요. 반대도 충분히 가능한 겁니다. 피아노는 더이상 찾지 마세요. 아는 척도 하지 마십시오. 당신은 피아노에 대해서 아무것도 모릅니다. 시간이 다 돼가는군요. 맞습니다. 사실은 피아노 이야기를 하러 온 겁니다.

*

우주 임무는 열두번째가 마지막이었다. 사고는 작은 실수로 시작됐다. 휴스턴은 더이상 우주 계획의 중심이 아니었지만 여전히 당직 표를 작성했다. AA 모임을 두 달째 거른 엔지니어가 계기판 앞에 엎드린 채 잠들었다. 긴급한 정보들이 연방으로 전송되지 못했다. 조향장치를 덮친 운석의 영향으로 우주선의 통신과 제어 장치가 망가졌다. 연방의 관제센터는 비관적인 전망 속에서 필요한 계산을 했다. 율리아가 탄 우주선은 행성들의 중력에 휘둘리다가 태양계를 벗어나게 될 것이었다. 연방은 애초의 연구 목적을 수정해 언론에 발표했다. 부부는 인류 최초로 태양계 밖을 연구하러 떠난 영웅이 됐다. 변조된 진실이 확정되려던 순간 동영상 하나가 올라왔다. 율리아가 유리에게 보낸 마지막 메시지가 유출된 것이다. 그 영상은 지금도 유튜브의 누적 조회수 전체 5위를 기록하고 있다.

LAST MASSAGE FROM SPACE SHUTTLE

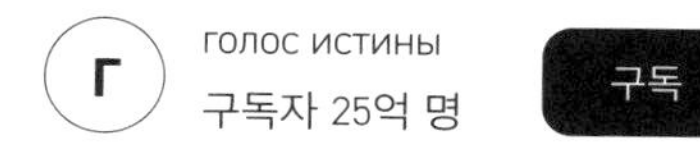

구독

조회수 25,920,456,824회 · 10년 전
더보기

연방 로고. 낫과 망치와 별. 짧은 단파성 조정 화면. 카메라 앞에 율리아가 서 있다. 유리의 생일이고 부부는 이 주 뒤에 지구로 돌아간다. 식량 팩을 블록처럼 쌓아 케이크 모양을 만들었다. 종이를 말아 만든 가짜 초가 꽂혀 있다. 유리와 함께 동물원에 가기로 했다. 유리는 낙타를 보고 싶어했다. 연방은 시베리아 한가운데 돔으로 둘러싸여 있고, 낙타는 동물원의 작은 방에 갇혀 있었다. 유리가 낙타 사육장의 뒷문을 열어도망치게 해줄 계획이었다. 비밀이라고 했다. 엄마, 비밀을 꼭 지켜야 해. 율리아가 웃으며 말한다. 낙타는 유리벽 앞에서 멈춰야 할 텐데? 남편이 엉성한 생일 케이크를 들어올렸을 때 선체가 흔들린다. 화면은 그걸로 끝이다. 운석은 비죽 솟은 안테나를 깨끗하게 제거하고 멀어져갔다. 그때만큼은 신도 인간에게 용서를 구한다. 돌아갈 수도 없고 추락할 수도 없다. 산소는 충분하고 선체는 단단하다. 모르는 곳으로 나아갈 수밖에 없다.

펭귄 말입니까? 불쌍한 녀석들이죠. 몇 년 내로 유전자 조작된 펭귄들이 애완용으로 팔려나갈 겁니다. 차가운 바다 대신 미지근한 물 위에 둥둥 떠다니며 반신욕 하겠죠. 이제 세계는 우리에게 최소한의 품위도 허락하지 않습니다.

나탈리아는 페테르부르크 근교의 작은 발레 교습소에서 여생을 보냈다. 게으르게 몸을 풀던 아이들

은 쉽게 싫증을 냈다. 발레보다 재밌는 취미를 찾는 것에 거리낌이 없었다. 겨울에는 아무도 오지 않았다. 그는 빈 교실에서 바를 잡고 천천히 허리를 숙였다. 스노볼을 흔들어 피아노 위에 놓기도 했다. 항상 조용히 웃었다.

컬럼비아. 형광등. 라디오. 필통. 나무. 컬럼비아. 컬럼비아. 컬럼비아. 국수. 호치키스. 안경. 가위. 컬럼비아. 컬럼비아. 농담. 난로. 언덕. 기억. 구역. 튤립. 순회. 컬럼비아. 바구니. 칠리. 다리. 양상추. 사과. 농담. 치커리. 연필. 비니. 난로. 언덕. 가장자리. 통나무. 바구니. 바구니. 양상추. 사과. 안개. 안개. 컬럼비아. 컬럼비아. 컬럼비아. 컬럼비아. 컬럼비아. 컬럼비아. 컬럼비아. 컬럼비아. 컬럼비아. 휴스턴? 컬럼비아. 컬럼비아. 컬럼비아. 컬럼비아. 컬럼비아. 컬럼비아. 컬럼비아. 휴스턴? 휴스턴? 컬럼비아.

혼자라는 기분이 들 때 유리는 하늘을 올려다보며 휴스턴, 하고 말했다. 어디서 온 단어인지 모를 말이 유리에겐 많았다. 유리는 시를 읽고 썼다. 한 편의 시를 온전히 완성하기 위해 천천히 단어를 모으는 시간을 좋아했다. 운동화. 지구. 컬럼비아. 조끼. 마을. 고요. 입으로 발음하면 아주 멀리까지 닿는 것 같았다. 컬럼비아호의 사진을 천장에 붙여두었다. 대학은 연방의 돔 밖으로 가고 싶었다. 모스크바국립대학의 문학부에 원서를 냈다. 깜빡이는 커서 앞에 앉은 밤이면 토끼가 부스럭거리며 침대를 기어다녔다. 천천히 그것을 쓰다듬었다. 두근거리는 심장 소리를 손으로 느꼈다. 유리는 달리기를 잘하는 소년이었다. 낙타는 한 번도 본 적 없다. 힘껏 달리다보면 출발한 곳에 자신을 두고 온 느낌이 들어 좋았다.

바라,
사나나

참고로, 권유수는 귀신을 본다.

명도빌딩 5층에 위치한 헬스클럽 와일드 짐이 사라지는 데 고작 세 시간이 걸렸다. 복면의 괴한들은 어림잡아 스무 명 정도였다. 하나같이 군인처럼 절도 있게 움직였다. 대화하는 낌새는 없었다. 지시를 주고받지도 않았다. 그들은 말이 필요 없다는 듯 정해진 일을 해나갔다. 엄청난 중량의 기구들이 다른 기구에 의해 손쉽게 들렸고, 카트에 실려 미끄러지듯 건물 밖으로 빠져나갔다. 권유수는 대책위원회 인터넷 카페에 올라온 CCTV 영상을 보고 또 보았다. 파일을 아예 핸드폰에 다운받아놓았다.

순식간에 울컥하고 올라오는 분노는 잠들기 전에 가장 참기 힘들었다. 퇴근길에 떡집에 들러 사온 식혜를 반 통 넘게 털어 넣어야 마음이 가라앉았다. 중고나라에서 사기당한 사람들을 누구보다 자신 있게 비웃어온 사람이 바로 권유수였다.

멱살이라도 잡을 수 있으면 좀 나을까 싶었다. 그럴 대상조차 없는 게 억울했다. PT 20회권을 싸게 끊어준다며 기어코 60만원을 긁게 만든 트레이너 김주왕 역시 월급을 떼인 피해자였다. 고작 1회 차 진도가 나갔을 뿐이었다. 김주왕도 권유수가 마음에 걸렸는지 따로 운동을 봐주겠다고 연락이 왔다. 근데 어디서? 뒷산에서? 중학교 운동장에서? 권유수는 덤벨이니 케틀벨이니 생각만 해도 넌덜머리가 났다.

대책위원회는 단체소송을 준비했다(트레이너 김주왕도 고소인 명단에 이름을 올렸다). 바지사장 최 모 씨가 주범이 아닌 건 분명했다. 그는 신용불량자였고, 이제는 사기 사건의 피고소인이며, 자신도 누군가를 붙잡고 하소연할 자격이 있다고 생각했다. 북부경찰서 지능팀 경사 한아람이 사건을 맡았다. 그는 피해자 조서를 삼백 개 넘게 꾸리다가 위경련으로 실려가기까지 했다.

복면을 쓴 짐꾼들은 일당을 제대로 받았을까? 개네들이라도 돈을 좀 벌었다면 기분이 좀 낫지 않을까? 행복한 사람이 적어도 한 명은 있겠지. 그게 자신이 아니라는 사실에 새삼 놀라며, 권유수는 길을 걷다가도 허공에 주먹질을 했다.

권유수의 친구 김명수는 개를 키웠고, 개의 이름은 정치였다. 김명수는 애초부터 권유수가 헬스클럽 회원권을 끊는 것에 부정적이었다. 권유수 너에겐 그게 없다. 그러니까 그게, 그, 꾸준히 운동을 해나가면서 자기 몸을 바꿔낼 수 있을 만한 어떤, 그, 성실성? 꾸준함? 진득함? 하면서

"그런 것을 해낼 만한 것은 정치다."

김명수는 단호하게 말했다. 정치는 테니스공을 던지면 쫓아가서 물어온다. 백 번 던지면 백 번이다. 천 번이면 천 번이다. 한눈팔지 않는다. 그 정도 근성이 있어놔야 운동도 하는 거지. 권유수 너는 말야 애초에 틀려먹었어. 권유수는 억울한 마음에 항변했다.

"나도 끈질기게 뭔가를 해내기도 했어. 공무원 시험에 합격했잖아."

"내가 볼 때, 네가 공무원이 된 것은 시스템의 오류다. 종종 그런 일이 생기기도 하지."

김명수는 유독 권유수에게 엄격하게 굴었다. 실은 모두에게 엄격했다. 김명수가 따듯한 마음으로 바라보는 대상은 살아 있는 것과 살아 있지 않은 것을 통틀어 정치가 유일했다.

"정치는 어째서 정치냐?"

라고 권유수가 물은 적이 있다.

"정치는 살아 있는 생물이거든."

"시장은?"

김명수는 그 대화 이후로 반년 동안 권유수의 연락을 받지 않았다. 그 때문에 권유수는 한동안 힘들었다. 마음을 터놓고 이야기할 수 있는 사람은 김명수가 유일했기 때문이다. 김명수와 다시 대화하게 된 후로 권유수는 정치에 관해서라면 한없이 조심스러운 태도를 견지했다. 심지어 매주 유기농 재료를 건조시켜 만든 강아지 간식을 사다 바쳤다. 정치는 다른 개에 비해 유독 이마가 넓어 보이는 코커스패니얼이었다. 멧도요새woodcock를 사냥할 때 코커스패니얼이 숨어 있는 멧도요새를 날아오르게 한다. Cocker라는 이름도 거기서 유래했다. 모든 코커스패니얼이 이마가 넓은 것은 아니다.

"나는 그냥 화가 나는 거야. 바보 취급 당했다는 사실이. 아무도 나한테 사과하지 않는다는 게."

권유수는 거의 울음이 터져나오기 직전이었다. 와일드 짐에 대한 이야기를 꺼내는 것만으로도 세상이 무너지는 듯한 기분을 느꼈다.

"한 번쯤 의심했어야지. 갑자기 할인 쿠폰을 뿌린다든가. 장기 회원권 영업을 적극적으로 한다든가. 카운터 직원이 눈을 안 마주친다든가."

"그런 일들은 너무 일상적이야. 정보는 제한돼 있고. 이상 징후는 사후적으로 포착될 뿐이잖아."

"정치였다면 단번에 알아차렸을 거다." 김명수는 야구 선수처럼 와인드업을 하더니 허공을 향해 힘껏 테니스공을 던졌다. 큰 헤드처럼 이마가 넓은 코커스패니얼이 고무줄처럼 튕겨나갔다. "대단한 후각을 가졌거든."

김명수를 만나고 집에 돌아가는 길에, 권유수는 보행자 신호등 앞에서 갑자기 숨이 가빠지는 경험을 했다. 고흐의 그림처럼 하늘이 뱅뱅 돌아갔다. 호흡을 가다듬고 주위를 살폈다. '떡, 기름, 방앗간'이라 쓰인 간판이 눈에 들어왔다. 걸어갔지만 기분상으로는 기어가고 있었다. 미닫이문을 간신히 열자 TV를 보고 있던 떡집 사장의 눈이 동그래졌다.

"식혜…… 있나요."

"식혜는…… 없어요."

"네…… 안녕히 계세요……"

권유수는 고개를 푹 숙였다. 인사하는 건지 읙사하는 건지 헷갈렸다. 걷고 있는데 배를 뒤집은 물고기처럼 동동 떠내려가는 기분이었다. 권유수의 등뒤에서 다급한 발소리가 들려왔다. 그 소리가 점점 가까워지더니 권유수를 멈춰 세웠다. 떡집 사장이었다. 그가 권유수의 손을 감싸며 차갑고 묵직한 알루

미늄 캔 하나를 쥐여줬다.

"식혜…… 꼭 가져다놓을게요."

냉장고에서 갓 꺼낸 듯 차가운 비락식혜였다.

와일드 짐 사건 이후로 권유수는 한동안 일을 손에서 놓았다. 사무실에 나가서도 대책위원회 카페만 들락거렸다. 정상적으로 업무를 한다면 권유수가 하루에 움직여야 할 낙엽의 양은 대략 15톤에 이르렀다. 비가 오면 더 무거워졌다. 권유수의 일은 전국의 환경미화원들이 쓸어 담은 낙엽을 관리하는 것이었다. 미세먼지가 국가적인 이슈로 부상한 뒤로는 소각장에서 처리하던 물량을 전부 매립했는데, 적당한 부지를 찾는 게 늘 어려웠다. 창고에 쌓여가는 낙엽더미를 처리해달라는 지자체 담당자들의 원성이 끊이지 않았다.

국장의 호출을 받았을 때, 권유수는 드디어 올 것이 왔다고 생각했다. 국장은 쉽게 표현하면 위엄 있는 사람이었고, 가끔은 아버지 같은 느낌이 들기도 했다. 권유수는 아버지가 없었다. 어릴 때부터 없어서 그냥 없는가보다 하고 살았다. 그래서 질책을 들으면 혼나는 기분이 들었다. 질책과 혼나는 것은 엄연히 다르다. 전자는 아무래도 공적인 뉘앙스고…… 그동안 일은 안 하고 와일드 짐 생각만 했다. 시말서까지 각오하고 있었다. 신분이 보장된 국가공무원이라 잘릴 위험이 적다는 게 그나마 다행이었다. 블라인드가 쳐져 있는 국장실 문을 세 번 노크하고 한 발 물러나 문이 열리길 기다렸다.

국장실에 국장은 없었다. 처음 보는 사람들이 회의 테이블에 둘러앉아 있었다. 이럴 때는 누구한테 인사해야 하는지가 명확하지 않다. 허공에 고개를 숙이면 아마추어처럼 보이고 인사를 하지 않으면 건방져 보인다. 권유수는 구 년 차 공무원의 숙련된 감각으로 테이블 한가운데 놓인 둥굴레차 주전자에 허리를 굽혔다. 상석에 앉은 백발노인이 눈도 마주치지 않고 물었다.

"자네가 권주임인가?"

"네. 낙엽관리부 권유수 주무관입니다."

"거기 앉게."

권유수의 자리는 문간에 놓인 등받이 없는 의자였다. 무릎 위에 업무 수첩을 펴고 펜을 꺼내들었다.

"어이, 젊은 친구. 아무것도 적지 마. 여기서 들은 일은 여기서 끝내라고."

말석에 앉은 중학생이 굵은 목소리로 일갈했다. 교복을 입고 있어서 학생인 건 확실한데 고등학생의 몸집은 아니었다. 그래서 중학생이라고 생각했다.

회의를 주도하는 건 백발노인 오른편에 앉은 여자였다. 금발에 눈이 푸른 코카시안으로 펜실베이니아와 남가주 중간쯤 되는 악센트를 구사했다. 단풍과 은행 낙엽의 조성 차이에 대해 말할 때는 흥분해서 강원도 사투리가 섞여 나왔다. 여자는 리비아 정유공장의 노후 시설을 이용해 몬트리올 지방정부 산림청이 투자하는 테마파크를 인제군에 만드는 내용의 기획안을 브리핑했다. 상석의 백발 남자는 아랫입술을 콧잔등까지 끌어당기며 흥미로워했다. 중학생이 건조한 톤으로 권유수에게 물었다.

"적체된 낙엽이 얼마나 되지?"

"560톤 정도 됩니다."

"아니, 무게 말고 낱장으로 말야."

"정확하게 말할 순 없지만……"

"대략적으로라도 말해보라고."

"30킬로그램 한 마대에 2천 장 정도 들어가니까 대략적으로…… 무지 많습니다."

"무지 많다…… 그래, 좋아. 나가봐요."

권유수는 둥굴레차 주전자에 허리 숙여 인사하고 국장실을 빠져나왔다. 문이 채 닫히기 전에 백발노인이 회의를 이어나갔다.

"다음은 볶음김치 건입니다."

소송은 지지부진했다. 아니, 시작도 못했다. 소송을 맡겠다던 변호사가 자취를 감췄기 때문이었다. 회원들이 각출한 착수금은 6백만원이었다. 고작 6백만원에. 피해액만 3억인데. 3억을 3억 6백만으로 만들려고 3백 명을 속인 것이다. 로스쿨을 졸업한 지 얼마 되지 않았다는 젊은 변호사의 형형한 눈빛을 떠올려보면, 그것은 참으로 무참한 일이었다. 6백만원어치 눈빛이었다. 북부경찰서 지능팀 경사 한아람이 카페에 글을 올렸다. 사기 용의자 구 모 씨는 신림동 형사법 학원의 행정조교로 변호사 자격과 무관한 자로 확인됐습니다.

대책위원회는 방향을 잃었다. 연달아 배신당한 회원들은 용기를 내는 것조차 어려워했다. 사건 일지 게시판에는 점차 사건과 무관한 넋두리들이 올라오기 시작했다. 나이 먹을수록 사람 믿는 게 힘들어집니다. 홈트레이닝 플랭크 15세트 인증합니다. 소개팅에 체크 남방 입고 가면 이상한가요? 천수만 밤낚시 10자 도미 조과 공유합니다. 정관장 홍삼이랑 서울약사신협 제품이랑 성분 차이 많이 날까요? 제가 이상한지 아내가 이상한지 좀 봐주세요. 의리로 달아주던 댓글마저 뜸해져갈 때쯤 아리송한 글들이 올라왔다. 전부 본문 내용 없이 제목뿐이었다.

'저는 오늘 와일드 짐에 다녀왔습니다.'

'건물주는 왜 우리 카페에서 탈퇴했을까요?'

'짐 와일더는 살아 있다.'

문득 권유수의 머릿속을 스쳐가는 생각이 있었다. 두렵고 떨리는 상상이었다. 김주왕에게 전화를 걸었다.

“네, 회원님. 잘 지내셨어요? 쓰읍. 쓰읍. 후. 그렇죠 회원님. 둘, 셋.”

“뭐 하세요?”

“일하죠. 허리 펴고. 무릎 유지하고. 그렇죠. 둘, 셋.”

“와일드 짐에서요?”

“……”

“……”

짧은 침묵. 그리고 전화가 끊겼다.

권유수는 초등학교 4학년 추석에 육촌 누나가 들려주었던 이야기를 떠올렸다. 그해 추석은 큰집에 유난히 친척들이 많이 모였는데, 증조할아버지가 돌아가신 지 얼마 지나지 않아서 맞은 첫 명절이었다. 선산의 등기와 관련된 여러 가지 복잡한 문제가 얽혀 있었다는 것은 나중에 알게 된 일이고, 권유수로서는 처음 보는 친척들이 잔뜩 모여 있는 것이 신기하기도 하고 신이 나기도 했던 기억뿐이다. 육촌 누나를 본 것은 그때가 처음이자 마지막이었는데, 누나는 권유수에게 제법 많은 이야기를 들려주었고, 그중에도 가장 기억에 남는 이야기는 한 파계승에 대한 이야기였다. 당시에는 파계승이 무엇인지 몰라서 누나에게 물어봤는데, 스님이 약속을 어기면 파계승이 된다는 식으로 설명해줬던 것 같다. 당시에는 스님들이 어떤 약속을 하는지 알지 못했기 때문에 누나가 해준 이야기의 의미를 온전히 이해하지 못했지만, 중학교에 올라가 파계승을 국어사전에서 찾아봤을 때의 느낌은 약간 무법자outlaw 같은 파괴적인 인상이었다. 하지만 지금에 이르러서는 지극한 현실주의자랄까, 그런 느낌으로 파계승을 생각하게 됐는데, 하여튼 육촌 누나가 들려준 이야기는 다음과 같았다.

파계승이 아이를 낳아 '어깨'라고 이름 지었다.
어디서든 깨달아라.
김어깨는 자라 왜소한 청년이 되었다.

김주왕과의 통화 뒤에 왜 하필 김어깨의 이야기를 떠올렸는지 권유수는 알 수 없었다. 다만 육촌 누나에게 파계승의 이야기를 들었을 때 느낀 쓸쓸함이 김주왕의 전화가 끊겼을 때 밀려온 어떤 애달픔과 비슷한 데가 있어서 그런 게 아닌가 싶었다. 권유수는 사건 일지 게시판의 새 게시물 작성 버튼을 눌렀다. 그냥 닫았다. 새 글 창을 다시 열었다가, 또 닫았다.

주말에는 공원을 걸었다. 권유수는 와일드 짐에 대한 원망과 증오를 머리에서 비워내고 싶었다. 크고 오래된 공원이었고, 한가운데 제법 큰 호수가 있었다. 호수가 자랑인 일산호수공원에 비하면 아담한 사이즈지만 오늘 공원에서 호수 보고 왔다고 하기에는 부족함이 없을 정도의 호수였다. 오래된 공원답게 호수에 사는 잉어가 컸고, 잉어에게 밥을 주지 말라는 팻말 옆에 누가 봐도 잉어 밥으로 쓸 법한 뻥튀기를 팔고 있었다. 안전을 위해 설치해둔 펜스를 넘어간 단란한 가족이 집에서 키우던 것으로 보이는 거북이를 방생했다. 사랑이 넘치는 가족이었다. 유치원생 정도로 보이는 남자아이는 자기가 떠내려 보낸 거북이를 향해 연신 손을 흔들었다. 덕분에 권유수는 가벼운 마음으로 뻥튀기를 살 수 있었다. 호수의 생태계를 망쳐버린다는 죄책감을 지웠다. 생태계는 한 사람의 힘으로 교란되는 것이 아니다. 우리 모두의 노력이 모여 망가지는 것이다. 아치형 돌다리 위에서 뻥튀기의 귀퉁이를 떼어 던졌다. 검은 잉어가 커다란 파문을 일으키며 뻥튀기를 받아먹었다.

"오늘의 나는 어제보다 소중하니까……"

권유수는 영화 대사처럼 혼잣말하고 뻥튀기 귀퉁이를 떼어 입에 넣었다. 정말 그런 기분이었다. 용서하기로 하면 정말 용서가 될 것이다. 나쁜 마음으로 그런 것은 아닐 거라고 믿고 싶었다. 사기꾼에게도 말 못할 사정이 있었을지 모른다. 감당하기 힘든 채무에서 벗어나기 위한 최후의 결단이었을지도 모르는 것이다. 권유수가 잃은 돈은 다 합쳐도 백만원을 넘지 않았다. 일 년 치 헬스장 회원권 36만원에 PT 레슨 60만원. 한 달 정도는 운동을 했고 PT는 1회 수업을 받기도 했으니 실질적으로 입은 피해를 산정하면 그보다 적어질 것이다. 권유수가 충분히 감당할 수 있는 정도의 손해였다.

주일을 앞두고 전도 나온 어느 교회의 찬양팀이 찬송을 하기 시작했다. 평소 같으면 짜증이 났을 법하지만, 오늘 권유수의 마음에는 아무런 장애물이 없었다. 열린 마음으로 노래를 들었다. 이 싼지르을— 내게 주소서어— 후렴구에 이르러서 리듬에 맞춰 고개도 끄덕였다. 노래가 끝났을 때는 박수까지 쳤다. 권유수의 호응을 본 교회 사람 한 명이 미소 가득한 얼굴로 다가왔다. 구석에 바이오 캔디가 붙은 교회 소개 전단지를 건네며 인사했다.

"형제님, 예수 믿으세요. 예수님을 믿으면 구원받고 영원히 살 수 있어요."

"아, 네."

"예수님은 생명의 떡이시니 날마다 먹으면 죽음을 넘고 부활할 수 있답니다."

"네. 네."

"교회 나오시면 또래 여자분들 많고 다들 성격 좋아요."

"네네."

"교회 안 나오실 거죠?"

"네."

"그럼 형제님……"

"네."

"예수 믿지 마시고…… 한번 잉어를 믿어보세요."

"네?"

"잉어를 한번 믿어보시면 도움이 될 거예요."

"잉어요?"

"네, 잉어요. 잉어 믿으세요."

"……"

"잉어 믿으세요."

"……"

"잉어 믿고 구원받으세요."

"……"

"저도 예수님 믿기 전에 잉어를 믿었어요. 이렇게 주말마다 와서 잉어 밥 주고. 자기 전에 잉어 생각하면서 기도도 하고 그랬거든요. 그런데 잉어를 믿다보니까 아무래도 굳이 뭔가를 믿으려면 차라리 예수님을 믿는 게 더 공신력도 있고, 저한테 실질적인 도움도 생길 것 같더라고요. 그래서 이제 잉어 믿지 않고 예수님 믿어요. 그러니까 예수님을 믿는 것에 있어서 주저함이 있으시다면 우선 잉어를 믿어보세요. 잉어를 형제님의 생명 주신 하나님으로 받들어보시면 꼭 교회 나오시게 될 거예요."

권유수는 대답 대신 발끝을 쳐다보며 가만히 서 있었다. 눈을 맞추기가 무서웠다. 찬송 메들리를 마친 교회 사람들이 짐을 챙기기 시작했다. 기타를 케이스에 넣고 보면대를 접었다. 찬양팀 인솔자가 권유수 앞에 서 있는 교회 사람을 불렀다. 그는 자리를 뜨면서도 뒤돌아 권유수를 향해 손을 흔들었다.

"잉어 믿으세요!"

하지만 잉어를 믿을 수는 없었다.

권구용이라고 있다. 권유수의 삼촌인데 직업은 없다. 가끔 권유수에게 전화를 해 10만원 15만원씩 빌려가곤 했다. 기분이 좋은 날이면 권유수는 20만원을 보냈다. 권구용은 이제까지 총 50만원 갚았다. 그래도 권유수는 권구용의 전화를 꼭 받았다. 어렸을 때 삼촌과 캐치볼한 기억이 남아 있어서였다. 권유수가 던진 공은 번번이 방향을 잃고 권구용의 뒤로 흘렀다. 권구용은 군말 없이 공을 주워 와 권유수에게 다시 던져줬다.

오랜만에 연락한 권구용이 5백을 달라고 했다.

"확실한 정보가 있어."

"삼촌. 내가 돈 갚으라고 그런 적 없는 거 알지?"

"그래. 항상 고맙게 생각한다."

"이번엔 갚으라고 해야 할 것 같아."

"갚지. 두 달 안에 이자 쳐서 갚을게. 두 배 세 배 되는 거 한 순간이야."

"자세히는 안 물을게."

"너도 있는 돈 다 넣어. 곧 상장할 코인인데 떡상할 각이야. 내가 링크 하나 보낼 테니까……"

"형."

"삼촌이야."

"끊을게."

하나로마트는 행복한 먹거리를 제공하는 초일류 농식품 유통기업. 장바구니에 청경채를 담고 있던 권유수 앞으로 트레이너 김주왕이 카트를 끌고 지나갔다. 닭가슴살과 사과와 바나나가 한가득 실려 있었다. 권유수가 살금살금 뒤로 다가갔다. 손바닥으로 빰 때리듯 팔뚝을 쳤다. 김주왕이 흠칫 놀라며 뒷걸음질쳤다. 귀신이라도 만난 표정이었다. 권유수가 그 표정을 알고 있는 이유는 귀신 본 사람의 표정을 직접 본 적이 있기 때문이었다. 경주로 간 중학교 3학년 수학여행에서 권유수는 같은 반 아이들에 의해 숙소 지하 보일러실에 하루 동안 갇혀 있었다. 이른 저녁 술에 취해 뻗은 교사들은 인원 파악도 없이 자유 시간을 줬다. 권유수를 가둔 녀석들은 숙소를 빠져나가 비탈진 왕릉에서 데굴데굴 구르며 놀았다. 권유수 앞을 가로막고 있던 문은 그가 거의 탈진 상태에 이르렀을 즘에야 끼익 소리를 내며 열렸다. 권유수를 가둔 놈들 중에 그나마 양심의 가책 비슷한 것을 느낀 녀석이었는데, 문이 열리자마자 권유수를 빤히 보고 있던 귀신들의 시선이 일제히 그 녀석을 향했다. 앞서 말했듯이, 권유수는 어려서부터 귀신을 봤다. 하지만 귀신을 처음 본 그 녀석의 얼굴은 하얗게 질렸다.

김주왕의 표정이 딱 그랬다.

"바나나 달아요?"

"회원님. 걸을 때도 항상, 기럽근, 곧게."

김주왕이 자신 없는 말투로 말했다.

"와일드 짐 어딨어요?"

"회원님 어깨, 어깨 펴시고. 둘, 셋."

"지금 갑시다. 와일드 짐."

"둘, 셋."

"제 눈 보고 말해요."

"두…… 울…… 세…… 엣……"

김주왕의 눈꼬리에 눈물이 맺혔다. 잔뜩 혼난 아이의 표정이었다.

"울지 말고요. 사과 정말 달아요."

와일드 짐이 권유수에게 특별했던 이유는 기구들이 하나하나 살아 있는 걸 느낄 수 있었기 때문이었다. 러닝머신이. 풀다운이. 플라이가. 숄더 프레스가. 회원들의 들척지근한 땀을 받아내며 환하게 웃고 있었다. 오래된 물건에 영혼이 깃드는 것처럼, 와일드 짐은 그 자체로 야생의 기계 생령 지대였다. 실제로 귀신도 많았다.

김주왕은 권유수를 명도빌딩으로 데려갔다. 엘리베이터에서 5층 버튼을 눌렀다. 문이 열리자 텅 빈 옛 와일드 짐의 빈터가 스산하게 두 사람을 반겼다. 김주왕은 말없이 고무 매트를 가로질러갔다. 방치된 시계 아래 멈추더니 조심스럽게 벽을 두드렸다. 똑똑 또독 똑. 벽인 줄 알았던 곳에서 문이 열렸다. 김주왕이 그윽한 눈빛으로 고개를 끄덕였다. 초대하는 몸짓이었다.

문 뒤로 올라가는 계단이 보였다.

계단 위에 숨겨진 공간에 들어서니 원래는 와일드 짐에 있던 기구 전부가 빼곡히 배치돼 있었다. 김주왕은 탈의실로 사라지고, 운동하고 있던 한아람 경사가 권유수에게 알은척했다.

"아, 오셨어요?"

"제가 올 걸 아셨나요?"

"글쎄요. 누구라도 오긴 올 것 같았어요. 계속 오고 있기도 하고요. 여기 정말 신기하지 않나요? 안기부 시절에 지은 건물이라 5.5층을 만들었는데, 평양 양각도호텔을 참고해 설계됐다고 하더군요. 저도 처음 왔을 땐 무척 놀랐답니다."

운동하고 있는 회원 중에 건물주도 있었다. 그가 대책위원회 카페를 탈퇴한 이유를 알 것 같았다. 임대료가 다시 들어오기 시작한 것이다.

김주왕이 어느새 트레이닝복으로 갈아입고 나왔다. 회원님 어깨! 어깨 안 돼 어깨 고정! 권유수에게 잉어를 믿으라던 교회 청년도 그 자리에 와 있었다. 김주왕이 그 청년을 극한까지 몰아붙였다. 청년은 주여, 주여 하며 신음을 짜냈다.

로잉 머신에 올라탄 사람의 얼굴을 어디선가 본 것 같았다. 품목허가 취소된 골관절염 세포유전자 치료제 인보사의 개발사인 코오롱생명과학의 모회사 코오롱그룹의 전 회장 이웅열이었다.* 그가 줄을 당길 때마다 로잉 머신에서는 거친 쇳소리와 함께 불꽃이 튀었다. 헤드에 채워진 물이 회전하며 플라스

* 인보사는 코오롱생명과학이 개발한 세계 최초의 골관절염 세포유전자 치료제로, 2017년 국내에서 시판 허가를 받았다. 미국에서 임상 3상을 진행하고 있었으나 인보사의 주성분 중 하나가 허가 당시 코오롱생명과학이 제출한 연골 세포와 다른 신장 세포라는 의혹이 나오면서 2019년 3월 31일 유통 및 판매가 중단됐다. 식약처의 조사에 따르면 해당 세포는 신장 세포로 확인됐으며, 특히 이 신장 세포는 악성종양을 유발할 수 있는 것으로 알려져 파문이 일었다. 이후 식약처는 추가 조사를 거쳐 2019년 5월 인보사의 품목허가를 취소했다.(pmg 지식엔진연구소, 「인보사」, 네이버지식백과 시사상식사전)

마 볼처럼 번쩍거렸다. 이웅열의 얼굴은 신문에서 보았던 것과는 사뭇 달랐다. 알고 있던 대략적인 나이보다 훨씬 젊어 보였다. 청년 이웅열로 돌아간다던 발표대로 신체적인 나이까지 청년으로 돌아간 모양이었다.* 이웅열의 손은 카본 재질의 로잉 머신 손잡이와 융합된 것으로 보였다. 로잉 머신과 한몸이 된 그의 팔은 어깨까지 회색빛으로 변해 있었다. 그러고 보니 입술도 생기 없는 보랏빛이었다.

이상한 것은 이웅열만이 아니었다. 그곳에 있는 사람들은 쇳덩어리 기구들이 내뿜는 음산한 기운에 완전히 사로잡혀 있었다. 권유수는 등뒤에 쭈뼛 소름이 돋는 것을 느꼈다.

뒷걸음질치듯 명도빌딩 5.5층을 빠져나가려는데 한아람 경사가 권유수를 붙잡았다. 김주왕도 쫓아왔다. 잉어맨은 권유수의 팔을 뒤로 꺾었다.

"어디 가시려고요. 오셨으면 운동하고 가셔야죠."

"권유수 회원님. 둘! 셋!"

"힘 빼. 다쳐."

"둘, 셋!"

"둘 셋."

---

* 이웅열은 인보사 사태 4개월 전인 2018년 11월 코오롱 회장직에서 전격 사퇴하며 '청년 이웅열로 돌아가 창업하겠다'는 포부를 밝혔다. 4백억대의 퇴직금을 받은 것으로 알려졌다.

"둘셋."

ㄷ쉛.

우리는 (　　)가 아니다.
우루과이라운드 / 부드러운 곡선 / 잇츠 낫 렉탱글.
(철도 건널목의 차단봉에는
'갇혔을 때 돌파하세요'라고 적혀 있다.)
아저씨 내 직업이 상상하는 거예요.
내 상상 속에서 아저씨 지금 다섯 번 죽었어. 알아?
아시는 분은 아시겠지만 아무도 모른다.

눈을 떴을 때 권유수가 처음 본 건 짐 와일더의 얼굴이었다. 국장실 테이블에 앉아 있던 눈이 푸른 코카시안, 바로 그 사람이었다. 그때는 여자라고 생각했는데 지금은 남자라고 생각됐다. 그래서 사실 그것에 관해서는 확실히 말할 수 없었고, 다만 그가 짐 와일더라는 것이 중요하다고 생각됐다. 짐 와일더는 명도빌딩 5.5층 와일드 짐의 체스트 프레스에 걸터앉아 있었다. 권유수의 자리는 레그 익스텐션이었다. 두 사람 말고는 아무도 없었고 어두웠다. 언제부터 거기 앉아 있었는지 권유수는 기억을 더듬어보았다. 꿈이 시작되는 지점을 알 수 없는 것처럼 모든 게 흐릿했다. 짐 와일더가 입을 열었다.

"거스 구스라고 있어요. 디즈니 캐릭터인데, 도날드 덕네 집안 거위죠. 오리와 거위는 같은 오릿과니까 사촌이라고 해도 그렇게 문제될 건 없어요. 정확히 말하면 육촌지간이에요. 도날드의 친할머니 엘비라의 남자 형제 케이시에게 패니라는 딸이 있는데, 거스는 그 아들이거든요. 하지만 미국식으로 하면 전부 커즌이죠. 사촌이니 육촌이니 하는 말은 영어에 없으니까요. 의원면직하세요. 기한은 따로 정하지 않겠지만, 내일까지입니다. 하고 싶은 거 다 하고 사세요. 통장은 가득 채워놨고요. 원한다면 와일드 짐의 종신 회원권을 드리겠습니다."

"국장님께 마지막 인사는 드리고 싶은데요."

"돌아가셨어요. 협의가 잘 안 됐거든요."

"저는 말이 좀 통하는 편인가요?"

"그럴 거라고 기대합니다."

트레드밀 한 대가 스스로 켜지더니 속력을 조금씩 올려나가기 시작했다. 모기처럼 웽거리다 속도가 붙자 제트 모터처럼 굉음을 냈다. 반딧불의 엉덩이를 연상시키는 빛을 내뿜었다.

"귀신인가요?"

"네. 귀신입니다."

권유수는 고개를 끄덕였다. 와일드 짐과는 그것으로 끝이었다.

짐 와일더의 은총 덕에 권유수의 잔고는 열한 자리가 됐다. 문자가 띵동 하며 입금 내역이 또 날아왔다. 보너스라도 보내줬나. 권구용의 이름으로 5천만원이 입금됐다. 권유수는 삼촌이 죽어서 사망 보험금이 나왔거나 은행을 털었을 거라고 생각했다. 전화기 속 권구용의 목소리는 다행히 무척 밝았다.

"내가 말했잖아. 확실한 정보라고. 리프 코인이라는 건데, 실물 낙엽 유통에 연동해서 가치가 반영되거든. 굼벵이 농가랑 퇴비 산업에 미치는 영향이 막대해. 가을이 제철이긴 하지만 북반구에서는 계절이 반대잖아? 일 년 내내 안정적으로 운영할 수 있지. 단점은 낙엽 떨어지는 날이 오면 조금 슬퍼진다는 거야."

"잘됐네. 고마워 삼촌."

"이제까지 믿어줘서 고맙다."

"나랑 캐치볼해줬잖아."

"유수야."

"응?"

"이제 그냥 형이라고 불러."

권유수는 하루에 식혜 세 통씩 마신다. 떡집 사장님이 김치냉장고에서 꺼내준다. 권유수는 등산, 조깅, 헬스 아무것도 안 한다. 더이상 공무원도 아니다. 권유수는 삶이 끝나는 방식에 두 가지가 있다고 생각한다. NG 모음으로 끝나는 삶과 엔딩 크레디트가 올라가는 삶. 전자가 훨씬 유쾌한 건 당연한 일이다. 하지만 다소 촌스러워질 위험이 없지 않다. 본인들이 결정할 수 있는 사항은 아니다.

여전히 권유수에게는 김명수가 유일한 친구다.

공원에는 호수가 있고, 호수에는 커다란 잉어가 뻥튀기를 던져줄 사람을 기다린다. 잉어를 믿을 수 있는 사람은 뭐든지 믿을 수 있다. 잉어에 대한 이야기는 본질적으로 잉어와는 상관이 없다. 붉은귀거북이가 하수구로 흘러간다고 해서 닌자 거북이가 되지 않는 것과 비슷하다. 그런 말들이 필요하다. 실험회-함정-잘-될-거야. 정치는 이마가 넓은 코커스패니얼로, 한번 공을 쫓기 시작하면 놓치지 않는다. 공을 던질 수 있는 사람은 김명수뿐이다. 권유수는 애원했다. 한 번만. 딱 한 번만. 나도 정치의 공을 던져보고 싶어.

"그러지 않을 사람이 없을걸."

"그런데 왜 허락해주지 않는 거야?"

"정치는…… 살아 있는 생물이니까."

권유수는 진심으로 부탁했다. 김명수는 내키지 않는다는 표정으로 공을 건넸다. 노란 테니스공이 금처럼 빛났다. 권유수는 배터 박스에 들어선 타자처럼 식혜가 든 페트병을 까딱거렸다. 마침내 노란 공이 공중에 솟구치고, 페트병이 호를 그렸다. 페트병에 맞은 공이 찌그러지는 순간 정치는 벌써 뛰고 있다. 보도블록에 몇 번 튕긴 공이 덤불 속에 떨어지고, 정치는 그 속으로 펄쩍 뛰어들어간다. 이제 곧 해가 진다. 검붉어진 호수 위로 아무도 믿지 않는 잉어가 헤엄친다.

"정치야!"

김명수가 손나팔을 만들어 개를 부른다.

"정치야!"

권유수도 따라 한다.

"정치야!"

"……"

"정치야!"

"……"

"……"

"……"

"……"

"……"

"……"

"정치야!"

그러다가

넷츠고라는 게 있었다. 하이텔이나 천리안에 비하면 후발 주자였고 인터페이스가 유니텔이랑 비슷한 느낌? 거기 록 동호회 이름이 '와츠'였는데 왜 와츠냐 하면 'We Are The TeamZ'(WATTZ)라서 그렇다고 했다. 팀플레이에 어울리는 사람들은 아니었다고 기억한다. 그래도 티셔츠를 맞춰 입고서 록 페스티벌 같은 걸 열기도 했다. 하여튼 자료실이 대단했다. 아무래도 저작권 개념이 좀 부족했던 시기였다. MP3플레이어를 사기 전까지는 다운받은 앨범을 한 장 한 장 CD로 구워 들었다. 툭하면 빽이 나서 벌크로 산 공CD를 금방 다 써버렸다. 앨범 커버를 다운받아 프린트한 뒤 CD 케이스에 꽂아넣으면 진짜 음반 같아 보였다. 정말이지 그때 나는 저작권의 무법자였다.

그즈음에 음악을 제일 열심히 들었던 것 같다. 맨날 CD만 구운 건 아니다. 용돈을 모아 맘에 드는 앨범을 사기도 했다. 향뮤직에 주문하거나 서현동 라르고 가서 샀다. 닉 드레이크의 '핑크 문'을 산 게 특별히 기억난다. 빌려줬다 없어져서 두 번 샀기 때문이다.

언제부터 음악을 잘 듣지 않았냐 하면 언젠가부터다. 교실 뒷자리에 앉아 있던 게 기억나고, 아마도 물리 시간이었던 것 같다. 그때 담임이 과학이었다. 갑자기 눈물이 막 나와서 고개를 숙였는데 휴지도 없고 옷을 적시기도 싫어서 바닥에 뚝뚝 떨어뜨렸다. 앉은 채로 허리를 구부정하게 빼고 있었는데 금세 콧물도 줄줄 흘렀다. 누가 보면 그냥 이상한 자세로 엎드려 자는가보다 했을 거다. 하여튼 바닥이 흥건해지는 걸 보면서 아 이거 뭐지? 이상한데, 싶었던 것 같다. 뭔지 모르겠지만 나한테서 무언가가 떨어져나가는 느낌이었다. 그때 내가 잃어버린 게 정확히 무엇이고, 어쩌다 그런 일이 일어났고, 그로 인해 뭐가 바뀌었는지 한동안 설명할 수 없었다. 세상에는 그냥 그런 일이 생기기도 하는 것이다. 앞으로 내가 이야기할 모든 일처럼 말이다.

중간에 일어난 많은 일들을 생략하고 이야기하자면, 나는 결국 어찌저찌해서 취업에 성공했다. 그렇다고 성공적인 취업은 아니었다. 구로동에 있는 작은 회사였다. 작아서 성공적이지 않았다는 건 아니다. 작지만 큰 성공을 향해 달려가고 있었고, 그 성공은 물론 대표만의 것이었다. 나름 유망하다는 평가를 받는 스타트업이었다. 회사 분위기는 자유로운 편이었고 창조적인 면도 있었다. 내 업무는 광고 영업이라 딱히 창조적일 게 없었는데, 그렇다고 불만이 있지는 않았다. 대표가 축구를 좋아해서 일요일마다 같이 공을 차러 다녔다. 그때는 나도 제법 몸이 날렵했고, 주말에 달리 할일이 없었던 터라 빠지지 않고 나갔다.

한번은 다른 팀이 된 대표한테 강력한 백 태클을 당했다. 무릎을 잡고 뒹굴거리다가 생각보다 많이 아프지 않아 멋쩍게 일어났다. 대표는 그사이 골을 넣고 환호하고 있었다. 내게 사과를 하지 않는 것이 이상했다. 축구가 끝나고 둘이서 맥주를 마시러 갔는데 전에는 한 번도 그러지 않던 사람이 술값을 나눠 내자고 했다. 찝찝한 기분으로 당구를 치러 갔다. 분명히 니꾸*를 내놓고 아니라고 우겼다. 결국에는 졌다. 그날 밤은 어쩐지 잠이 오지 않았고, 다음날 회사를 그만둔다고 했다. 문자로 퇴직 의사를 밝힌 지 몇 시간 되지 않아 대표가 집에 찾아왔다. 서운한 게 있다면 자기가 고치겠다고, 백 태클 해서

* 수구를 두 번 건드리는 파울. '투 터치'.

정말 미안하다고 했다. 알고 있었던 거야? 그 자리에서 사과하지 않았다는 걸 확인하니 진심으로 화가 났다.

니꾸는요.

그건 아니지.

소리가 달랐는데?

나는 진짜 양심을 걸고 쳤어.

더이상은 참을 수가 없었다. 정말이지 정나미가 뚝 떨어져버렸다. 분명히 싫다고 했는데도 대표의 연락은 끊이지 않았다. 새벽 두시에 자니? 라는 문자가 왔다. 무작정 베트남행 티켓을 끊고 한국을 떠나버렸다. 베트남에 관해서라면 최은영의 「씬짜오, 씬짜오」 말고는 아는 게 없었고, 내 손에는 호찌민공항에서 산 『론리 플래닛』 영문판 한 권이 전부였다. 푸꾸옥의 리조트에 한동안 머물다가 호찌민으로 옮겼는데 갑자기 카드 결제가 되지 않았다. 내 통장이 보이스 피싱에 사용돼 조치가 필요하다는 연락을 받았다. 나는 당연히 그 전화가 보이스 피싱인 줄 알았다. 알고 보니 그 전화는 진짜였고, 해외에서 계좌를 살리는 건 생각보다 너무 복잡했다. 낯선 도시에서 무일푼 신세가 돼버렸다. 이렇게 저렇게 지내다보면 그렇게 되기도 하는 거다. 이제까지 일어난 모든 일처럼 말이다.

당장 집에 돌아가기는 싫었다. 게스트하우스 건너편 카페에 죽치고 앉아 사람 구경을 했다. 옆에 앉은 백인 아저씨가 말을 걸었다. 이야기를 나누다 알게 됐는데 그 아저씨는 이탈리아의 커피 마스터였다. 내 사정을 듣더니 자기를 따라다니며 일을 도와주면 페이를 넉넉히 주겠다고 했다. 괜찮은 기회라는 생각이 들었다. 장인에게 직접 일을 배울 기회가 쉽게 오는 건 아니니까. 한 달 정도 따라다녔는데 커피는 한 번도 못 봤다. 나무 궤짝에 실려오는 물건은 꼼꼼히 포장돼 있었고, 거래 약속은 늘 밤에 잡혔다. 아저씨의 허리춤에서 총을 본 것도 같다. 골든트라이앵글에서 생산된 아편이 세계로 퍼지는 경유지가 호찌민이었다. 긴 국경과 그만큼 긴 해안선은 아저씨 같은 사람에게 유리한 조건이었다. 커피는 아니지만 뭔가에 장인은 장인이었다. 정규직 제안도 받았다. 한국에 왔다갔다하며 일할 사람이 필요하다고 했다. 아, 그때는 정말이지 일이라는 걸 하기 싫었다. 취직할 생각이 있었다면 진지하게 고민했을 거다. 하여튼 한 달 치 알바비는 넉넉하게 받았다.

카페로 돌아와 다시 커피를 마셨다. 밤이고 낮이고 계속 마셨다. 비가 오는 날은 비를 맞으며 마셨다. 이 정도면 거의 피가 검어졌겠다 싶을 만큼 마셨을 때 반년이 지나 있었다. 이유는 모르겠지만 돌아가야 할 때라고 생각했다.

나는 스타벅스 직원으로 취직했다. 카페에서 카페로. 지극히 자연스러운 선택이라는 생각이 들었다. 그때는 지금처럼 스타벅스가 편의점만큼 흔하지 않던 시절이었다. 커피 마스터가 돼 초록색 앞치마가 갈색으로 바뀌었다. 나는 왜 우리 회사가 진동벨을 도입하지 않는지 매일매일 궁금해하며 출근했다. 고객과의 교감을 위해 육성으로 손님을 부르는 원칙을 고집한다는 본사의 방침이 게으른 거짓말처럼 느껴졌다. 손님을 큰 소리로 불러야 할 때마다 기침이 나왔다.

하루는 '귀'라는 손님을 다섯 번 정도 외쳤는데 정말로 귀가 왔다. 그렇게 귀를 처음 만났다. 귀는 정말로 귀였다. 다른 사람들은 전혀 의식하지 않는 듯 보였지만 귀는 귀 모양을 한 귀였다. 어떻게 이런 귀를 나를 제외한 모든 사람들이 아무렇지 않게 대하고 있는지 믿기지 않을 정도였다.

잘 지냈어?

저 아세요?

나 귀야. 너의 귀.

귀인 것도 모자라 '나의 귀'라니. 무척이나 간지러운 기분이 들었다. 코였다면 차라리 좀 나았을 것 같다. 커피를 계속 마신 것도 향이 좋아서였으니까. 어찌저찌 밥을 벌어먹고 사는 것도 코가 열심히 일을 하고 있는 덕분이었다. 코에 대해 내가 아는 것은 몇 가지가 더 있었다. 이를테면 검은 레트리버의 코는 상대적으로 색이 연하다. 침이 묻은 초콜릿 아이스크림처럼 말이다. 그러나 귀에 대해서는 아는 것이 별로 없었고, 어릴 때는 말귀를 못 알아듣는 편이라 가는귀가 먹었냐는 핀잔을 듣기도 했었다. 그런데 눈앞에 너무 귀인 귀가 있다보니 그 귀가 내 귀라는 말에 선불리 반박할 자신이 없었다.

퇴근 몇시야? 길 건너 이디야에서 기다리고 있을게.

귀는 내가 내린 커피를 입에도 대지 않고 매장을 나가버렸다. 일이 손에 잡히지 않았다. 카페라테를 주문받고는 카페모카를 내놓았다가 다시 만들었다. 설거지하다가 머그잔 두 개를 깨뜨리기까지 했다. 나는 빈혈기가 있는 것 같다고 둘러대고 스태프 룸에 들어가 옷을 갈아입었다. 뛰다시피 해서 이디야에 가보니 구석 테이블에서 커피를 홀짝이고 있는 귀가 보였다. 어떻게…… 내가 내린 커피는 입에도 대지 않고 이디야 따위를…… 옅은 분노가 마음 깊은 곳에서 일렁이는 것을 느끼며 비어 있는 귀 앞자리에 앉았다. 사람들은 귀를 보고도 전혀 동요하지 않았다. 나는 묻고 싶었다. 여러분, 귀가 보이지 않는가? 어째서 귀가 커피를 마시고 있는가? 직원들은 귀가 내민 멤버십 카드에 스탬프를 찍으면서 이상한 걸 느끼지 못했는가(이디야멤버스 앱이 나오기 전이었다)? 하다못해 묻기라도 해야 하는 거 아닌가. '혹시…… 저기…… 왜 귀세요?' 라고 말이다. 이상함을 느끼는 건 나뿐인 것 같았다.

너한테서 떨어져나간 것들이 뿔뿔이 흩어졌어. 나도 연락하고 지내는 건 눈뿐이야. 어떻게 지냈어? 불편하지 않았어?

불편하지 않았냐고? 글쎄. 음악은 잘 안 듣고 살아. 시끄러운 건 질색이고. 입이 좀 짧지. 눈도 많이 안 좋았지만 라섹을 했어. 그게, 그러니까 네 말대로라면 내 일부가 떨어져나가서 흩어졌기 때문이라는 거지?

맞아. 너를 한참 찾아다녔어. 다행히 얼마 전에 눈을 만났고, 입은 아직도 어디 갔는지 모르겠어. 반갑다. 좀 어색하기도 하고.

귀는 나를 당근마켓 거래에서 만난 고등학교 동창처럼 반갑게 대했다. 나는 마냥 데면데면하기만 했다. 실은 좀 화가 나기도 했다. 내 일부가 통째로 떨어져나간 기분을 평생 느끼며 살아온 사람한테, 정작 떨어져나간 당사자가 이제 와 반가운 척하는 건 조금 실례 같은데. 따지는 게 허락된다면 하고 싶은 말이 꽤 있는데 말이야. 멱살이라도 좀 잡을 수 있을까? 하지만 귀에게는 멱살이 없었다. 그저 너무 큰 귀였다.

이해해. 미안하기도 하고. 그래서 이렇게 왔잖아.

이제 와서 다 무슨 소용이냐고 물었다. 이렇게 벌써 한참을 살아왔는데.

보상을 해주고 싶어.

보상은 무슨 보상. 카페라도 하나 차려주면 모를까.

바로 그거야. 너한테 알려주고 싶은 비밀이 있어. 귀를 가까이 대봐.

귀에게 귀를 마주 대는 느낌은 상당히 묘했다. 만나서는 안 될 두 물질이 불안정한 공간에서 결합하는 기분이었다. 이물감은 곧 짜릿함으로 변했다. 우회 상장을 목전에 둔 회사의 신주인수권부사채 매입 기회. 말로만 듣던 작전 세력의 구체적인 동향이었다. 물론 나도 바보는 아니라서 의심이란 걸 해보지 않을 만큼 순진하지는 않았다. 너는 어떻게 이런 정보를 얻은 건데?

나는 귀잖아. 들은 거야.

귀가 말했다. 들었다고. 더이상 따질 필요가 없었다. 그런데 왜 하필 나야? 눈은 뭐 하는데?

걔는 경매 다녀. 땅을 잘 봐.

아, 그렇겠네. 잘 보겠네. 눈이니까. 모든 게 명쾌해졌다.

나는 곧 카페 사장님이 될 것이다.

부자가 되는 거다.

살다보면 이런 일이 생기기도 하는 것이다.

적금을 깨고 은행 대출을 끌어모으고 카드론을 합하니 대략 6천만원 정도가 마련됐다. 전세로 살고 있던 반지하방을 빼 전세금을 합치니 딱 1억이었다. 당장에 지낼 곳이 없어서 본가에 들어갔다. 부모님이 기뻐하셨다. 일 년에 한 번이나 얼굴 볼까 말까 한 자식이 집에 들어와 있으니 옛날 생각도 나고, 괜한 걱정이 들지 않아 너무 좋다고 했다. 하지만 엄마, 나는 지금 1억을…… 그 이야기는 차마 하지 못했다. 왜냐하면 1억…… 그것은…… 아마도 내 영혼의 무게와 비슷하다고 할 법한 액수였기 때문이다. 내 전부를 귀에게 맡긴 셈이었다. 다행히 귀는 잘 들어줬다. 다정했고 상냥했다. 귀와 자주 만나면서 내가 그동안 얼마나 외롭게 지냈는지 깨달았다. 내 이야기를 마음놓고 털어놓는 게 거의 처음인 것 같았다. 나는 홀로 주문진에 갔을 때 목격한 충격적인 장면을 귀에게 이야기했다. 축대 보수 공사가 한창이었는데 내가 지내던 게스트하우스 바로 앞이 현장이었다. 시멘트를 고르게 펴 바르는 듯하더니 흙손을 든 사람이 사다리차를 타고 축대 위쪽으로 올라갔다. 그는 아직 단단해지지 않은 시멘트에 바위 모양을 새겨넣기 시작했다. 불규칙한 듯 규칙적인 곡선이 시멘트 위를 가로질렀고, 바위 모양의 윤곽이 잡히자 질감을 표현하려는 듯 스크래치 무늬가 그려졌다. 이제까지 갖고 있던 축대에 대한 믿음이 산산조각나는 기분이었다. 당신이 바위 축대라고 생각한 것은 사실 바위 무늬 시멘트 축대인 것이다! 모든 축대가 바위를 그려넣은 시멘트는 아니겠지만 많은 축대가 그랬을 거라고 생각하니 아찔했다. 귀에게 말한 또 한 가지는 결명자차에 관한 것이었다. 우리집은 생수 대신 결명자차를 끓여먹었는데, 나는 별 의심 없이 오랫동안 그것을 '경멸자차'라고 오해했다. 집에 대해 생각할 때 마음에 드는 것은 경멸자차뿐이었다. 생활 속에 배어 있는 원한 같은 것이 우리집의 가풍이라고 생각하면 어쩐지 아침을 든든히 먹은 것처럼 속이 든든했고, 밖에 나가서 이유 없이 부당한 처사를 당할 때에도 상대방을 주저 없이 경멸할 수 있었다. 그러다 우연히 마트에서 선명한 글씨로 쓰인 '결명자차' 박스를 목격했고, 나는 이루 말할 수 없는 부끄러움을 느꼈다.

귀는 내가 들려준 이야기들에 대해 함부로 판단을 내리거나 훈계하지 않았다. 축대에 대해서도, 결명자차였던 경멸자차에 대해서도 마찬가지였다. 나는 때로 귀가 나의 형처럼 생각됐다. 1억을 맡겼으니 형이라고 부르는 게 좋을 것 같기도 했다. 형, 형 하니 귀는 질색을 했다.

형은 무슨 형이야. 나는 넌데.

나는 넌데. 그 말이 좋았다.

언제 한번 눈 보러 가자. 이번에 연천에서 물건 하나 제대로 잡았대. 폐교를 낀 땅이라나봐. 투자 받아서 호텔 올릴 거라는데.

좋아. 좋지. 근데 형. 그 회사는 언제 상장되는 거야? 맨날 기사 검색해봐도 나오는 게 없는데.

조금만 기다려. 물밑에서 엄청 바쁘게 움직이고 있다나봐. 설마 내가 내 돈 떼어먹겠니. 형 믿지?

다른 건 다 괜찮았는데 부모님이랑 같이 지내는 게 불편했다. 돌이켜보면 내게서 뭔가가 떨어져나간 뒤로 많은 게 변했는데, 부모님과의 관계도 그중 하나였다. 두 분은 변함없이 나를 지지하고 아껴줬지만, 나는 어쩐지 지지받는 그 기분이 싫었다. 나에 대해 아무것도 모르는 사람이 자꾸만 아는 척하는 것 같았다. 마침 성규네 집에 빈방이 있다는 소식을 들었다. 성규와는 스타벅스 입사 동기였다. 일하는 동안 내가 사귄 유일한 친구였다. 서로를 깊게 이해하는 종류의 친구는 아니었고, 언제나 일정한 거리감을 유지하는 느낌이 편해서 친해질 수 있었다. 성규는 재수할 때 잠시 했던 〈리니지〉에 다시 손을 댄 뒤 스타벅스도 그만둔 채 폐인처럼 지내고 있었다. 나는 간단한 짐을 꾸려 성규네로 들어갔다. 내가 떠나는 날 엄마는 울면서 내게 말했다.

너는 어쩐지 내 자식 같지가 않아. 오래 봤어도 남 같아.

미안하다는 말이 입에서 떨어지지 않았다. 나는 말주변이 없는 편이었다. 입이 떨어져나갔으니 그럴 만도 했다.

성규에게는 소박하지만 철통같은 루틴 한 가지가 있었다. 비나 눈이 오는 날 오징어볶음을 해서 먹는 것이었다. 짐을 들여놓던 날 성규가 부탁한 것도 그것 하나였다. 비 오는 날 자신과 함께 오징어볶음을 먹어달라고. 마다할 이유가 없었다. 볶아먹는 건 뭐든 맛있고 오징어라면 더욱 좋았다.

대출 이자를 갚고 성규에게 집세 조로 15만원을 주고 나면 수중에 남는 돈이 별로 없었다. 그래도 내게는 희망이라는 게 있었다. 상장만 되면 부자가 된다. 카페를 세 개 차려서 두 개는 오토로 돌리는 거다. 비가 왔고, 성규는 청양고추를 많이 넣은 오징어볶음을 했다. 가끔 귀가 와서 같이 밤새워 술을 마셨다. 성규에게는 귀를 사촌형이라고 소개했다.

우리는 꽤 죽이 잘 맞는 술친구였다. 다들 취할 정도로 술 마시는 걸 좋아했고, 취하기 전까지는 술 마시는 것을 멈추지 않았다. 나를 뺀 두 사람은 담배를 피웠고 두 사람이 담배를 피우러 나가면 나는 성규의 사진첩을 구경했다. 성규의 아버지는 오징어잡이 배의 선장이었다. 선주가 따로 있긴 하지만 벌이가 괜찮다고 했다. 조류가 해마다 바뀌어 어획량이 들쭉날쭉했지만 먹고사는 데는 지장이 없었다. 성규가 일을 때려치우고 한량처럼 지내는 데는 믿는 구석이 있었던 셈이었다.

사진첩 속 성규는 오징어 배 위에서 두 손을 들어 브이 자를 그리고 있었는데 집어등이 너무 환해 사진이 죄다 역광이었다. 아버지와 나란히 서 있는 성규의 얼굴은 검고 흐릿했다. 귀와 성규는 담배를 몇 번 피우는 사이 꽤나 신뢰를 쌓은 듯했다. 귀의 투자 정보가 성규의 귀에 닿은 것은 얼마 지나지 않아서였다.

너는, 자식이, 좋은 거 혼자서 다 해먹으려고.

그런 게 아니야. 투자 정보는 부모 자식 간에도 함부로 흘리는 게 아니라고 했어.

그럼 너랑 형은 뭔데.

그건 나랑 나지. 하지만 그렇게 말할 수는 없었다.

나도 들어간다. 니네 형만 믿는다.

성규 너 돈 있어? 이거 일이백 넣어서 쇼부 안 나.

그러잖아도 아버지가 이번에 배 산다고 알아보고 있거든. 이왕 사는 배 크고 좋은 거로 사드려야지. 아버지한테 돈 부치라고 얘기해놨어.

그게 네 돈이니. 사드리긴 뭘 사드려. 말은 그렇게 했지만 기분이 나쁘지 않았다. 우리는 한배를 탄 거다. 성규의 오징어볶음은 밥이랑 먹어도 맛있었고 안주로도 기가 막혔다. 그날 우리는 처음으로 모두의 필름이 끊길 때까지 술을 퍼마셨다.

그해 겨울은 눈이 유난히 많이 내렸다. 성규는 눈이 오는 날에도 롱 패딩을 껴입고 시장에 나가 오징어를 사왔다. 눈이 자꾸 내리는 통에 오징어볶음이 물리기 시작했다. 성규도 마찬가지였는지 오징어볶음 대신 오징어찌개를 만드는 날이 많아졌다. 고추장을 풀고 다진 마늘을 잔뜩 넣어 대충 간을 맞춘 찌

개에 햇반을 데워 먹었다. 전기밥솥이 있었지만 잘 쓰지 않았다. 2인분을 계량하기 까다롭다는 이유였다. 남은 밥을 냉동고에 넣어두었다가 전자레인지에 돌려 먹으면 괜찮을 텐데 하는 생각을 하기도 했다. 하지만 살림은 대체로 성규의 몫이었기 때문에 별다른 이의를 제기하지 않았다. 투자금 회수가 늦어지는 것에 대해 성규가 이의를 제기하지 않은 것처럼 말이다.

성규의 아버지로부터 채근이 이어졌다. 집에서 전화가 오면 성규는 자기 방에 들어가 전화를 받았다. 얇은 문 너머로 무슨 이야기를 하는지 다 들렸다. 성규의 전화는 '아부지, 조금만. 조금만 기다려요. 걱정하지 말아요' 하며 끝났다. 절대로 나나 귀를 탓하지 않았다. 하지만 성규의 잦은 한숨소리가 나를 괴롭게 하는 건 어쩔 수 없었고, 나는 추궁당한 적도 없이 먼저 미안하다고 사과를 했다.

아니야 괜찮아. 나는 그냥 숨을 크게 쉬는 것뿐이야.

성규는 내가 미안해하는 것에 미안함을 느끼는 것 같았고 그뒤로는 한숨소리가 잦아들었다. 퇴근하고 집에 돌아오면 하루종일 환기를 시키지 않아 무겁게 가라앉은 공기를 밖으로 내몰려고 창문을 열었다. 날이 추워 그마저도 오래 열어놓지는 못했다.

겨울은 길었고, 너무 자주 내리는 눈 탓에 오징어 요리를 먹어야 하는 성규와 외출하기 싫은 성규 사이에서 성규는 오래

갈등했다. 결국 성규는 인터넷으로 냉동 오징어 한 박스를 시켰다. 그러고는 가끔 뜨거운 물을 받아 몸을 지지는 데 쓰던 커다란 고무 다라이를 꺼냈다. 거기에 찬물을 가득 받고 냉동 오징어를 통째로 던져넣었다.

해동 다 될 때까지 절대 화장실 문을 열지 마. 절대로.

성규의 단호한 목소리에 섞여 있는 불안이 살얼음 위에 던져진 돌멩이처럼 위태롭게 느껴졌다. 나는 이유를 묻지 않고 고개를 끄덕였다. 하지만 전날 먹은 마라샹궈가 문제였다. 어렸을 때부터 장이 약했던 나는 마라샹궈를 먹고 나면 속이 뒤집혔다. 아마도 향신료가 너무 많이 들어간 때문인 듯했다. 그걸 알면 마라샹궈를 먹지 말아야 할 텐데, 한 순갈 뜨는 순간 입술이 얼얼하게 마비되는 그 감각에 중독돼 마라를 포기할 수 없었다. 성규의 냉동 오징어가 도착하기 전날도 퇴근 후에 만난 귀와 함께 향한 곳은 집 근처의 마라집이었다.

배가 꾸르륵거리기 시작했을 때 성규는 외출하고 없었다. 오징어볶음에 넣을 대파를 사야 한다며 장바구니를 챙겨 나갔다. 성규에게 대파는 외출하기 싫은 성규를 이겨낼 만큼 중요한 식재료인 모양이었다. 화장실 문은 잠겨 있었다. 하지만 문 옆 작은 구멍에 이쑤시개를 꽂으면 쉽게 열 수 있었다. 성규가 나간 지 얼마 되지 않았기 때문에 나는 빠른 시간 안에 볼일을 끝마칠 자신이 있었고, 절대로 화장실 문을 열지 말라고 한 성규가 문이 열렸었다는 사실조차 모르게 할 자신이 있었다. 그렇게 화장실의 문이 활짝 열렸고, 나는 보고 말았다. 고무 다라이에는 시커멓게 변한 물이 찰랑거리고 있었다. 한 무리의 오징어떼가 머리를 삐죽삐죽 내밀며 거품을 뿜어냈다. 분명히 냉동 상태로 배송되어 딱딱하게 굳어 있던 오징어였는데.

누구나 비밀 한 가지쯤은 가지고 살아가는 거지.

언제 돌아왔는지 성규는 현관문에 기대어 비스듬히 서 있었다. 성규야 아니, 그게 아니라, 내가 화장실이 너무 급해서…… 어제 마라탕을……

나는 오징어야. 삼십오 년 전 우리 아버지가 독도 연안에서 잡아올려 이제까지 키워주셨지.

응? 그건…… 너무 갑작스럽잖아. 네가 오징어라니. 나는 당황해서 말을 잇지 못했다. 성규는 한껏 목을 긁더니 가래를 모아 나를 향해 뱉었다. 발치에 떨어진 건 거품 섞인 끈적하고 검은 액체였다. 먹물이었다.

이제 내 비밀을 알았으니 너도 네 것을 털어놔야 해.

알았어. 우리 형은 사실 내 귀야.

귀라고?

응. 귀.

그래…… 알았다.

다음날 아침, 들어올 때보다 조금 많아진 짐을 챙겨 성규의 집에서 나왔다.

귀에게서 연락이 왔다. 투자한 회사에 볼일이 있어서 들어가는데, 같이 가겠느냐는 거였다. 마다할 이유가 없었다. 내 영혼의 전부가 거기 들어 있는데, 영혼이 잘 지내고 있는지 확인하러 가는 건 마땅한 의무이기도 했다. 반차를 내고 일찌감치 스타벅스를 나왔다. 사무실은 테헤란로에 있다고 했다. 선릉역 4번 출구에서 귀를 만나 일단 근처 파스쿠찌로 갔다. 커피라면 지긋지긋해서 캐모마일티를 시켰다. 은은한 향에 괜히 머리가 어찔했다. 성규 이야기를 해줄까 하다가 그만뒀다. 누군가가 실은 오징어였다는 사실은 함부로 전하면 안 되는 일 같았다. 귀와 함께 물가 얘기도 하고, 나라 걱정도 하다보니 어느새 한 시간이 흘렀다. 저기, 사무실에는 언제 가는 거야? 귀는 내 질문을 못 들은 척했다. 그러더니 한참 딴청을 피우다가, 결심한 듯 입을 열었다.

잘 들어. 네 돈은 이제 없어.

응?

내가 좀 썼어.

뭐라고?

인터넷으로 사다리 좀 탔는데 복구가 안 돼서…… 한 방에 녹았어.

처음부터 이럴 생각이었던 거야?

야, 설마 내가 내 뒤통수 치겠냐. 진짜 내가, 그러려던 건 아닌데.

나만 문제가 아니잖아. 성규는 어쩔 거야.

그러게.

그러게? 지금 장난해? 남 말 하듯이 그럴 거야? 내 목소리가 높아지자 주변 손님들이 우리 테이블을 힐끔거렸다. 또 한 번 그때의 그 기분을 느끼고 있었다. 내 몸에서 무언가가 떨어져나가는 듯한…… 이번에는 영혼이었다. 내 영혼 1억어치가 갈가리 찢겨나가고 있었다. 의외로 화가 나진 않았다. 왠지 모르게 익숙한 기분이었다. 나락으로 떨어졌지만 바닥에 푹신한 매트리스가 깔려 있어서, 생각보다 나쁘지 않은? 어쩌면 나는 처음부터 알고 있었던 거야. 망하고 싶어서 귀를 만나 돈을 건넸고, 잃을 게 뻔한 게임에 베팅을 한 거지.

눈한테 가자.

지금?

그래. 개라면 무슨 수가 있을 거야. 땅도 땅이지만 현금도 꽤 있을 거고.

귀의 차에 올라 연천으로 향했다. 도로는 넓고 한산했다. 국도에 들어서자 이내 길이 좁아졌고, 구불구불한 농로를 지나 시멘트 포장길이 이어졌다. 주위를 둘러보면 논뿐이었고, 멀리 산이 보였다. 어느덧 해가 떨어지기 시작했다. 쌍라이트를 켜고 풀숲을 헤치며 나아갈수록 내비게이션의 남은 거리가 서서히 짧아지는 게 보였다. 돈 같은 건 금세 잊어버리고 눈을 만날 생각에 조금 설레기 시작했다.

도착한 곳은 어느 폐교 앞이었다. 귀가 클랙슨을 몇 번 빵빵 거리자 건물 안에서 뻗어나온 랜턴 불빛이 우리를 향했다. 철문에 감겨 있던 쇠사슬을 천천히 풀어내는 눈은 오지 다큐멘터리 프로그램에 등장하는 자연인처럼 머리가 부숭부숭하고 수염도 덥수룩이 기르고 있었다. 기대했던 외양은 아니었지만, 그게 나였다. 나의 일부. 언젠가 나에게서 떨어져나간 나 자신.

빈 건물 앞에 차를 대고 눈이 지내고 있다는 컨테이너 박스로 갔다. 겉에서 볼 때는 녹이 잔뜩 슬어 볼품없었는데, 안쪽은 제법 잘 갖춰져 있었다. 전기밥솥이며 커피포트, 심지어 토스트 오븐까지. 싱크대에는 먹다 남은 김치찌개가 뚝배기째 놓여 있었다. 눈은 오랫동안 그렇게 혼자 지낸 것 같았다. 심드렁하게 귀의 이야기를 듣던 눈이 나를 유심히 보기 시작했고, 눈이 마주친 순간 나는 몸이 굳어버릴 듯 긴장했다.

그런데 여기 너무 외진 거 아니야? 누가 여기에 호텔을 올려.

안 올리지.

그런데 왜 샀어 이 땅을.

다들 말렸어. 낙찰받지 말라고.

그래, 그 말을 들었어야지.

나는 남의 말 안 들어.

그래. 눈은 안 듣지. 귀가 들어야 되는데 귀가 없으니까. 우리 이렇게 떨어져 있었구나. 콧잔등이 매웠다. 이렇게라도 만나서 반가워. 반갑다. 나는 눈에게 악수를 청했고, 손을 잡는 순간 어딘지 아쉬워 그를 당겨 끌어안았다. 눈물 콧물을 줄줄 흘리며 엉엉 우는 내 등을 눈이 여러 번 두들겨줬다. 마음이 진정되는 데 조금 시간이 필요했다. 우리는 둘러앉아 이야기를 시작했다.

그래서, 1억이 필요하다는 거지.

1억으로 될 일은 아니지만, 어쨌든 채워야 할 돈이 그 정도지.

성규 돈도 생각해야지.

그래. 1억으로는 부족해. 나도 개인적으로 복구해야 될 게 좀 있고.

3억 정도면 되겠어?

여력이 돼?

눈은 느리게 몸을 돌리더니 손으로 어딘가를 가리켰다. 눈으로 따라가보니 컨테이너 구석에 낡은 캐비닛이 놓여 있었다. 귀가 일어나 캐비닛 쪽으로 다가갔다. 잠겨 있지도 않았다. 문을 활짝 열자 그 안에는 현금 다발이 쌓여 있었다.

3억 챙겨서 가져가.

저게 다 어디서 났어? 너 완전 부자네. 이 많은 돈을 이렇게 허술하게 둬도 되는 거야? 도둑이라도 들면 어쩌려고 그래?

걱정해서 뭘 해. 손이 지금 쓰고 있는 건데.

손?

3억이라고 쓰면 3억이 나오고 연천이라고 쓰면 너희는 연천에 오는 거야. 폐교 앞마당엔 잡초가 가득해야겠지. 너희가 타고 온 차는 엔진이 식어가고 있을 거고. 우리는 조금 있다 폐교 앞에 외롭게 서 있는 이승복 어린이 동상에 갈 거야. 손이 그렇게 쓸 거거든.

귀가 놀란 표정으로 눈에게 물었다.

손이 여기 있어?

있고말고. 손은 처음부터 있었어. 이 이야기가 시작할 때부터 너희들과 함께 있었지.

눈이 일어나 컨테이너를 나섰다. 귀와 나는 그 뒤를 좇아갔다. 하늘에서 하얀 눈이 쏟아져내리고 있었다. 우리가 타고 온 차의 앞유리에 한가득 쌓인 눈이 바람에 날려 가루처럼 흩어졌다. 나는 조금 어지러운 기분을 느끼며 둘을 따라갔다. 무슨 일이 벌어지는지 알 수가 없었다. 손이 쓰고 있는 거라고? 손이 여기 있다고? 어디 있는데? 귀는 내 말을 듣지 않았고 눈은 나를 보지 않았다. 구령대 옆에 눈이 말했던 것처럼 용감한 소넌 이승복의 동상이 서 있었다. 오래 풍화를 겪어 얼굴이 마모된 동상은 입만 간신히 제 모양을 유지하고 있었다.

내가 이 땅을 산 이유야. 여기 네 입이 있거든.

입. 나의 입. 나는 외로워 보이는 동상 앞으로 가 무뎌진 입을 손끝으로 만졌다. 내 입 주변에 따듯한 것이 느껴졌다. 나는 천천히 입을 열었다. 계속 말해왔지만 처음으로 입을 떼는 기분이었다.

“이게…… 내 입이구나.”

그래.

“나는…… 이렇게 말하고.”

응.

“손이…… 이렇게 썼어.”

곁에 있던 눈과 귀는 어디로 사라졌는지 보이지 않았다. 속눈썹에 걸린 눈송이가 시야를 흐리게 했다. 눈물이 맺힌 것처럼 앞이 뿌옇게 변했다. 하지만 울게 하진 않을 생각이다. 손은 계속 쓰고 있고, 문득 시계를 보니 자정을 지나고 있다. 나는 손에게 묻고 싶었다. 왜 그랬는지. 왜 모든 것이 떨어져나가는 걸 보고만 있었는지. 하지만 손은 그것에 대해 대답하지 않을 생각이다. 그런 것은 쓰지 않을 거다. 그냥 그런 일이 일어나기도 하는 것이다. 그러다가 이렇게 잃어버린 것들을 한번에 되찾는 일이 생기기도 하는 것이다. 나는 갑자기 외로워졌다. 내게서 무언가가 떨어져나갔을 때만큼이나 허전했다. 곁에 있던 귀와 눈이 보고 싶어졌다. 하지만 다시 만날 수 없을 것 같은 기분이 들었다. 이제 손은 곧 마침표를 찍는다. 상관없잖아? 잃어버린 돈을 전부 찾았으니까. 영혼은 안전해. 그런데 혹시 그거 알아? 이 이야기가 끝나고 가장 슬픈 사람은 네가 아니야.

"잠깐, 잠깐만 기다려봐. 나랑 얘기 좀 해."

아니. 이 소설은 이렇게 끝나는 거야.

해설

막돼먹은 세상에서 살아가는 법

박혜진(문학평론가)

1. 김홍에게는 '김홍'이 있다

어느 날 내 귀가 찾아와 고급 투자 정보를 알려줄 것처럼 굴다 뒤통수를 칠 때(「그러다가」) 김홍은 고골스럽다. 병원에 있고 싶은 마음 하나로 보험설계사와 뒷거래한 주인공이 검진중 자신의 내장에서 발견된 '인간'을 보험설계사에게 양도할 때(「불상의 인간학」) 김홍은 마르케스적이다. 지역 축제를 휩쓰는 품바가 되고 싶었지만 어느새 포르투갈 마르방의 일용직 노동자가 되어 있는 주인공에게 충북 증평과 마르방이 더는 구분되지 않을 때(「포르투갈」) 김홍은 페소아 같다. 그러나 이 모든 흔적들이 2020년대의 정치 경제, 이른바 생활 감각으로 수렴할 때 그것은 단연코 김홍의 유전자다. 그 많은 작가들이 한자리에 모였지만 김홍만이 돋보였던 결정적 소설이 바로 『프라이스 킹!!!』이다. 『프라이스 킹!!!』은 김홍이 작품에서 재현하고자 하는 현실이 무엇이고 그 작품의 현실성이 어디에서 비롯되는지를 하나의 유기체처럼 자연스럽게 재현한다. 이해를 구하지 않고도 이해의 차원에 도달하게 됐다는 점에서 『프라이스 킹!!!』은 김홍이 쓴 앞선 작품들의 도착점이자 뒤에 그가 내놓을 작품들과의 분기점이며 이 글을 위한 출발점이기도 하다.

『프라이스 킹!!!』의 무대는 "무엇이든 팔지만 아무거나 팔지 않는" 기묘한 마트다. 마트 주인은 "최고의 장사꾼 혹은 최악의 사기꾼"이라 불리는 배치 크라우더다. 남다른 사업 수완으로 한때 자기 이름을 딴 '천원 숍' 매장을 전 세계 2만여 개까지 확장했던 그는 돌연 자취를 감춘다. 사라진 그가 몇 년 후 '킹 프라이스 마트'와 함께 돌아온다. 마트의 유일한 직원인 천구는 전국구 무당 억조창생 여사의 셋째 아들로, 천구가 마트에서 일하게 된 데에는 억조창생 여사의 '큰 그림'이 작용했다. 천구를 시켜 마트 금고에 있는 '베드로의 어구'를 가져오기 위함인데, 어떤 선거도 53퍼센트의 득표율로 승리하게 해주는 '베드로의 어구'만 있으면 대통령이 되는 것도 시간문제이기 때문이다. 자, 이것은 장사의 탈을 쓴 사기를 조롱하기 위한 소설인가, 종교와 정치를 손안에 넣으려는 무속의 허황된 꿈을 풍자하기 위한 소설인가, 아니면 '돈 놓고 논 먹는' 세상에 대한 한 편의 농담인가. 어느 쪽에 무게가 실렸는지 확인하기 위해 각각의 설정이 함의하는 바를 조금 더 들여다보자.

마트에서는 모든 것을 사고팔 수 있다. 마트가 취급하는 상품의 본질을 보여주는 에피소드가 있다. 어느 날 이 마트에 손님이 찾아온다. 손님은 '아무것도 바라지 않는 복수'가 있는지 묻는다. 아무것도 바라지 않는 복수? 손님이 구매하고자 하는 상품은 기표이지 기의가 아니다. 즉 복수라는 행위에 따르는 '부담스러운' 실제 상황들, 가령 폭력이나 쾌감, 죄책감이나 책임감 같은 현실이 배제된, 복수가 지닌 깔끔한 이미지만을 소비하고 싶은 것이다. 한편 영원과 영혼의 세계를 관장하는 종교는 오늘 내일의 이해관계를 점치는 무속의 세계로 '통폐합'됐고, 무속은 통치의 힘을 얻기 위해 정치라는 신분 상승을 욕망한다. 배치 크라우더의 마트가 왜곡된 욕망을 거래하는 곳이라면 억조창생 여사는 무한대의 욕망을 기획하는 자이다. 이들의 사업은 최대한의 장사이자 최소한의 사기다. 『프라이스 킹!!!』은 상업성과 정치성으로 대표되는 현실세계의 '속물화'를 배경으로 기형화된 욕망을 풍자한다. 그로써 작가가 질문하는 것은 다음과 같다. 이 막돼먹은 세상에서 우리는 어떻게 살아가야 할 것인가.

결말에 불교적 이미지를 배치한 것은 그가 질문하는 작가인 동시에 그 질문에 스스로 대답하는 드문 작가임을 보여준다. 마트 직원이면서 베드로의 어구를 가져오라는 미션을 수행해야 하는 천구는 다양한 방식의 곤란한 일들에 연루되는데, 그 과정에서 변하는 것은 상황이 아니라 '나'라는 존재 자체다. 천구는 구의 3승이 된다. 자신을 둘러싼 세계를 바꾸는 것이 아니라 자신이 바뀜으로써 세계를 바꾼다. 우리는 상업주의와 물신주의가 찍어내는 균일한 욕망 아래에서 자기 욕망을 긍정하지도 부정하지도 못한 채 병들고 타락하며 방황한다. 김홍은 그 세계를 탈출할 수 있는 방법으로 불교적 세계관을 제시한다. 천구가 이따금 회전교차로 앞에서 코끼리 모는 사람을 만나는 장면이 그것이다. 회전교차로에는 신호가 없다. 여느 길들과 달리 회전하는 차량을 우선순위로, 양보하는 차량을 후순위로, 회전하는 차와 직진하는 차가 기존의 흐름을 방해하지 않으면서 계속 흘러간다. 신호라는 형식적 약속이 아니라 변화에 반응하는 실존적 약속을 통해 움직임이 계속되는 것이다. 형식적 약속의 세계에서 왜곡된 욕망의 노예가 되는 것이 아니라 실존적 약속의 세계에서 욕망과 무관하게 살아갈 때, 가격의 왕은 그 권위가 박탈되고 인생의 왕이 그 자리로 복권될 수 있을 것이다.

2. NG 모음과 끝말잇기

『프라이스 킹!!!』 이후 선보이는 이 소설집에서 김홍은 속물화된 세상과 그 세상에 갇힌 군상들을 한층 더 서글프게 포착한다. 그 방식은 내용상 "NG 모음"(「바과, 사나나」, 290쪽)이고 형식상 끝말잇기다. NG 모음은 보여줄 수 없다고 판단된 실수 다발이자 허구적 상황과 실제적 상황이 뒤섞여 유발되는 웃음 다발이다. 한편 소설이 전개되는 방식은 끝말잇기 구조를 취한다. 끝말잇기의 원칙은 단 하나. 앞에 있는 단어의 마지막 음절과 뒤에 오는 단어의 첫 음절이 동일해야 한다는 것뿐이다. 끝을 이을 뿐 연속하는 두 단어 사이에는 내용상의 연속성도, 연관 관계도 존재하지 않는다. 설혹 존재한다면 그것은 우연의 일치에 지나지 않고 우연이 반복된다 한들 게임의 본질은 달라지지 않는다.

하나의 단어와 다음 단어 사이에 존재하는 최소한의 규칙을 제외하면 사실상 어떤 합리적인 공통점이나 연속성이 없는 즉흥적인 연쇄. 이런 면에서 끝말잇기는 의식의 흐름과 비슷해 보일 수도 있지만 오히려 그와 상반된다. 의식의 흐름 기법을 사용하는 심리주의 소설은 외적 사건보다 인간 내면세계의 실체에 관심을 집중함으로써 인간을 심리적인 존재로 파악한다. 보편 질서보다 개인의 감각을 더 신뢰하는 실존주의와 그 문학적 형상화로서 의식의 흐름은 인간 심리를 소설의 재현 대상으로 보게 했다.

끝말잇기에 비유되는 김홍 소설의 흐름은 의식의 흐름과 반대된다. 이 흐름에는 외형적 연관성만 있고 실질적 상관성은 없다. 내면을 들여다봐도 그 안에 무의식적 연관성이 작동하지 않는다. 한 단어와 다른 단어는 그 조건에서 놓여지고 나면 다시 만날 수 없는 사이이다. 이는 상업주의의 특성이기도 하다. 상업주의가 중심이 된 사회에서는 물질적인 사용가치뿐만 아니라 교육, 예술, 사상, 도덕…… 인간존재 그 자체가 이윤 실현의 수단이 된다. 이윤 추구의 장이 될 수 없는 의료나 복지, 종교 등의 영역에까지 자본의 논리가 침투한다. 이 모든 경향을 상업주의라고 할 때, 상업주의 안에서 내면의 흐름은 이윤의 흐름에 가로막힌다. 상황에 따른 이득과 그에 대한 판단이 우선시될 뿐 상황들을 엮어주고 관통하는 서사적 맥락은 설 자리가 없다. 씽이 피아노 소리를 듣고 한국에 오고, 펭귄 인형을 만들게 되고, 펭귄 인형 안에 들어가선 안 될 기계가 들어가며, 사장은 용서받을 수 있는 나라로 떠나고, 어디로도 갈 수 없는 씽만이 모두가 원하는 책임의 대상이 된 채 "제일 센 나라가 씽을 데려가기로"(「컬럼비아」, 252쪽) 결정할 때, 인간은 이윤 추구를 위한 명백한 수단이자 도구임이 확인된다. 도구에게는 서사가 허락되지 않는다.

상업주의가 금융자본주의와 더해질 때 '돈 놓고 돈 먹기'라는 말은 이 세계의 실질적인 작동방식이자 지배원리가 된다. 돈은 노력한다고 해서 벌 수 있는 것이 아니라 밑천이 있어야 벌 수 있으며, 밑천을 굴려 돈을 버는 과정에서 비리는 얼마든지 저질러질 수 있다. 돈에만 해당되는 일은 아니다. 노력과 그에 대한 보상으로 이루어지는 인과적 세계가 아니라 물밑에서 이루어지는 알 수 없는 거래로 인해 결과가 생겨나는 우연적 세계는 이 세상의 보편 질서로 인정받는다. 이는 소설 속에서 연속적인 변화보다는 불연속적인 변이가, 단계적인 사연보다는 즉흥적이고 돌발적인 사건이, 개연성보다는 우연성이 더 강력한 현실성을 동반하는 방법론으로 등장하는 실질적 배경이다. 김홍의 소설 전반을 관통하는 일종의 '황당함'은 금융자본주의 아래 극단으로 치닫는 상업주의와 물신주의를 살아가는 삶의 감각을 반영한 전략이 된다.

3. 웃음과 우스꽝스러움

그 결과, 불연속적인 상황과 그보다 더 예측 불가하게 변하는 인물들을 통해 김홍 소설의 상징과도 같은 유머가 발생한다. 이때 김홍의 유머는 웃음보다는 우스꽝스러움에 가깝다.

웃음은 시대를 읽는 사람의 표정이고 우스꽝스러움은 시대를 잃은 사람의 표정이다. 웃음이 시대감각을 예민하게 포착한 의도된 결과라면 우스꽝스러움은 시대를 놓친 자의 의도치 않은 결과이다. 시대를 잃었거나 시대를 놓친 자들, 그들은 한때 시대에 가장 잘 적응한 사람들이다. 바뀐 시대에 적응하기보다는 앞선 시대에 대한 향수와 관습이 여전히 자신을 지배하도록 놓아둔 사람들이기도 하다. 그들은 이전 시대의 첨단이었으나 새로운 시대에는 고장난 사람이다. 우스꽝스러움은 시대와의 불화 속에서 발생하는 아노미 상태의 증거물이다. 김홍 소설에 등장하는 인물과 그들이 겪는 상황을 가장 정확하게 표현하는 말은 우스꽝스러움이다.

우스꽝스러운 인물이라면 문학의 역사에서 드물지 않게 있었다. 대표적으로 밀란 쿤데라의 소설 『농담』이 있다. 1948년의 공산주의 혁명에서부터 1970년대 초반까지를 배경으로 한 이 소설은 전체주의 체제 아래에서 살아가는 사람들의 정체성 문제를 다룬다. 주인공들이 정체성의 위기를 겪으면서 그들의 사랑과 정의 또한 일그러진다. 전체주의 체제를 살아가는 연인들이 전체주의 체제의 방식대로 서로에게 폭력을 행사하고, 전체주의에 의해 권력을 빼앗긴 자들이 연인을 통해 빼앗긴 권력을 보상받으려 할 때, 이들의 사랑은 왜곡되고 우스꽝스러운 모습을 띤다. 쿤데라의 소설이 이념과 삶의 괴리를 통해 우스꽝스러워지는 인물들의 모습을 그렸다면 제국주의 치하 식민지 시절을 살아가는 조선의 지식인들에게서도 우스꽝스러움은 발견된다. 세계의 권력이 힘겨루기하는 탄약고 같은 곳에서 기회주의자들은 우스꽝스럽게 묘사된다. 권세를 위해 하나의 시대상에 충성하다가도, 또다른 시대상이 빠른 속도로 출현하면 변화를 좇으며 자신의 입장을 바꾸는 사람들은 내면과 외면의 어긋남으로 인해 우스워진다.

앞선 예시들에서 변화의 중심에 이념이 있었다면 김홍 소설의 중심에는 이윤이 있다. 이념은 인간과 인간의 대결이지만 이윤은 돈과 돈의 대결이다. 그런가 하면 힘들의 중심이 바뀌는 주기가 짧아질수록 그 힘에 적응한 사람들은 다른 힘에 적응하는 것이 쉬워진다. 어떤 힘에도 진심을 바치지 않았기 때문이다. 돈과 돈이 대결하고, 그 변화의 주기도 짧아지는 시대를 살아가는 만큼 김홍 소설에 등장하는 인물들의 우스꽝스러움은 이전 시대의 중심축에서 자유롭지만 새로운 시대의 중심축으로 이전할 수도 없는 일종의 '허공 상태'에서 발현한다. 『여기서 울지 마세요』는 상업주의가 그에 순응하거나 적응하는 사람들을 어떻게 배신하면서 스스로를 증식하는지, 그 과정에서 자본의 먹잇감이 된 사람들이 어떻게 도태되는지를 우스꽝스러워진 인물과 현실로 구현한다. 이념의 충돌이 야기하는 비장한 우스꽝스러움이 있고 물신화된 풍자와 조롱에서 유발되는 우스꽝스러움이 있을 때, 김홍 소설은 후자에 해당하는 셈이다.

4. 세상은 거미줄

세상이 쳐놓은 덫과 그물에 걸려든 사람들은 김홍이 재현하는 우스꽝스러운 현실이다. 그러나 그 모습은 우리의 예상을 벗어난다. "옴스테드가 옴스테드였던 그런 방식"(「오렌지, 였던」, 204쪽)이 아닌 다른 방식으로 우리는 그것을 확인할 수 있다. 이를테면 사람이 갤럭시로 변하는 것과 같은 방식 말이다. 「이승진, 이승진 그리고 이승진」에는 약정지옥에 빠진 '명의 난민'들이 사회적 문제가 된 세상에서 갤럭시로 변한 아버지가 등장한다. 본래 '이승진' 이름을 썼던 아버지가 갤럭시로 변하던 날의 풍경을 아들 '이승진'은 또렷하게 기억한다. 자기 명의로 개통한 핸드폰의 24개월 약정이 오래전에 끝난 상황에서 아버지는 새로운 약정을 걸고 핸드폰을 사기 위해 발버둥 치고 있었다. 그러던 어느 날 핸드폰을 사러 간 아버지가 갤럭시가 되었고, 그렇게 영영 갤럭시가 되었다는 이야기.

문제는 아버지의 부재가 아니다. 아버지 이승진은 갤럭시가 되고 없는데 '나'는 이승진이란 잘못된 이름으로 계속 살아가며 아버지와의 '약정 관계'에 얽매여 있다는 것이 문제다. 자신의 삶과 아버지의 삶을 같이 살아내야 하는 건 아이러니하다. 가족 간 동일한 이름을 허용하지 않지만 동사무소 직원의 실수로 '나'의 이름이 주민등록부에 기재됐고, '나'는 본의 아니게 아버지의 명의를 도용한 사람이 됐다. 개명할 수 없는 데에는 고모가 '나'의 개명을 원하지 않는다는 '온정적' 이유도 없진 않지만, 더 큰 이유는 아버지 이름으로 된 약정을 정리할 경우 약정 해지 위약금을 비롯해 "대략 계산을 해보면…… 인생 전체"(195쪽)에 해당하는 위약금을 감당할 수 없기 때문이다. 아버지가 갤럭시가 되어버림으로써 그 세계에서 벗어나지 못한 것처럼 나는 아버지의 삶을 대리해서 살게 되면서 또한 약정에서 벗어나지 못한다. 핸드폰 약정으로 대표되는 거래의 망 속에서 우리는 영영 헤어날 수 없이 속박되어 있다.

「여기서 울지 마세요」를 사실주의적인 관점으로 요약하면 빵집 아르바이트생의 안 풀리는 인생쯤 되겠다. 동네 빵집을 배경으로 한 이 소설에는 사장과 중간관리자 '나', 최저임금을 받고 일하는 알바생 산해씨가 등장한다. '나'도, 알바생인 산해씨도 빵이 너무 맛있어서 이 빵집의 노동자가 됐다. 진심은 왜 항상 덜 가진 자들의 것일까. 하필 사장은 알바에겐 무조건 최저시급을 준다는 원칙을 자랑처럼 떠드는 사람이다. '나'의 설득과 타협으로 산해씨에게 천원을 더 주기로 하지만 조건이 하나 붙는다. 밝게 일해야 한다는 것. 산해씨의 밝음으로 매출이 급상승한다. 산해씨는 그저 밝음을 유지하는 게 아니라 계속 밝아진 나머지 "출근 두 달 만에 2만 5000럭스를 돌파"(79쪽)한다. 매출이 늘어나면서 산해씨에게 지급할 임금도 높아지자 사장은 산해씨를 해고하려 든다. 사장에게 불만을 품은 '나'는 금고에 있는 레시피를 훔치려 하고, '나'의 일탈을 막기 위해 산해씨는 일부러 재채기를 하는데, 재채기로 인해 매대에 있던 빵이 흩어지고, 천원짜리를 찾아 핸드백을 뒤적이던 손님이 엉덩방아를 찧으며, 바야흐로 빵집 안 나비효과가 발생한다. 이 모든 걸 보고 있던 사장에게 이 '사건'은 산해씨를 해고할 근거가 된다.

사장은 상황에 따라 유연하게 태도를 바꾸는 데 비해 산해씨는 고장난 사람처럼 상황에 대처하지 못한다. 산해씨는 해고되어도 밝다. "차라리 잘된 것 같아요. 저 요즘 여행이라도 한번 가야겠다고 생각하고 있었거든요."(88쪽) 우연히 보게 된 TV 속 산해씨는 여전히 밝은 모습이다. 야구장 전광판 꼭대기 철계단으로 올라가야 하는 자리에서 빛나고 있는 산해씨. 밝고 긍정적인 직원이던 산해씨는 그러나 여전히 아르바이트생이다. 이야기는 성격유형검사인 MBTI를 거쳐 사주역학을 지나 '물'이 부족한 세계의 운명을 보수하기 위해 물을 추구하다 '물은 셀프'라는 표어에 이르는 '끝말잇기'로 진행된다. 부족한 것을 구하기 위해 자신을 개조하지만 세상은 자꾸 변하고 결국 부족한 것을 구할 방법은 '셀프', 각자도생 외에는 애초에 없다는 결론.

약정에서 벗어날 수 없듯 한번 알바생은 영원한 알바생이다. 알바생은 사장이 원하는 조건에 자신을 맞추어서 급여를 인상하고자 하지만 원하는 조건에 맞춰 일한 결과 해고되는 사태에 이른다. 애초에 산해씨가 사장님의 요구를 어겨, 밝게 손님들을 응대하지 않았더라면 가게 매출이 상승할 일도 없고 그로 인해 산해씨에게 지불해야 할 임금이 급격하게 오를 일도 없었을 것이다. 그 결과 산해씨는 해고되지 않았을 테고. 그렇다면 산해씨가 해고되지 않기 위해서는 산해씨가 사장의 요구 조건을 무시했어야 하지만, 그랬다면 시작부터 함께할 수 없었을 것이다. 상황이 원하는 대로 행동했지만 그 결과 최악의 상황, 혹은 애초에 원치 않았던 상황에 처하는 역설의 지옥에 빠진 사람들. 알바생 산해씨는 처음부터 '산해'될 운명이었다고밖에는 말할 수 없다. 이 '알바결정론'적 세계관에서 산해씨는 끝내 우스꽝스러운 사람이다. 아버지 이승진과 아들 이승진도 그렇다. 이들은 세상에 속하지도 못했으면서 벗어나지도 못한다. 세상이 거미줄이기 때문이다.

5. 사라짐에 참여함으로써 되살아나기

우리가 알던 세상은 "결정적이고 확정적인 파산 상태"(「인생은 그라운드」, 9쪽)에 이르렀다. 과거에는 있었던 그 세상의 주소는 이제 다만 기억 속이다. 「인생은 그라운드」에서는 "평생이 하루아침에 없어"(24쪽)진다. 이모는 가상화폐에 전 재산을 털어넣었다가 상장폐지와 함께 빈털터리가 됐고 '나'는 기획 부동산 사기에 걸려들어 가진 돈을 다 날렸다. 개인 피해자는 이제 더이상 어떤 뉴스도 안 되는 시대, 급기야 프로야구도 사기를 당한다. KBO가 돔구장 30개 확충을 목표로 원금 보장과 높은 수익률을 약속하며 출시된 '국민 희망 체육 펀드'의 운용사 대표가 상품 출시 한 달 만에 잠적한 것이다. 잔고의 97퍼센트가 모나코의 페이퍼 컴퍼니를 경유해 증발했고, 지자체들은 야구장을 담보로 큰돈을 대출받아 투자한 사실이 밝혀졌으며, 은행들은 재빨리 법원으로 달려갔다. 그리고 한국 프로야구는 역사 속으로 사라진다. 틈만 나면 사기 치는 이토록 자비 없는 세상에서 살아남는 방법은 두 가지밖에 없다. 같이 사기꾼이 되어 세상을 등쳐먹거나, 우물쭈물하다 범죄자가 되거나.

한 세계가 사기를 당해서 사라지면 그 세계의 사람들도 다 같이 소멸하고 만다. '나'는 웬일인지 그 세계가 사라지고 나서야 진정으로 그 세계를 원하게 된다. '나'는 아무도 하지 않는 야구를 하겠다고 마음먹고 당근마켓에서 야구 용품을 구입한다. '나'에게 야구 용품을 판매하는 사람은 프로야구 선수 우규민이다. 과거 프로야구 선수들에 대한 기억은 사람들의 말 속에만 있다. 공식적인 자료들은 인터넷에 "거대한 구멍"으로 비어 있고 "사진을 올리면 저작권 위반으로 바로 삭제"(17쪽)당한다. "사람들의 말이 남아 있는 야구의 전부"(같은 쪽)인 시절. '나'는 사라진 과거를 그리워하다 아마추어 상태로 그 세계에 진입한다. 연습하다보니 구속이 해수면 상승하듯 올라가고 어느 순간 스피드건으로는 측정할 수 없을 만큼 빨라진다. 그러나 그때 야구 종식이 선언되고, 이제 야구는 금지 대상이 되어 야구를 단속하는 특별사법경찰관이 체육 현장에 투입된다. 이 세계에서 금지된 것은 야구가 아니다. 과거 전체이자, 과거에 대한 기억이다.

> 마지막으로 잠실 야구장의 마운드에 서보고 싶었다. 내 공을 받아줄 동지는 사라졌지만. 뜨거운 함성은 간데없고 깃발도 없지만. 단 한 개의 공을 던지고 자수하겠다. 말하자면 나의 데뷔전이자 동시에 은퇴 경기인 셈이었다.(「인생은 그라운드」, 32쪽)

'나'는 마지막 투구와 동시에 공과 함께 우주 밖으로 날아가 사라진 세계의 일부가 된다. "공을 통하여, 공과 함께, 공 안에서 성층권을 돌파"하며 "온몸이 부서지는 것 같은 충격을"(36쪽) 견딘다.

'나'는 금지된 야구를 하는 바람에 지구 밖으로 퇴출되고, 직장 팀원들에게 불법 대출을 알선해 회사 물건을 구매하도록 해서 구속된 이모는 구치소로 가며 사회에서 퇴출된다. 대부분의 인생이 그라운드에 있다면, '나'의 인생은 이제 성층권 밖에 있다. 이모의 인생은 어디에 있을까. 땅 위에는 더이상 이들이 살거나 꿈꿀 곳이 없다. 이곳은 다 누군가의 재산이니까. '인생은 대기권'에 있다. 어쩌면 지구 밖에 있거나.

'나'는 의미 있게, 자발적으로 사라진다. 이런 '나'의 행위는 야구가 사라진 세상에 근본적인 변화를 일으키진 않는다. 그러나 '나'는 세계가 사라지는 걸 바꿀 수는 없지만 사라지는 방식은 바꿀 수 있다는 걸 보여주려 한다. 일망타진됨으로써 '박멸'되는 것이 아니라 스스로 사라지는 방식을 선택함으로써 말이다. 사라지는 방식에 참여한다는 건 부활의 방식을 도모할 수 있다는 뜻이기도 하다. 소설의 도입부에서 이모와 '나'는 돌아가신 할머니의 사망신고를 하지 않아 죄인이 된다. 두 사람에게 남은 것이라고는 할머니 명의의 집이 전부인데 사망신고를 할 경우 할머니 앞으로 나오던 기초연금 수령을 못할뿐더러 상속에 따른 세금을 내야 하기 때문이다. 할머니는 사라지지도 못한다. 그러나 '나'가 야구를 통해 할머니의 죽음에 부분적 생명을 준 것처럼 야구공과 함께 날아가는 '나'의 선택도 야구의 죽음에 부분적 생명을 줄 수 있을 것이다.

김홍의 소설은 막돼먹은 세상에서 어떻게 살아갈 것인가라는 질문을 어떻게 사라질 것인가라는 질문으로 되받는다. 김홍의 소설에서 사라짐은 있다가 없어지는 존재의 유무가 아니라 보이던 상태에서 안 보이는 상태로, 인식되던 상태에서 인식되지 않는 상태로 이동하는 변화를 의미한다. 『프라이스 킹!!!』에서 회전교차로를 통해 드러났던 탈출구로서의 변화가 이번 소설집에서도 중요한 결말로 제시되며 김홍은 이전의 자신으로부터 한 걸음 더 나아간다. 사라지는 과정에 적극적으로 동참하는 것은 새로운 시작을 위한 가장 앞선 행동일 수 있다. 나는 김홍의 이 선언적 상상력의 지지자이자 동참자이다. 자기만의 거미줄에 붙들린 채 발버둥치는 서글픈 사람들의 얼굴. 그 얼굴 위로 내려앉은 농담인 듯 진담인 듯 심상한 미소가 내 것이기도 함을 이 책이 거울처럼 되비출 때, 내게도 탈출구가 필요하다는 걸 알았다. 이제 나도 적극적으로 사라질 수 있는 용기를 내보고 싶다.

작가의 말

「인생은 그라운드」는 『황해문화』 2022년 가을호에 실렸다. LG 트윈스는 이듬해인 2023년 무려 이십구 년 만에 정규 시즌-한국 시리즈 통합 우승을 달성했다. 우규민은 2023년 시즌 종료 후 2차 드래프트를 통해 삼성에서 KT로 이적했다. '예전에 무슨 이유에선지 정부가 그만뒀던 때'에 관해서는 「어쨌든 하루하루」[1]를 참고하라.

「여기서 울지 마세요」의 회장은 「신년하례」[2]의 왕회장이다.

---

1) 2017 동아일보 신춘문예 소설 부문 당선작.

2) 문학 웹진 '던전' 게재.

그가 언급한 벼룩시장 편집장은 「우리가 당신을 찾아갈 것이다」[3]의 김민희씨가 아니다. 작품 속 시기는 김민희씨가 도미한 이후다. 갑자기 등장하는 'ttprq'는 나의 예전 인스타그램 계정 아이디이다. 현재는 '_kimhong.net_'으로 변경됐다.

「z활불러버s」에 등장한 노래 〈사랑으로〉의 가사는 iKON의 〈사랑을 했다〉와 섞은 것이다. SBS 〈그것이 알고 싶다〉 관련 각주에 등장한 전화번호는 사실 KBS 〈추적 60분〉의 번호다. 영화감독 장재현은 정소려를 만나 취재하지 않았다. 내가 〈사바하〉 재밌게 봤다.

「그러다가」의 화자는 『엉엉』[4]의 동그람씨가 맞다. 동그람씨는 지금도 〈슬사모〉[5] 회원들과 정기적으로 만나고 있다. 귀는 동그람씨와 화해하기 위해 배치 크라우더의 '킹 프라이스 마트'를 찾아간 바 있다.[6] 나 역시 그들의 관계 회복을 간절히 바라지만, 당분간은 요원해 보인다. 모든 것은 손의 뜻에 달려 있다.

---

3) 『우리가 당신을 찾아갈 것이다』, 문학동네, 2021.

4) 민음사, 2022.

5) 슬픈 사람 모이세요.

6) 『프라이스 킹!!!』, 문학동네, 2024.

책을 묶는 동안 '무궁화어린이공원'[7]에 볼일이 있어 잠시 들렀다. 물러 터진 자몽이 미끄럼틀 근처에서 썩어가고 있었다. 우울한 표정의 스테판 데이비드가 그네에 걸터앉아 나를 못 본 체했다. 다가가서 담배를 권했지만 그는 손사래를 쳤다. 내게 단단히 화가 난 듯싶었다. 때가 되면 그가 내게 연락할 것이다. 기다리는 수밖에 없다.

내가 쓰는 게 아니다. 누군가가 찾아오는 것이다.

---

7) 「오렌지, 였던」에 잠시 등장했다. 서울시 노원구 상계동 135-77.

| 수록 작품 발표 지면 |

인생은 그라운드 …… 『황해문화』 2022년 가을호

포르투갈 …… 『Axt』 2022년 7/8월호, 『관종이란 말이 좀 그렇죠』(은행나무, 2022)

여기서 울지 마세요 …… 『우리 MBTI가 같네요!』(읻다, 2023)

불상의 인간학 …… 문장 웹진 2023년 9월호

z활불러버s …… 『문학동네』 2019년 겨울호

이승진, 이승진 그리고 이승진 …… 『Axt』 2023년 5/6월호

오렌지, 였던 …… 『백조』 2023년 봄호

컬럼비아 …… 『실천문학』 2019년 가을호

바과, 사나나 …… 던전, 2020

그러다가 …… 『우리는 서로를 보살피며—AnA 2』(은행나무, 2022)

문학동네 소설집
여기서 울지 마세요

초판인쇄 2024년 7월 29일
초판발행 2024년 8월 14일

지은이 김홍
책임편집 정은진 | 편집 여승주 오동규
디자인 최윤미 이원경 | 저작권 박지영 형소진 최은진 오서영
마케팅 정민호 서지화 한민아 이민경 안남영 왕지경 정경주 김수인 김혜원 김하연 김예진
브랜딩 함유지 함근아 박민재 김희숙 이송이 박다솔 조다현 정승민 배진성
제작 강신은 김동욱 이순호 | 제작처 영신사

펴낸곳 (주)문학동네 | 펴낸이 김소영
출판등록 1993년 10월 22일 제2003-000045호
주소 10881 경기도 파주시 회동길 210
전자우편 editor@munhak.com | 대표전화 031) 955-8888 | 팩스 031) 955-8855
문의전화 031) 955-2696(마케팅) 031) 955-1906(편집)
문학동네카페 http://cafe.naver.com/mhdn
인스타그램 @munhakdongne | 트위터 @munhakdongne
북클럽문학동네 http://bookclubmunhak.com

ISBN 979-11-416-0700-5 03810

* 이 책은 2020년 대산문화재단 대산창작기금을 받아 발간되었습니다.

www.munhak.com